卧游天下

西泠印社 江吟

孙旭升 编

西泠印社出版社

图书在版编目（CIP）数据

卧游天下 / 孙旭升编. -- 杭州 : 西泠印社出版社,
2022.4
ISBN 978-7-5508-3734-8

Ⅰ. ①卧… Ⅱ. ①孙… Ⅲ. ①古典散文－散文集－中
国 Ⅳ. ①I262

中国版本图书馆CIP数据核字(2022)第050816号

卧游天下

孙旭升　编

出 品 人　江　吟
责任编辑　叶康乐
责任校对　曹　卓
封面设计　王　欣
责任出版　李　兵
出版发行　西泠印社出版社
地　　址　杭州市西湖文化广场32号5楼
邮　　编　310014
电　　话　0571—87243279
经　　销　全国新华书店
排　　版　杭州真凯文化艺术有限公司
印　　刷　浙江海虹彩色印务有限公司
开　　本　889 mm × 1194 mm　1/32
字　　数　183千
印　　张　9.125
书　　号　ISBN 978-7-5508-3734-8
版　　次　2022年4月第1版　第1次印刷
定　　价　58.00元

版权所有　翻印必究　印制差错　负责调换

西泠印社出版社发行部联系方式：（0571）87243079

目　录

序　言

若把卧游比旅游，一样感情一样厚。
只怕老来无脚力，远亲虽好亦难投。

所谓旅游，说白了就是玩。游山玩水，又有谁不喜欢呢？宋代理学家程颢总算是个规规矩矩的读书人，可是他也曾受了“无边光景”的诱惑，因而遭到别人的责难。他的《春日偶成》诗写的就是这件事。诗云：

云淡风轻近午天，傍花随柳过前川。
时人不识余心乐，将谓偷闲学少年。

许多人都认为，青少年是读书求学的最好时期，不应当把大好的光阴浪费在游玩上。这话不能说没有道理，但是大好的春光也不应当错过啊。“小书”固然重要，“大书”也不能不读。大好的春光虽然每年都有，但是人的青春却是一去不复返的。日本小说家国木田独步有一篇《少年的悲哀》，主人公因了一段不平常的经历曾经说过这样的话：

> 我的父母使我在乡村里过了我的少年时代，我不得不感谢他们的好意。倘若我八岁的时候同父母一起住在东京，我今天的情形恐怕很要不同了罢。无论如何，我的智识即使比现在或者更进步，但我的心却未必能从一卷威志威斯（Wordsworth），享受高远清新的诗思罢。

我很赞成国木氏的看法，因为我也是个生性好玩的人。后来半途“出家”，进了城，读了书，结果还是弄得个不文不武的样子。所以有时候就很懊悔不该离开农村、抛掉那本“大书”来读这本“小书”。去年我写《童年的碎片》，其中就有这样一节：

> 东畈是我们的粮仓，其地平旷，特别是在水稻基本长成以后，风吹来，绿波涌起，人站在其中，就真的有点像是沧海一粟的样子。据我的叔祖母说，从前这里是大海，农民掘田，有时候还能掘到筷子、破碗、箬篷、船板一类的东西。东畈也是我们小孩子的乐园，捕鱼、捉虾、钓黄鳝、挑野菜、烧“野火豆”，都可以在那里找到难忘的记忆。文弱的孩子见太阳如见猛虎，害怕得不得了；我们却最喜欢夏天，穿一条“牛头裤”，赤着膊，在大太阳底下跑来跑去，汗流浃背，只要经东畈的风轻轻一吹，就比什么都凉爽；要不然就往池塘里一跳，爬上岸来，因为皮肤晒得黝黑发光，就像亭亭如盖的荷叶一样，半点水珠子都沾不上。

至于烧“野火豆”，我又想起余湖边那块高田来了。因为田高，范围又大，有八亩五分，所以总是在那里种上蚕豆与麦子；等豆麦成熟，也一定要在那里搭一个草舍来看管，这叫作“舍”。小孩子受了野趣的蛊惑，也喜欢参与其事。后来我读刘半农先生的《稻棚》，就联想起那段不平常的经历来。《稻棚》云：

凉爽的席，
松软的草，
铺成张小小的床；
棚角里碎碎屑屑的，
透进些碎白的月亮光。

草舍搭在东北角上，离余湖较远，但是夜深人静，湖水拍打堤岸的声音还是清晰可闻，“啪嗒，啪嗒”的，直到现在也还好像在我的耳边响着。蔚蓝的天空中挂着一轮圆月，田里是碧绿的成片的豆麦，风吹来，夹带着阵阵豆麦的清香，这又令我想起鲁迅先生在《社戏》中所描写的一切。我们也烧“野火豆”吃，一个人不敢到余湖里去舀水，就叫了别的人一同去。这样的事，这样的豆，以后就不再有过。美丽的童年，就这样轻飘飘地飘走了！

进城以后，我就像一只被关进了笼子的鸭子，日日想望着青山白水而不可得，真是愁闷煞人。有一年秋季远足，我们到满觉陇去，那时的满觉陇地广人稀，石屋洞西边的山上还是荒坟累累的。我和几个顽皮的同学就爬到半山腰去，凭了从无声电影《荒江女侠》中看来的镜头，就玩起占山为王、劫富济贫的那一套来。进了初中以后，好像稍稍有所收敛，其实也只不过是没有机会罢了。第二年学校从城里搬到岳坟对面的金沙港上课，优美的风景又激起了我喜欢游逛的兴趣。后来我写《三港风景，两宋文章》的时候，就又把那段生活重新翻出来咀嚼了一遍：

金沙港又称金沙滩，由金沙涧冲积而成。金沙涧发源于灵隐山，流过飞来峰、洪春桥、茅家埠，在杨公堤的流金桥流入西湖。因为沙色桂黄，所以就有金沙、流金之名。它不仅是个沙滩，也是个半岛，东、南、北三面环水，尤其是北面的岳湖，莲叶藕花挤得满满的，康熙把“曲院风荷”的碑亭建在那里，想必就是由于这个缘故。

曲院风荷原作“麯院荷风”。麯院即今酒厂，在南宋是为皇帝酿酒的。旧址在洪春桥附近，而不远处就是湖湾，湖湾里又多荷花；麯院取金沙涧水酿酒，水甘而酒冽，别说一尝那名贵的“御酒”，就是偶尔从近旁经过，荷香杂着酒馥，真不知道放慢过多少行人的脚步！

我这样说，并不是想批评康熙改得不对，他大概考虑到酿酒的麯院早已不存，只有荷风依旧，所以才把“酒麯”的“麯”字改写成“曲折”的“曲”字。所谓“曲院风荷”的“曲院”，或许就是“小院曲曲”的意思。人在小院中坐，大块噫气，夹带着阵阵莲叶藕香，从远远的湖面上飘来，细细的，淡淡的，就像喝着低度的酒，烂醉不如微醺，所以才改名为“曲院风荷”吧。

六十年前我在金沙港读书，那时整个岛上就只有我们“市立中学”一个学校，没有别的建筑物。树木也很少，多的是芦苇和竹筱。但是诚如张心远先生所说：“萧疏中亦有美态。”所以我们也照样玩得很开心。后来我把那些陈年往事编成一首仿古诗，也只不过是想让它在我的文字中留下一点痕迹罢了。诗云：

往昔在岳坟，求学金沙港。
三面环西湖，四时异景光。
前后共两载，远近任游逛。
自然若大书，页页好文章。
闲步上苏堤，絮语入康庄。
曲院虽虚设，荷风似往常。
更有西边地，芦荻何莽莽。
浅水摘莲蓬，深草捉迷藏。

岁月不居，时节如流，不知不觉，我也到了耄耋之年；年龄虽大，事业却一无所成，别的不说，就是游山玩水也还是有志未逮；年轻时忙于工作，又有家庭负担，所以就把旅游这件事放到退休之后去考虑。但是退休以后又怎样呢？所谓“万事俱备，只欠东风”，这东风不是金钱，也不是时间，而是体力。我虽然还不至于老到不能动弹的地步，但是如果要跋山涉水显然已经不大可能。这真像民间故事中所说的那个阿婆，阿婆为童养媳做了件新棉袄，却又不给她穿：天冷了，说下雪时穿；下雪了，说“落雪还是烊雪冷”；烊雪了，又说雪都烊了，天还冷吗？我竭力想找个可以替代的办法；办法是找到了，这就是古人所说的“卧游”。《宋书·宗炳传》说：“有疾还江陵。叹曰：‘老疾俱至，名山恐难遍睹，唯当澄怀观道，卧以游之。’凡所游履，皆图之于室。”我不会画画，所以就借读游记来代替。

我知道读游记不能完全代替旅游，但是游记有游记的好处：首先是近便，特别是老年人失去了“脚力”之后。其次，游记是文学作品，去粗存精，不像旅游所见只是个“毛坯”；旅游所见是平面的、眼前的、杂乱的，游记却是立体的，有看得见的，也有看不见的。譬如有关风景点的诗词以及旧闻传说，如果不是自己“腹笥”中所有，单凭一双肉眼是看不出来的。这就须要游记来帮忙，因为这些看似“陈年百古”的东西，在风景区却是至关重要的。我曾在一篇《罗隐故里见闻》的游记中这样说：

> 罗家其实是个很普通的小山村，坐落在南边平缓的山坡上。从殿山折而往南，远远就可以望得见它。罗隐的故居在村南端的半山腰上，据说从前还有一个石香炉在，经过“十年动乱”，这个石香炉也不知去向。但是我想，石香炉又算得了什么？大概只有这块伟大的土地是永远不变的。它不仅长出草木，也长出人类，一茬又一茬地生生不息着。人之所以异于草木禽兽，就是因为人能够创造物质文明与精神文明。

譬如罗隐，人虽早已与草木同腐，可是他所创造的精神文明，包括诗词文章，至今都还在起着积极作用。正因为如此，许多像我这样的人才会慕名前往，看一看其实早已看不到什么的小山村，听一听其实多半属于荒诞不经的神话故事。但即便是这样，我也绝不悔此行。

我觉得我们有两点看法不很正确，一是重视远的忽略近的。拿旅游来说，总以为好风景都在险远处，本地没有什么可看的。其实，好风景随处都是，只是我们“司空见惯”熟视无睹罢了。陶渊明“采菊东篱下，悠然见南山”，风景就在屋旁边；清人沈宸桂有《竹枝词》云：“三月安山春色赊，沿村桃李斗繁华。老人无力寻芳去，策杖篱边看菜花。”难道一定要等到走不动的时候才发现故乡也有好风景吗？另一个错误的观点是忽略沿途的风景。现代人出门旅游，可能是因为时间较为紧迫，再加上交通便利，所以总是顾不上观看沿途的风景。这实在是很可惜的。古人就不是这样。他们好像过的是“慢生活”，再加上交通不发达，坐车乘船都要花去好多时间，所以就有足够的时间把沿途的风景看个够。我们看陆游的《入蜀记》、范成大的《骖鸾录》、孙嘉淦的《南游记》，无不都是这样。他们为我们留下了不少偏远地区的“旧照片”，而这些地方我们又往往都是不大有可能会去的，所以非常珍贵。听说鲁迅先生爱看非洲赤道的电影，因为他认为自己不可能会到那里去，所以看看电影了解一些情况也好。如果把景区的风景比作“家景”，那么沿途的风景就是“野景”了。家景娇生惯养，不免近于做作；野景无人看管，往往自然大方。谁优谁劣，明眼人一看就知道。

我选注这本小书，颇得力于下列十本参考书。它们是：

一，陈中凡的《汉魏六朝散文选》，古典文学出版社出版。

二，于在春的《文言散文的普通话翻译》（四本），上海教育出版社出版。

三，陈新的《宋人长江游记》，春风文艺出版社出版。

四，徐中玉主编的《华东游记选》（苏闽）、《中南游记选》、《西南西北游记选》，上海文艺出版社出版。我的朋友刘东远先生，是该社的编辑，上述三本书是他送给我的。

五，《西湖笔记小品选译》，上海文艺出版社出版。此书虽然由我提议，名义上是“师生合作”，实际上却以于在春老师的出力为多。

我现在抄出这十本参考书来，一方面是表示感谢，另一方面也有纪念的意思。因为陈中凡、于在春两位老师都已去世。陈新与刘东远两位老友，年龄都比我大上一两岁，近年来通信次第中断，所以我也常常挂念他们。从前安积觉为《舜水朱氏谈绮》写序，里面有这样一段话：“昔鱼朝恩观郝廷玉之布阵，叹其训练有法。廷玉恻然曰：此临淮王遗法也，自临淮殁后无校旗事，此安足赏哉？”我现在写这篇小序，也不能没有这种怆恻之感。

2018年春天写于杭州孩儿巷寓居

陶　潜

陶潜（约365—427），东晋寻阳柴桑（今江西九江）人，一名渊明，字元亮。大司马陶侃曾孙。曾为江州祭酒，复为镇军、建威参军，后为彭泽县令。因不能“为五斗米折腰”，弃官归隐，以诗酒自娱。征著作郎，不就。南朝宋元嘉初年卒。世称靖节先生。其诗描写山川田园之秀美，自然朴素，而嫉世激昂之情，亦时有之。散文与辞赋亦质朴流畅。有《陶渊明集》。

桃花源记[①]

晋太元中，武陵人捕鱼为业[②]，缘溪行，忘路之远近。忽逢桃花林，夹岸数百步。中无杂树，芳草鲜美，落英缤纷。渔人甚异之。复前行，欲穷其林。林尽水源，便得一山。山有小口，仿佛若有光。便舍船，从口入，初极狭，才通人。复行数十步，豁然开朗。土地平旷，屋舍俨然。有良田、美池、桑竹之属。阡陌交通[③]，鸡犬相闻。其中往来种作，男女衣著，悉如外人。黄发垂髫（tiáo）[④]，并怡然自乐。见渔人，乃大惊，问所从来。具答之。便要还家，设酒杀鸡作食。村中闻有此人，咸来问讯。自云先世避秦时乱，率妻子邑人，来此绝境，不复出焉，遂与外人间隔。问今是何世，乃不知有汉，无

论魏、晋。此人一一为具言所闻，皆叹惋。余人各复延至其家，皆出酒食。停数日，辞去，此中人语云：“不足为外人道也！”

既出，得其船，便扶向路，处处志之。及郡下，诣（yì）太守[⑤]，说如此。太守即遣人随其往。寻向所志，遂迷，不复得路。

南阳刘子骥[⑥]，高尚士也。闻之，欣然规往。未果，寻病终[⑦]。后遂无问津者。

①桃花源：据说陶氏这篇游记是虚构的。但是在旧中国像这样与世隔绝又很美的地方是很多的。②武陵：地名，今湖南常德一带。③阡陌：东西的道路曰阡，南北曰陌。田间小路。④黄发：老人，言发白转黄。垂髫：小儿垂发为饰，指幼童。⑤诣：拜访。⑥南阳：地名，今河南南阳一带。刘子骥：名驎之，好游山泽。⑦寻：不久。

陶弘景

陶弘景（452—536），字通明，南朝丹阳秣陵（今江苏南京）人。南朝齐梁时期，曾为诸王侍读。梁时陶弘景隐居于茅山，朝廷屡次征聘他，不肯出山，国家有大事，派人去山中与他商议。时人称他为“山中宰相”。这封信里描绘的，可能就是他隐居处的景色。

答谢中书[1]

山川之美，古来共谈。高峰入云，清流见底。两岸石壁，五色交辉。青林翠竹，四时俱备。晓雾将歇，猿鸟乱鸣；夕日欲颓，沉鳞竞跃[2]。实是欲界之仙都[3]，自康乐以来[4]，未复有能与其奇者[5]。

①谢中书：即谢征，中书是他的官衔。字玄度，河南太康，好学能文，曾作安成王萧秀的中

书鸿胪，故称他为谢中书。②沉鳞：水中的潜游鱼。③欲界：佛教语，即人世间。④康乐：即南朝宋时的山水诗人谢灵运，他喜欢游山玩水。⑤奇：惊奇，引申为爱好。

吴　均

吴均（469—526），字叔庠，南朝梁吴兴故鄣（今浙江安吉）人，家贫。武帝天监初，柳恽为吴兴太守，辟均为主簿，日与赋诗。他的诗颇为当时人所推重，文章也写得很好，《梁书》本传说他“文体清拔有古气，好事者效之，号为‘吴均体’”。他的著述很多，曾撰过《齐春秋》，被梁武帝下令烧毁，此外他还写过《续齐谐记》等志怪小说。

与朱元思书[①]

风烟俱净，天山共色。从流飘荡，任意东西，自富阳至桐庐[②]，一百许里，奇山异水，天下独绝。

水皆缥碧[③]，千丈见底，游鱼细石，直视无碍，急湍甚箭，猛浪若奔。

夹岸高山，皆生寒树[④]，负势竞上，互相轩邈（miǎo）[⑤]，争高直指，千百成峰。泉水激石，泠泠作响[⑥]，好鸟相鸣，嘤嘤成韵。蝉则千转不穷[⑦]，猿则百叫不绝。鸢（yuān）飞戾（lì）天者[⑧]，望峰息心[⑨]；经纶世务者[⑩]，窥谷忘反[⑪]。横柯上

蔽，在昼犹昏，疏条交映，有时见日。

①朱元思：其人不详。②富阳：县名，在今浙江省富春江下游。桐庐：县名，在今浙江省富春江中游。③缥：淡青色。④寒树：形容树密而绿，让人心生寒意。⑤轩邈：轩，高；邈，远。互相轩邈，是说彼此比高低。⑥泠泠：拟声词，形容水声清越。⑦转：通啭。⑧鸢飞戾天者：比喻一飞冲天有大雄心的人。鸢，即鸱鹰。戾天，高高飞上天。⑨息心：排除杂念。这是有望见那高峰而心寒的缘故。这句与下面“窥谷忘反”是一样的意思。⑩经纶：筹划、治理。⑪反：出而忘归。

任松如

任松如编《水经注异闻录》。作者以魏郦道元《水经注》为基础，采撷了大量秦汉之我国各州邑山川海河、平原阡陌、城镇村落、植物稼穑、民情民俗、灾祥灵异等历史地理记载。同时又吸取了众多史籍方志中的材料，或约其事，或摘其文，旁证博引，发潜阐幽，内容浩博繁杂，兼及古代神话、风土传说、人物轶事、仙道奇闻、军事政治纪实、历史遗址典故等，是一本卧游的极好读本。

水经注异闻录（节录）

一　天马

汉武帝闻大宛有天马[①]；遣李广利伐之。始得此马，有角为奇。故汉武帝《天马之歌》曰："天马来兮历无草。径千里兮循东道。"胡马感北风之思，遂顿羁绝绊，骧（xiāng）首而驰[②]。晨发京城，夕至敦煌北塞外，长鸣而去。因名其处曰候马亭。今晋昌郡南，及广武马蹄谷，磐石上马迹，若践泥中，有自然之形。故其俗号曰天马径。

①大宛：古西域三十六城国之一。北通康居，西南邻大月氏。盛产名马。汉武帝时“得乌孙马好，名曰‘天马’。及得大宛汗血马，益壮，更名乌孙马曰‘西极’，名大宛马曰‘天马’云”。②骧：昂首。引申为高举。

二　君子济

皇魏桓帝十一年[1]，西幸榆中[2]，东行代地。洛阳大贾，赍（jī）金货[3]，随帝后行；夜迷失道，往投津长曰子封[4]，送之渡河，贾人卒死[5]。津长埋之。其子寻求父丧，发冢举尸，资囊一无所损。其子悉以金与之，津长不受。事闻于帝。帝曰：“君子也。”即名其津为君子济[6]。

①魏桓帝：拓跋猗㐌，北魏皇帝光祖，被追封为桓帝。②幸：封建时代称皇帝亲临为幸。如临幸、巡幸。③赍：怀着，抱着。④津长：即津吏。管理渡口、桥梁的官吏。⑤卒：急遽貌。通“猝”“促”。⑥济：渡头。

三　收骨

山有二陵[1]。南陵，夏后皋之墓也[2]。北陵，文王所避风雨矣。言山径委深。峰阜交荫。故可以避风雨也。秦将袭郑。蹇（jiǎn）叔致谏而公辞焉[3]。蹇叔哭子曰：“吾见其出，不见其入。晋人御师，必于崤矣。吾收尔骨焉。”孟明果覆秦师于此[4]。

①山：指石崤山，在今河南三门峡市东南。②夏后：即夏后氏。古史称禹受舜禅，建夏王朝，也称夏后氏、夏后或夏氏。皋即帝皋。③蹇叔：春秋时秦国大夫。因百里奚推荐任上大夫。公：秦穆公。④孟明：百里奚之子，名视，字孟明。

四　老而出乳

宋元嘉中，右将军到彦之留建威将军朱修之守此城[1][廩（lǐn）延南故城]。魏军南伐。修之执节不下[2]。其母悲忧，一旦乳汁惊出 。母乃号踊，告家人曰："我年老，非有乳时。今忽如此，吾儿必没矣。"修之绝援，果以其日陷没。

①到彦之：南朝宋武源人，字道豫。武帝封孙恩，以乡里乐从，每有战功，迁至司马南郡太守。武帝即位，进爵为侯。彦之佐守荆楚，迨三十年。士庶惧其威信。元嘉中改封建昌县公。迁南豫州刺史。伐魏无功，免官。起为护军。卒谥忠。②节：符节。古人使臣执以示信之物。

五　同死

臧（zāng）洪为东郡太守，治此（东武阳县故城）。曹操围张超于雍丘。洪以情义，请袁绍救之，不许。洪与绍绝。绍围洪，城中无食。洪呼吏士曰："洪于大义，不得不死。诸君无事，空与此祸。"众泣曰："何忍舍明府也！[1]"男女八千余人，相枕而死[2]。洪不屈。绍杀洪。邑人陈容为丞，谓曰："宁与臧洪同日死。不与将军同日生。" 绍又杀之。士为伤叹。

①明府：汉魏以来对太守牧尹，称府君或明府君，省称明府。郡所居曰府，明为贤明之意。②相枕而死：彼此依靠着死在一起，表示死而无怨。

六　朱公

战国之世，范蠡（lí）既雪会稽之耻，乃变姓名，寓于陶，为朱公。以陶，天下之中，诸侯四通[①]，货物之所交易也。治产致千金，富好行德，子孙修业[②]，遂致巨万[③]。故言富者皆曰陶朱公。

①诸侯：诸侯国。这里指各地。②修业：经营产业。③巨万：形容数目之大。

七　项墓

（谷城）城西北三里，有项王羽之冢（zhǒng）。半许毁坏。石碣尚存。题云：项王之墓。《皇览》云：冢去县十五里。谬也。今彭城谷阳城西南，又有项羽冢，非也。余按《史记》[①]，鲁为楚守[②]。汉王示羽首，鲁乃降。遂以鲁公礼，葬羽于谷城。宁得言彼也。

①《史记》云："项王已死，楚地皆降汉，独鲁不下。汉乃引天下兵欲屠之，为其守礼义，为主死节，乃持项王头视鲁。鲁父兄乃降。始楚怀王初封项籍为鲁公，及其死，鲁最后下，故以鲁公礼葬项王谷城。汉王为发哀，泣之而去。"②鲁：地名，在今山东省。《史记·项羽本纪》："楚怀王初封项籍（项羽）为鲁公。"故鲁人守义不降。

八　祭陌

魏文侯时，西门豹为邺（yè）令[①]。约诸三老曰[②]：“为河伯娶妇，幸来告知，吾欲送女。”皆曰：“诺!”至时，三老、廷掾（yuàn）[③]，赋敛百姓，取钱百万。巫觋（xí）行里中[④]，有好女者，祝当为河伯妇。以钱三万聘女，沐浴脂粉如嫁状。豹往会之。三老、巫、掾与民咸集赴观。巫妪年七十，从十女弟子。豹呼妇视之，以为非妙。令巫妪入告河伯。投巫于河中。有顷，曰：“何久也。”又令三弟子及三老入白，并投于河。豹磬折曰[⑤]：“三老不来，奈何！”复欲使廷掾、豪长趣（cù）之。皆叩头流血，乞不为河伯娶妇。淫祀虽断，地留祭陌之称焉[⑥]。

①邺：故城在今河北临漳县北。②三老：秦置乡三老。汉并置县三老、郡三老，帮助县令、丞、尉推行政令。③廷掾：县令的属吏。④巫觋：男女巫的合称。⑤磬折：谓弯身偻折如磬之背，以示恭敬。⑥祭陌：地名。又称紫陌。故城在今河北临境内。《水经注》十《浊漳水》：“漳水又北径祭陌西，战国之世，俗巫为河伯取妇，祭于此陌。”

九　射戟[①]

沛县故城。秦末兵起，萧何、曹参迎汉祖于此城。城内有汉高祖庙。庙前有三碑，后汉立。庙基以青石为之，阶陛（bì）尚存[②]。刘备之为徐州也，治此。袁术遣纪灵攻备，备求救吕布，布救之。屯小沛。招灵请备共饮。布谓灵曰：“玄德，布弟也。布性不喜合斗但喜解斗。”乃植戟（jǐ）于门，布弯弓曰："观布射戟小枝；中者当各解兵。不中；可留决斗。"一发中之。遂解。此即布射戟枝处也。《述征记》曰：城极大，四周堑（jiàn）通丰水③。

①戟：古兵器名。头上作两边分出，即吕布之所谓"枝"。②阶陛：殿坛的台阶。③堑：壕沟，护城河。

十　故乡

小沛县。县治故城南垞（chá）上①。东岸有泗水亭，汉高祖为泗水亭长②。即此亭也。故亭今有高祖庙，庙前有碑，延熹十年立。庙阙崩褫（chǐ）③。略无全者。水中有故石梁处，遗石尚存。高祖之破黥（qíng）布也④，过之，置酒沛宫。酒酣，歌舞。慷慨伤怀。曰："游子思故乡也。⑤"

①垞：土丘。又一解为"城名"。《水经注》二五《泗水》："泗水又逕留县而南，逕垞城东。"在江苏徐州北。②亭长：秦汉时每十里为一亭，设亭长一人。③阙：古代宫庙及墓门立双柱者谓之阙。崩褫：倒坍、废弛。④黥布：即英布，汉六县人。曾犯法被黥面，故又称黥布。秦末率骊山刑徒起事，归附项羽，封九江王，奉项羽令，使将追杀义帝于郴县。楚汉相争时，随和说之归汉，封淮南王，从刘邦击灭项羽于垓下。高祖十一年（前196），韩信、彭越被杀，布不自安，遂发兵反。高祖亲征，破布军于蕲西，布败走长沙，为番阳人所杀。⑤游子：离乡远游的人。

十一　增陵

淮阴县故城，北临淮水。昔韩信去下乡而钓于此处也①。

城东有两冢。西者，即漂母冢也。周回数百步，高十余丈。昔漂母食信于淮阴[②]。信王下邳（pī）[③]。盖投金增陵，以报母矣。东一陵即信母冢也。

①去下乡：离开下乡。《史记·淮阴侯列传》："又不能治生商贾，常从人寄食饮，人多厌之者。常数从其下乡南昌亭长之寄食，数月，亭长妻患之，乃晨炊蓐食。食时，信往，不为具食。信亦知其意，怒，竟绝去。"②漂母：在水边漂洗衣服的老妇。《史记·淮阴侯列传》："信钓于城下，诸母漂，有一母见信饥，饭信，竟漂数十日。"③信王下邳：《史记·淮阴侯列传》："汉五年正月，徙齐王信为楚王，都下邳。信至国，召所从食漂母，赐千金。"

十二　阿街

三公城[①]。城侧有范蠡祠。蠡，宛人，祠即故宅也。后汉末，有范曾，字子闵（mǐn）。为大将军司马。讨黄巾贼。至此祠，为蠡立碑，文勒可寻。夏侯湛（zhàn）之为南阳，又为立庙焉。城东有大将军何进故宅。城西有孔嵩旧居。嵩字仲山。宛人。与山阳范式，有断金契[②]。贫无养亲，赁为阿（hē）街卒[③]。遣迎式。式下车把臂，曰："子怀道卒伍。不亦痛乎？"嵩曰："侯嬴（yíng）贱役晨门[④]。卑下之位，古人所不耻。何痛之有？"故其赞曰："仲山通达，卷舒无方[⑤]。屈身厮役，挺秀含芳。"

①三公：似指范蠡、何进与孔嵩，因为他们都是宛人。②断金：《易·系辞》上："二人同心，其利断金。"《易·系辞疏》：

"金是坚刚之物，能断而截之，盛言利之甚也。"后以指同心协力，坚固不移。也指友谊的深厚。③阿街：犹言喝道。④侯嬴：战国魏隐士。亦称侯生。家贫，年七十，为大梁夷门的守门小吏，后被信陵君迎为上客。魏安鳌王二十年（前257年），秦围赵，安釐王派将军晋鄙率兵救赵，观望不前。侯嬴献计信陵君，窃得兵符，并推荐力土朱亥，击杀晋鄙，夺得兵权，却秦救赵。晨门：管城门开闭的人。⑤无方：无定例、无定规。

十三　巫峡

自三峡七百里中，两岸连山，略无缺处。重岩叠嶂，隐天蔽日。自非亭午夜分[①]，不见曦（xī）月[②]。至于夏水襄陵[③]，沿溯阻绝。或王命急宣，有时朝发白帝，暮到江陵。其间千二百里，虽乘奔御风[④]，不似疾也。春冬之时，则素湍（tuān）绿潭，回清倒影。绝巘（yǎn）多生怪柏[⑤]，悬泉瀑布，飞漱其间[⑥]，清荣峻茂[⑦]，良多趣味。每至晴初霜旦，林寒涧肃，常有高猿长啸，属引凄异[⑧]，空谷传响，哀转久绝[⑨]。故渔者歌曰："巴东三峡巫峡长，猿鸣三声泪沾裳。"

①亭午夜分：正午和夜半。亭，正值，刚刚。②曦月：日月。③襄：驾，升到高处。④乘奔御风：乘奔马，御长风。⑤绝巘：陡峭的山峰。⑥漱：冲刷。⑦清荣峻茂：水清，山峻；树木繁荣茂盛。⑧属引：连续不断。⑨哀转：哀啼。转即"啭"。

十四　黄牛滩

黄牛滩。南岸重岭叠起；最外高崖，间有石色。如人负刀牵牛，人黑牛黄，成就分明[①]。既人迹所绝，莫得究焉。

此岩既高；加以江湍纡（yū）回，虽途径信宿[2]，犹望见此物。故行者谣曰："朝发黄牛，暮宿黄牛。三朝三暮，黄牛如故。"言水路纡深，回望如一矣。

①成就：作出成绩，完成。这里是指其形状真。②信宿：连宿两夜。

十五　西陵峡

西陵峡。《宜都记》曰：自黄牛滩东入西陵界，至峡口，百许里。山水迂曲，而两岸高山重嶂，非日中夜半，不见日月。绝壁或千许丈。其石彩色形容，多所像类。林木高茂，略尽冬春。猿鸣至清，山谷传响，泠泠（líng líng）不绝。所谓三峡，此其一也。山松言[1]：尝闻峡中水疾，书记及口传，悉以临惧相戒；曾无称有山水之美也。及余来践跻此境，既至欣然，始信耳闻之不如亲见矣。其叠崿（è）秀峰，奇构异形，固难以辞叙。林木萧森，离离蔚蔚，乃在霞气之表，仰瞩俯映，弥习弥佳[2]。流连信宿，不觉忘返。目所履历，未尝有也。既自欣得此奇观，山水有灵[3]，亦当惊知己于千古矣。

①山松：姓袁，一称崧。晋袁乔之孙。少有才名，博学能文。曾著汉书百篇。②弥：益，更加。习：鸟飞貌。引申为多次。③灵：灵性。人的精神状态。

十六　禁水

禁水。水左右，甚饶犀、象。山有钩蛇，长七八丈，尾末有歧[①]。蛇在山涧水中，以尾钩岸上人、牛食之。此水傍，瘴气特恶，气中有物，不见其形。其作，有声，中木则折，中人则害，名曰鬼弹。惟十一月、十二月，差可渡。正月至十月，径之，无不害人。故郡有罪人，徙（xǐ）之禁旁，不过十日，皆死也。禁水又北注泸津水。又东径不韦县北而东北流。两岸皆高山数百丈，泸（lú）峰最为杰秀。孤高三千余丈。是山于晋太康中崩，震动郡邑。水之左右，马步之径裁通；而时有瘴气。三月、四月，径之必死。非此时犹令人闷吐。五月以后，行者差得无害。故诸葛亮《表》言[②]：五月渡泸，并日而食，臣非不自惜也。顾王业不可偏安于蜀故也[③]。

①歧：分支。②诸葛亮《表》：诸葛亮受刘备托孤之任，辅佐刘禅执政。227年，诸葛亮率军北驻汉中，以图中原，鉴于刘禅暗弱无能，不无内顾之忧，故临行上《前出师表》，中有云："受命以来，夙夜忧叹，恐托付不效，以伤先帝之明。故五月渡泸，深入不毛。今南方已定，兵甲已足，当率三军，北定中原。"③顾：只是。

十七　沅水

沅水。沅水又东历临沅县西，为明月池、白璧湾。湾状半月，清潭镜澈。上则风籁空传，下则泉响不断。行者莫不拥楫嬉游，徘徊爱玩。沅水又东历三石涧，鼎足均峙，秀若削成。其侧茂竹便娟[①]，致可玩也。又东带绿萝山[②]，绿萝蒙幂（mì）[③]。颓岩临水，实钓渚渔泳之胜地。其迭（dié）响若钟音，信为神仙之所居。沅水又东，径平山西。南临沅水，寒松上荫，清泉下注，栖托者不能自绝于其侧。

①便娟：轻盈美丽的样子。②萝：即“地衣”，苔藓。带：围绕。③幂：覆盖，照。④栖托：寄托，委身。

十八 金井

益阳县。县有关羽濑，所谓关侯滩也。南对甘宁故垒[1]。昔关羽屯军水南，孙权令鲁肃、甘宁拒之于是水。（资水）宁谓肃曰：“羽闻吾咳唾之声，不敢渡也。渡则成擒矣。”羽夜闻宁处，分曰[2]：“兴霸（宁字）声也！”遂不渡。……应劭曰：“县在益水之阳[3]。”今无益水。亦或资水之殊目矣。然此县之左右，处处有深潭。渔者咸轻舟委浪[4]，谣咏相和。罗君章所谓“其声绵邈（miǎo）”者也[5]。水南十里，有井数百口。浅者四五尺；或三五丈。深者亦不测其深。古老相传[6]：昔人以杖撞地，辄便成井。或云：古人采金沙处。莫详其实也。

①垒：军营墙壁或防守工事。②分：料想，辨别。③阳：山南水北为阳。故益阳县在水之北岸。如富阳县在富春江北岸，江阴县在长江南岸。④委浪：随着波浪而飘流。委，随顺应付。⑤绵邈：长远，悠远。⑥《荆州记》曰：县南十里有平冈。冈有金井数百。浅者四五尺；深者不测。俗传云：有金人，以杖撞地，辄成井。

十九 一钱

麻溪。溪之下，孤潭周数畮[1]。甚清深。有孤石临潭。乘崖俯视，猿狖（yòu）惊心[2]。寒木被潭，深沉骇观。上有一栎树[3]。谢灵运与从弟惠连，常游之；作连句[4]，题刻树侧。麻潭下注若耶溪。水至清照。众山倒影，窥之如画。汉世刘宠

作郡，有政绩。将解任去治。此溪父老，持百钱出送。宠各受一文。然山栖遁逸之士[⑤]，谷隐不羁之民[⑥]。有道则见。物以感远为贵。荷钱致意。故受者以一钱为荣。岂藉费也？义重故耳！

①晦：古同“亩”。②猿狖：泛指猿猴。《淮南子·览冥》：“猨狖颠蹶而失木枝。”③栎：俗称麻栎。④连句：即联句。赋诗时人各一句或几句，合而成篇叫联句。⑤遁逸：隐避。⑥不羁之民：豪放，不甘受约束的人。

二十　镜行

山阴县。西门外，百余步，有怪山。本琅邪郡之东武县山也[①]。飞来徙此，压杀数百家。《吴越春秋》称：怪山者，东武海中山也。一名自来山。百姓怪之，号曰怪山。亦云：越王无疆[②]，为楚所伐；去琅邪，止东武。人随居山下。远望此山，其形似黾；故亦有黾山之称也。越起灵台于山上，又作三层楼，以望云物[3]。川土明秀。亦为胜地。故王逸少云[4]：从山阴道上，犹如镜中行也。

①琅邪郡：秦置琅邪郡，兼置琅邪县为郡治。即今山东半岛东南部。西汉移治东武县（今诸城市）。②无疆：战国越王。勾践六世孙。兴师北伐齐。四伐楚。与中国争强。其后伐楚，楚威王大败越，杀无疆。③云物：犹言景物。④王逸少：王羲之，字逸少。

二十一　避朱

上虞县，王莽之会稽也。本司盐都尉治[1]。地名虞宾。晋《太康地记》曰：舜避丹朱于此[2]，故以名县。百姓从之，故县北有百官桥。亦云：禹与诸侯会，事讫，因相虞乐[3]。故曰上虞。二说不同，未详孰是。县南有兰风山，山少木多石。驿路带山傍江，路边皆作栏干。山有三岭，枕带长江[4]。苕苕孤危[5]，望之若倾。缘山之路，下临大川，皆作飞阁栏干，乘之而渡。谓此三岭为三石头。丹阳葛洪遁世，居之。基井存焉。琅邪王方平，性好山水。又爰（yuán）宅兰风[6]。垂钓于此。以永终朝。行者过之，不识。问曰："卖鱼师！得鱼卖否？"方平答曰："钓亦不得，得亦不卖！"

①司盐都尉：官名。②丹朱：帝尧之子。尧因丹朱不肖，禅位于舜。③虞乐：娱乐。虞通"娱"。④枕带：靠近。⑤苕苕：高远貌。⑥爰宅：移家。

杨衒之

杨衒之，北魏北平人。杨，一作"阳"或"羊"。曾任期城郡太守、秘书监等职。武定五年（547）至北魏旧都洛阳，值丧乱之后，见城郭崩毁，宫室倾覆，寺观庙塔多成废墟，因摭拾旧闻，追述故迹，作《洛阳伽蓝记》，记洛阳城佛寺盛衰始末，以寓规讽之意。

洛阳伽蓝记（节录）

一　景林寺[①]

景林寺，在开阳门内御道东[②]。讲殿叠起，房庑连属[③]，丹槛炫日，绣桷（jué）迎风[④]，实为胜地。

寺西有园，多饶奇果。春鸟秋蝉，鸣声相续。中有禅房一所[⑤]，内置祇洹（qí huán）精舍[⑥]，形制虽小，巧构难比。加以禅阁虚静[⑦]，隐室凝邃[⑧]，嘉树夹牖（yǒu），芳杜匝阶[⑨]，虽云朝市，想同岩谷。静行之僧，绳坐其内。餐风服道，结跏数息[⑩]。

有石铭一所，国子博士卢白头为其文[⑪]。白头，一字景裕，范阳人也。性爱恬静，丘园放敖[⑫]，学极六经，说通百氏。普泰初，起家为国子博士。虽在朱门，以注述为事。注《周易》，行之于世也。

①景林寺：在今河南省洛阳市内。②御道：古代专供帝王行驶车马的道路。③庑：殿堂周围的廊屋。④绣桷：指雕梁画。桷，方形的椽子。⑤禅房：僧堂，佛教坐禅的地方。⑥祇洹精舍：指禅房内修习佛法的处所。祇洹，中印度舍卫国有祇洹精舍。此借指佛寺之称。⑦禅阁：指僧人静修的处所。下文的“隐室”亦是此意。⑧凝邃：安定、幽深。⑨杜：杜木，即甘棠。⑩结跏：即“结跏趺坐”。佛教中修禅者的坐法。数息：即“数息观”。佛教的一种修行方法。静心默数呼吸的出入，从一至十，循环计数，以改正心思的散乱。息，呼吸。⑪国子：即“国子学”。当时设在京城的最高学府。博士，官名。⑫丘园放敖：在山丘园林间放浪闲游。

二　景明寺

景明寺，宣武皇帝所立也。景明年中立，因以为名。在宣阳门外一里御道东。

其寺东西南北，方五百步。前望嵩山、少室[①]，却负帝城。青林垂影，绿水为文。形胜之地，爽垲（kǎi）独美[②]。山悬堂观，光盛一千余间。复殿重房，交疏对霤（jiù）[③]。青台紫阁，浮道相通。虽外有四时，而内无寒暑。房檐之外，皆是山池。竹松兰芷，垂列阶墀（chí），含风团露，流香吐馥。至正光年中，太后始造七层浮图一所，去地百仞。是以邢子才碑文云[④]：“俯闻激电[⑤]，旁属奔星[⑥]”是也。庄饰华丽，侔于永宁。金盘宝铎（duó）[⑦]，焕烂霞表。

寺有三池，萑（huán）蒲菱藕[⑧]，水物生焉。或黄甲紫鳞，出没于繁藻；或青凫白雁，浮沉于绿水。碾硙（niǎn wèi）舂簸[9]，皆用水功。

伽蓝之妙，最为称首。时世好崇福，四月七日，京师诸像皆来此寺，尚书祠部曹录像凡有一千余躯。至八日，以次入宣阳门，向阊阖宫前受皇帝散花[10]。于时金花映日，宝盖浮云，幡幢若林，香烟似雾。梵乐法音，聒动天地。百戏腾骧（xiāng），所在骈比。名僧德众，负锡为群。信徒法侣，持花成薮。车骑填咽，繁衍相倾。时有西域胡沙门见此，唱言佛国。至永熙年中，始招国子祭酒邢子才为寺碑文。

①嵩山：又名嵩高山，古称中岳，在洛阳东南。少室：嵩山的最西峰。嵩山有三高峰：东为太室山，中为峻极山，西为少室山。②爽垲：高朗干燥。③霤：屋檐。④邢子才：北魏、北齐时文学家。名，字子才，河间鄚（今河北任丘北）人。⑤激电：打雷。⑥奔星：流星。⑦铎：一种大的铃。⑧萑：芦类植物。⑨碾硙舂簸：利用水力，使水磨的机械装置自然转动，可以作灌溉及粮食加工之用。⑩阊阖宫：北魏皇宫。皇帝散花：北魏风俗，皇帝向佛像散花，以表示敬礼之意。

三　白马寺[1]

白马寺，汉明帝所立也，佛入中国之始。寺在西阳门外三里御道南。帝梦金神，长丈六，项背日月光明。胡人号曰佛。遣使向西域求之，乃得经像焉。时白马负经而来，因以为名。

明帝崩，起祇洹于陵上[2]。自此以后，百姓冢上，或作浮图焉[3]。寺上经函至今犹存，常烧香供养之。经函时放光明。

耀于堂宇。是以道俗礼敬之，如仰真容。

浮屠前，柰（nài）林、蒲萄异于余处[4]，枝叶繁衍，子实甚大。柰林实重七斤，蒲萄实伟于枣，味并殊美，冠于中京，帝至熟时，常诣取之，或复赐宫人。宫人得之，转饷亲戚，以为奇味。得者不敢辄食，乃历数家。京师语曰："白马甜榴，一实值牛。"

①白马寺：在今河南洛阳市东十千米。白马寺兴建于永平十一年（68），今已一千九百多年，是佛教传入我国后建造的第一座寺院。现存天王殿、大佛殿、大雄殿、接引殿、毗卢阁等建筑，东有金世宗大定十五年（1175）建造的高二十四米的齐云塔。寺院背负邙山，南临洛水，东望洛阳故城，黄墙高塔，巍峨壮观。②祇洹：见前《景林寺》注。③浮图：塔。有时亦写作"浮屠"。有时也作佛寺讲。④柰：古称果为柰。一说为萍果。林：林檎。柰之小而圆的叫林檎，也称花红、沙果。

四　瑶光寺[1]

瑶光寺，世宗宣武皇帝所立，在阊阖城门御道北，东去千秋门二里[2]。千秋门内，道北有西游园，园中有凌云台，即是魏文帝所筑者[3]。台上有八角井，高祖于井北造凉风观[4]。登之远望，目及洛川，台下有碧海曲池；台东有宣慈观，去地十丈；观东有灵芝钓台[5]，累木为之，出于海中，去地二十丈；风生户牖，云起梁栋，丹楹刻桷（jué）[6]，图写列仙；刻石为鲸鱼，背负钓台，既如从地涌出，又似空中飞下。钓台南有宣光殿，北有嘉福殿，西有九龙殿，殿前九龙吐水成一海。凡四殿[7]，皆有飞阁，向灵芝往来。三伏之月[8]，皇帝在灵芝台以避暑。

有五层浮图一所，去地五十丈，仙掌凌虚[9]，铎垂云表，作工之妙，埒（liè）美永宁。讲殿尼房五百余间，绮疏连亘[10]，户牖相通，珍木香草，不可胜言，牛筋狗骨之木，鸡头鸭脚之革[11]，亦悉备焉。

椒房嫔御[12]，学道之所，掖庭美人，并在其中；亦有名族处女，性爱道场，落发辞亲，来依此寺，屏珍丽之饰，服修道之衣，投心入正[13]，归诚一乘。永安三年中，尔朱兆入洛阳[14]，纵兵大掠，时有秀容胡骑数十人，入瑶光寺淫秽（huì）。自此后，颇获讥讪。京师语曰："洛阳男儿急作髻[15]，瑶光寺尼夺作婿。"

①瑶光寺：北魏原为鲜卑部族，至孝文帝元宏迁都洛阳，宣武帝元恪笃信佛教，营造僧舍，一时王公大臣多舍宅第为之，故佛寺之多，甲于天下。瑶光寺即为元恪所造。②千秋门：北魏迁洛阳，城门多依魏、晋旧名，其西面有四门，由南向北第三曰"阊阖门"。"千秋门"系都内宫城西门。③凌云台：魏文帝曹丕黄初二年（221）筑凌云台。④高祖：高祖孝文帝改姓元，名宏，献文帝拓跋弘太子，嗣立为帝。⑤灵芝钓台：灵芝钓台高二十丈，故"风生户牖，云起梁栋"，极言其高。⑥丹楹刻桷：楹，柱；桷，椽之方者。⑦四殿："四殿"当作"三殿"，否则东面缺一殿未举。⑧三伏：《史记·秦本纪》："德公二年初伏。"《正义》："六月三伏之节起秦德公为之，故云初伏；伏者，隐伏避盛暑也。"⑨仙掌：汉武帝作柏梁，铜柱，承露。仙人掌之属。言仙人以手掌擎盘，承甘露也。见《史记·武帝纪》。永宁寺"刹上有金宝瓶，容二十五石，宝瓶下有承露金盘三十斤重，周匝皆垂金铎"，"浮

图有九级，角角皆垂金铎”。故称：“作工之妙，埒美永宁。”⑩绮疏连亘：《古诗十九首》：“交疏结绮窗。”“交疏”是花格子，“结绮”是格子相连接，犹绮罗上的花纹。此称“绮疏”。与“交疏结绮”同义。⑪筋、狗骨、鸡头、鸭脚：《尔雅·释木》：“杻，檍。”《疏》：“杻，檍也。人或谓之‘牛筋’。”《诗》“南山有杞。”释文：“其树如樗，一名‘狗骨’。”《碧鸡漫志》：“吴、蜀鸡冠花有一种小者，高不过五六寸，或红或白，或浅红浅白，目为后庭花。”《嘉祐新修本草》：“鸭跖草，叶如竹，高一二尺，花深碧。”“鸭脚草”即跖草。⑫椒房：以胡粉和椒涂壁，后妃之室。下文“掖庭”，后宫妃嫔所居之地。⑬正：当作“八正”，见《大品经》。一乘：佛教中的最高教法。《法华经》传说一乘法。⑭尔朱兆：北魏庄帝元攸改元“永安”，其三年（530），杀尔朱荣，尔朱兆反，兵入洛阳。尔朱氏本北秀容人，故纵兵大掠时，秀容胡乃“入瑶光寺淫秽”女尼。⑮髻：魋髻，即士兵的椎头髻。

五　高阳王寺[①]

高阳王寺，高阳王雍之宅也。在津阳门外三里御道西[②]。雍之为尔朱荣所害也，舍宅以为寺。正光中[③]，雍为丞相，给与羽葆、鼓吹、虎贲（bēn）、班剑百人[④]，贵极人臣，富兼山海，居止第宅，匹于帝宫；白壁丹楹，窈窕连亘（gèn）[⑤]，飞檐反宇[⑥]，轇轕（jiāo gé）周通[⑦]；僮仆六千、妓女五百，隋珠照日[⑧]，罗衣从风，自汉、晋以来，诸王豪侈，未之有也。出则鸣驺（zōu）夹道，文物成行，铙（náo）吹响发，笳声哀转；入则歌姬舞女，击筑（旧读zhú）吹笙，丝管迭（dié）奏，连宵尽日。

其竹林鱼池，侔（móu）于禁苑，芳草如积，珍木连阴。雍嗜口味，厚自奉养，一日必以数万钱为限，海陆珍羞，方丈于前[⑨]。陈留侯李崇谓人曰："高阳一食，敌我千日。"崇为尚书令，仪同三司，亦富倾天下，僮仆千人，而性多俭吝，恶衣麄（cū）食[⑩]，常无肉味，止有韭菹。崇客李元佑语人云："李令公一食十八种。"人问其故，元佑曰："二九一十八[⑪]。"闻者大笑。世人即以为讥骂。

及雍薨（hōng）后[⑫]，诸妓悉令入道。或有嫁者，美人徐月华善弹箜篌（kōng hóu），能为"明妃出塞"之曲[⑬]，闻者莫不动容。永安中，与卫将军源士康为侧室。宅近青阳门，徐鼓箜篌而歌，哀声入云，行路听者，俄而成市。徐常语士康曰："王有二美姬：一名修容，一名艳姿，并蛾眉皓齿，洁貌倾城。修容亦能为《绿水歌[⑭]》，艳姿尤善作《么凤舞》，并爱倾后室，宠冠诸姬。"士康闻此，遂常令徐鼓《绿水》《么凤》之曲。

①高阳王：高阳王元雍，字思穆，献文帝第四子，为相州刺史，迁冀州刺史，入拜司州牧，迁司空，转太尉，加中，寻除太保，明帝时，进位丞相，孝宗初，于河阴遇害。②津阳门：洛阳南面有三门，最西曰宜阳门，汉、魏、晋曰津阳门。③正光：明帝改元"正光"。④羽葆：仪仗中的华盖，以羽毛连缀为饰。鼓吹：汉宫庭乐名"鼓吹"，间赐功臣。虎贲：掌仪卫之勇士。班剑：朝服带剑者。⑤窈窕：深远貌，言宫庭径路之深远。⑥飞檐反宇：形容屋宇高大宏伟。⑦轇轕：言其差参纵横。⑧隋珠：《淮南子·览冥训》："隋侯之珠。"传说隋侯治大蛇创伤，后蛇含大珠以报之，为极珍之物。⑨方丈：《孟子·尽心下》："食前方丈。"言馔食

列于前者方一丈也。⑩麄：今作粗。⑪“韭”谐“九”音，谓每日两餐，皆以韭佐，二九一十八也。⑫薨：《礼记·曲礼》：“天子死曰崩，诸侯曰薨。”元雍封高阳王，故准诸侯礼，称其死曰“薨”。⑬明妃出塞：郭茂倩《乐府诗集》第五十九卷琴曲歌辞中有《昭君怨》。⑭绿水歌：《乐府诗集》第五十六齐明王歌中有渌水曲。

六　寿丘里

自退酤以西[①]，张方沟以东，南临洛水，北达芒山，其间东西两里，南北十五里，并名为寿丘里，皇宗所居也，民间号为“王子坊”。当时四海宴清，八荒率职，缥囊纪庆[②]，玉烛调辰，百姓殷阜，年登俗乐，鳏（guān）寡不闻犬豕（shǐ）之食，茕（qióng）独不见牛马之衣[③]；于是帝族、王侯、外戚、公主，擅山海之富，居川林之饶，争修园宅，互相夸竞。崇门丰室，洞户连房，飞馆生风，重楼起雾，高台芳榭，家家而筑，花林曲池，园园而有，莫不桃李夏绿，竹柏冬青。

而河间王琛（chēn）最为豪首[④]，常与高阳争衡，造文柏堂，形如徽音殿，置玉井金罐，以五色丝缋为绳。妓女三百人，尽皆国色。有婢朝云，善吹篪（chí）[⑤]，能为《团扇歌》《垄上声》。琛为秦州刺史，诸羌外叛，屡讨不降，琛令朝云假为贫妪，吹篪而乞，诸羌闻之，悉皆流涕，迭相谓曰：“何为弃坟井，在山谷为寇也？”即相率归降。秦民语曰：“快马健儿，不如老妪吹篪。”琛在秦州，多无政绩，遣使向西域求名马，远至波斯国，得千里马，号曰“追风赤骥”。次有七百里者十余匹，皆有名字，以银为槽，金为锁环（huán）。诸王服其豪富。琛语人曰："晋室石崇，乃是庶姓，犹能雉头狐腋[⑥]，画卵雕薪[⑦]，况我大魏天潢（huáng）[⑧]，不为华侈？"造迎风馆于后园，窗户之上，列钱青琐[⑨]，玉凤衔铃，金龙吐佩。素柰朱李，枝条入檐，伎女楼上，坐而摘食。琛常会宗室，陈诸宝器，金瓶银瓮百余口，瓯檠盘盒称是。自余酒器，有水晶钵、玛瑙盃、琉璃碗、赤玉卮数十枚，作工奇妙，中土所无，皆从西域而来。又陈女乐及诸名马，复引诸王，按行府库，锦、罽（jì）、珠玑[⑩]，冰罗、雾縠（hú），充积其内，绣缬（xié）、紬绫、丝綵、越葛、钱绢等[⑪]，不可数计。

琛忽谓章武王融曰[⑫]："不恨我不见石崇[⑬]，恨石崇不见我。"融生性贪暴，志欲无限，见之惋叹，不觉生疾，还家卧三日不起。江阳王继来省疾[⑭]，谓曰："卿之财产，应得抗衡，何为叹羡，以至于此？"融曰："常谓高阳一人，宝货多于融，谁知河间，瞻之在前？"继笑曰："卿欲作袁术之在淮南[⑮]，不知世间复有刘备也。"融乃蹶（jué）起，置酒作乐。于时国家殷富，库藏盈溢，钱绢露积于廊者不可较数。及太后赐百官绢，任意自取，朝臣莫不称力而去，唯融与陈留侯李崇负绢过任，蹶倒伤踝。侍中崔光[⑯]，止取两匹。太后问："侍中何少？"对曰："臣有两手，唯堪两匹，所获多矣。"朝贵服其清廉。

经河阴之役，诸元歼尽，王侯第宅，多题为寺，寿丘里闾，列刹相望，祇洹郁起，宝塔高凌。四月初八日，京师士女多至河间寺，观其廊庑绮丽，无不叹息，以为蓬莱仙室亦不是过。入其后园，见沟渎蹇产[⑰]，石磴礁（jiāo）硗（qiāo）[⑱]，朱荷出池，绿萍浮水，飞梁跨树，层阁出云，咸皆啧啧，虽梁王兔苑[19]，想之不如也。

①退酤：出西阳门（洛阳西面第三）外四里道南有阳大市，市东有通商，达货二里，市西有“退酤”，治商二里，里内之人，多醖酒为业。“张方沟”，在其西二里处。②缥囊：缥色书合袟《尔雅释天》：“四气和谓之玉烛”言四时和气，温润明照，故曰“玉烛”。③犬豕之食：恶食。牛马之衣：编乱麻为衣。《汉书食货志》载董仲舒：“故贫民常衣牛马之衣，而食犬彘之食。”④元琛：河间王元琛，文成帝孙，字昙宝。幼慧，孝文爱之。世宗时，拜定州刺史，其妃世宗舅女，高皇后妹，琛凭恃内外，多所受纳，贪婪之极，遂废于家。刘腾受其金宝巨万，为之言，出为秦州刺史，在州又以聚敛闻。后讨汾晋蜀，卒于军。⑤篪：以竹为之，长尺四寸，有八孔，《乐赋诗集》第四十五卷“吴声曲辞”中有“团扇郎”。又八十五卷“杂歌谣辞”中有“陇上歌”。⑥雉头：《晋·书武帝纪》：“太医司马程据献雉头裘，帝以奇技异服，曲礼所禁，焚之于殿前。”狐腋：《慎子》：“白狐之裘，非一狐之皮也。”言集众狐腋才成一裘。⑦画卵雕薪：《管子侈靡》第三十五：“雕卵然后瀹之，雕撩然后爨之。”房玄龄注：“皆富者所为也；撩，薪也。”《荆楚岁时记》：“古之豪家，食称画卵，今代犹染蓝茜杂色，仍加雕镂，遞相遗。”⑧天潢：皇族。⑨列钱：班固《西都赋》：“金釭衔璧，是谓列钱。”言行列似钱也。青琐：窗上所刻之连锁文。⑩罽：《说文》：“西胡毳布。”今之毛织地毯。⑪绣缬：以下为各地所产之编织物及绢素。⑫章武王融：元融，字永兴，袭封章武王。明孝帝时，累迁河南尹。恣情聚敛，为中尉纠弹，削爵，汾夏山胡叛，诏复融封，前往征讨，为胡所败。后又为葛荣所败，见杀。⑬石崇：字季伦，生于晋朝之青

州。尝劫远使商客，致富不赀，于河阳置金谷园，与贵戚王恺等，以奢靡相尚。⑭江阳王继：元继，字世江，拓跋霄二子，嗣叔父京兆王黎为孙，袭封江阳王。⑮袁术：字公路，袁绍之从弟，赋性狂妄，侈纵欲，多为不义。仕汉，官至右将军。乘时扰乱，据淮南称尊，建号仲氏。后兵败，走青州，为刘表击破，呕血斗余而死。⑯崔光：本名孝，字长仁，魏孝文赐名光，少随父代，为东清河鄃人。太和中，拜中书博士，参撰国史。⑰蹇产：屈折。⑱礁硗：高貌。⑲梁王兔苑：汉梁孝王好营宫室苑囿，筑兔园，中有百灵山、雁池。其诸宫殿，延至数十里。

元　结

元结（719—772），唐河南（今河南省阳市附近）人，字次山，自称猗玗子、浪士。曾作《元子》十篇，因又称元子。天宝十二载（754）举进士。肃宗时，上《时议》三篇，官至监察御史、道州刺史。他继承陈子昂反对六朝骈俪文风，致力于古文写作，是唐代古文运动的先驱之一。著有《浪说》七篇、《漫记》七篇等。

右溪记[1]

道州城西百余步，有小溪，南流数十步，合营溪。水抵两岸，悉皆怪石，攲嵌盘屈[2]，不可名状。清流触石，洄悬激

注。休木异竹[3]，垂阴向荫。

此溪若在山野，则宜逸民退士之所游处[4]；在人间，可为都邑之胜境，静者之林亭。而置州已来，无人赏爱；徘徊溪上，为之怅然。

乃疏凿芜秽，俾为亭宇，植松与桂，兼之香草，以裨形胜。为溪在州右，遂命之曰右溪。刻铭石上，彰示来者。

①右溪：在今湖南省道县城西。元结曾任道州刺史。②欹嵌盘屈：形容石头的奇怪。③休木：佳木。休，美善。④逸民退士：皆指避世隐居的人。逸民，亦称“佚民”。退，退居山林。

寒亭记[1]

永泰丙午中，巡属县，至江华县。大夫瞿令问咨曰：“县南水石相映，望之可爱，相传不可登临。俾求之，得洞穴而入，栈险以通之[2]，始得构茅亭于石上。及亭成也，以阶槛凭空，下临长江，轩楹云端，上齐绝颠[3]。若旦暮，景气烟霭[4]，异色苍苍，石墉（yōng）含映水木。欲名斯亭，状类不得。敢请名之[5]，表示来世。”

于是，［休］于亭上[6]，为商之曰：“今大暑登之，疑天时将寒。炎烝之地，而清凉可安，不合命之曰寒亭欤?”乃为寒亭作记，刻之亭背。

①寒亭：在江华县（今湖南省江华县东南）南面。②栈：栈道。③颠：与“巅”通。可解释为山顶。④景气：景致，景象。⑤敢：冒昧的意思。⑥于亭上：据《全唐文》，“于”字上有“休”字。

白居易

白居易（772—846），唐下邽（今陕西省渭南市境内）人。字乐天。贞元十六年（800）进士，拔萃科考试后，授秘书省校书郎。元和初为翰林学士，遣左拾遗。因上表谏事，忤权贵，贬江州司马。累迁杭州、苏州刺史。后诏还，授太子少傅。晚年居洛阳香山，号香山居士。主张“文章合为时而著，歌诗合为时而作”。其诗浅显平易，传称老妪能解，流布甚广。早期所赋讽谕诗，尤为世重。与元稹并称元白。又与刘禹锡齐名，称刘白。有《白氏长庆集》。

冷泉亭记[①]

东南山水，余杭郡为最。就郡言，灵隐寺为尤；由寺观，冷泉亭为甲。

亭在山下水中央，寺西南隅。高不倍寻[②]，广不累丈，而撮奇得要，地搜胜概，物无遁形。

春之日，吾爱其草薰薰[③]、木欣欣，可以导和纳粹，畅人血气。夏之夜，吾爱其泉渟渟（tíng tíng）[④]、风泠泠，可以蠲（juān）烦析酲（chéng）[⑤]，起人心情。山树为盖，岩石为屏。云从栋生，水与阶平。坐而玩之者，可濯足于床下，卧而狎之者，可垂钓于枕上。矧（shěn）又潺湲洁澈，粹冷柔滑。

若俗士，若道人，眼耳之尘，心舌之垢，不待盥涤，见辄除去。潜利阴益，可胜言哉[⑥]！斯所以最余杭而甲灵隐也。

杭自郡城抵四封[⑦]，从山复湖，易为形胜。先是，领郡者有相里君造虚白亭，有韩仆射皋作候仙亭，有裴庶子棠棣作观风亭，有卢给事元辅作见山亭，及右司郎中河南元藇（yǔ）最后作此亭。于是五亭相望，与指之列，可谓佳境殚（dān）

矣[8]，能事毕矣。后来者虽有敏心巧目，无所加焉。故吾继之，述而不作[9]。

长庆三年八月十三日记。

①冷泉亭：亭名。在杭州灵隐飞来峰下。原来在溪当中，所以白居易说可以濯足、可以垂钓。②寻：八尺为一寻。③熏熏：众多貌。④渟渟：水流平静。⑤蠲：除去，减免。⑥胜言：尽言。⑦四封：四境。⑧殚：尽。⑨述而不作：传述成说而不自立新义。

柳宗元

柳宗元（773—819），唐河东解县（今山西运城市西南）人。字子厚。贞元九年（793）进士，中博学鸿词科。永贞元年（805）任礼部员外郎，参加王叔文为首的改革活动。失败后贬为永州司马。元和十年（815）改任柳州刺史，卒于任。世称柳柳州，也称柳河东。他既是进步的思想家，又是著名的文学家，能诗善文，散文的成就更为突出。与韩愈倡导古文运动，并称“韩柳”。著有《柳河东集》。

钴鉧（gǔ mǔ）潭记

钴鉧潭在西山西[1]。其始盖冉水自南奔注[2]，抵山石，屈折东流；其颠委势峻[3]，荡击益暴，啮（niè）其涯，故旁广

而中深，毕至石乃止。流沫成轮，然后徐行。其清而平者且十亩余，有树环焉，有泉悬焉。

其上有居者，以余之亟（qì）游也，一旦款门来告曰："不胜官租私券之委积，既芟（shān）山而更居，愿以潭上田贸财以缓祸。"予乐而如其言。则崇其台，延其槛，行其泉于高者坠之潭，有声潀（cóng）然。尤于中秋观月为宜，于以见天之高，气之迥（jiǒng）。

孰使予乐居夷而忘故土者？非兹潭也欤？

①钴鉧：熨斗。钴鉧潭，潭的形状像熨斗。②冉水：又名染溪，是潇水的支流，在零陵县西南。③颠委势峻：冉水整条溪都流得很峻急。颠委：头和尾。

钴鉧潭西小丘记

得西山后八日，寻山口西北道二百步，又得钴鉧潭。潭西二十五步，当湍（tuān）而浚（jùn）者为鱼梁[1]。梁之上有丘焉，生竹、树。其石之突怒偃蹇（yǎn jiǎn），负土而出，争为奇状者[2]，殆（dài）不可数。其嵚（qīn）然相累而下者，若牛马之饮于溪[3]；其冲然角列而上者[4]，若熊罴（pí）之登于山[5]。

丘之小不能一亩，可以笼而有之。问其主，曰："唐氏之弃地，货而不售。"问其价，曰："止四百。"余怜而售之。李深源、元克己，时同游，皆大喜，出自意外。

即更取器用，铲刈（yì）秽（huì）草，伐去恶木，烈火而焚之。嘉木立，美竹露，奇石显。由其中以望，则山之高，云之浮，溪之流，鸟兽之遨游，举熙熙然回巧献技，以效兹丘之下。

枕席而卧，则清泠之状与目谋，瀯瀯（yíng yíng）之声与耳谋，悠然而虚者与神谋，渊然而静者与心谋。不匝（zā）旬而得异地者二，虽古好事之士，或未能至焉。

噫！以兹丘之胜，致之沣（fēng）、镐（hào）、鄠（hù）、杜[6]，则贵游之士争买者，日增千金而愈不可得。今弃是州也，农夫渔父过而陋之。贾（jià）四百，连岁不能售。而我与深源、克己独喜得之。是其故有遭乎？书于石，所以贺兹丘之遭也。

①当：值，遇到。湍：水势急速。浚：深。鱼梁：一种捕鱼设置。用土石横截水流，留缺口，以笱承之，鱼随水流人笱中，不得复出。②偃蹇：骄横。③嵚然：倾斜的样子。④角列：争取到前面的行列。⑤罴：灰熊。⑥沣、镐、鄠、杜：都是古都长安城附近的水名，也就是都市所在的地方。沣，即“丰”。

小石潭记

从小丘西行百二十步，隔篁（huáng）竹，闻水声，如鸣佩、环①，心乐之。

伐竹取道，下见小潭，水尤清冽（liè）。全石以为底，近岸，卷石底以出，为坻（chí）②，为屿，为嵁（kān）③，为岩，青树翠蔓，蒙络摇缀，参差（cēn cī）披拂。

潭中鱼可百数头，皆若空游无所依。日光下彻，影布石上，佁然不动④；俶（chù）尔远逝[⑤]，往来翕（xì）忽[⑥]。似与游者相乐。

潭西南而望，斗折蛇行，明灭可见。其岸势犬牙差互，不可知其源。

坐潭上，四面竹树环合，寂寥无人，凄神寒骨，悄怆幽邃（suì）。以其境过清，不可久居，乃记之而去。

同游者：吴武陵，龚古，余弟宗玄。隶而从者：崔氏二小生，曰恕己，曰奉壹。

①佩、环：都是古人身上佩带的玉制装饰品。②坻：水中高地。③嵁：凹凸不平的岩石。④佁然：痴呆不动的样子。⑤俶尔：游动的样子。⑥翕忽：迅速的样子。

袁家渴记

由冉溪西南水行十里，山水之可取者五，莫若钴鉧潭；由溪口而西陆行，可取者八九，莫若西山；由朝阳岩东南，水行至芜江，可取者三，莫若袁家渴：皆永中幽丽奇处也。

楚、越之间方言[①]，谓水之反流者为渴（hè），音若衣褐之褐（hè）[②]。渴上与南馆、高嶂合，下与百家濑（lài）合。其中重洲小溪，澄潭浅渚，间厕曲折。平者深墨，峻者沸白。舟行若穷，忽又无际。

有小山出水中，皆美石。上生青丛，冬夏常蔚然。其旁多岩洞，其下多白砾（lì）；其树多枫、楠、石楠、楩（pián）、槠（zhū）、樟、柚（yòu），草则兰芷[③]，又有异卉（huì），类合欢而蔓生[④]，轇轕（jiāo gé）水石。

每风自四山而下，振动大木，掩苒（rǎn）众草，粉红骇绿，蓊葧（wěng bó）香气；冲涛旋濑，退贮溪谷；摇飏葳蕤

(wēi ruí)[5]，与时推移。其大都如此，余无以穷其状。

永之人未尝游焉。余得之，不敢专也，出而传于世。其地主袁氏，故以名焉。

①楚越：都是古代的国名，包括现在的湖南、湖北、安徽、江苏、浙江等省地方。②褐：粗布或粗布衣服。③兰芷：兰草和白芷，皆香草。④合欢：植物名。叶似槐叶，至晚则合。故也叫合昏。⑤葳蕤：花草茂盛。

小石城山记

自西山道口径北，逾黄茅岭而下，有二道：其一西出，寻之无所得；其一少北而东，不过四十丈，土断而川分，有积石横当其垠（yín）。其上为睥睨（pì nì）梁欐（lì）之形[1]；其旁出堡坞[2]，有若门焉，窥之正黑[3]，投以小石，洞然有水声，其响之激越，良久乃已。环之可上，望甚远。无土壤而生嘉树、美箭，益奇而坚，其疏数（shuò）偃仰，类智者所施设也。

噫！吾疑造物者之有无久矣，及是，愈以为诚有，又怪其不为之中州而列是夷狄，更千百年不得一售其伎[4]，是固劳而无用，神者倘不宜如是，则其果无乎？或曰：以慰夫贤而辱于此者。或曰：其气之灵，不为伟人而独为是物，故楚之南少人而多石。是二者余未信之。

①睥睨：城上的短墙。梁欐：也作“梁丽”。房屋的栋梁。②堡坞：中国历史上以封建家为核心建立的庄园组织。有堡、坞、壁、垒、营、寨等名称。③正：纯一不杂。④伎：才能，通“技”。

王禹偁

王禹偁（954—1001），宋济州钜野人，字元之。太平兴国八年（983）进士。任右拾遗，以敢言著称，曾上《御戎十策》，陈防御契丹之计。累官左司谏、知制诰，判大理寺，后知单州。真宗时，与修《太祖实录》，直书史事，为宰相所不喜，出知黄州，迁蕲州，病卒。禹偁才学敏赡，以直道自任，累被摈斥。喜称奖后进，当时名士，多出其门。诗文多涉规讽，风格平易，扫宋初西昆派浮艳文风。有《小畜集》，外集四十三卷。

黄州新建小竹楼记

黄冈之地多竹[1]，大者如椽，竹工破之，刳

（kū）去其节，用代陶瓦；比屋皆然，以其价廉而工省也。

子城西北隅（yú）[2]，雉堞圮毁，蓁（zhēn）莽荒秽。因作小楼两间，与月波楼通。远吞山光，平挹（yì）江濑。幽阒（qù）辽敻（xiòng），不可具状。夏宜急雨，有瀑布声；冬宜密雪，有碎玉声。宜鼓琴，琴调虚畅；宜咏诗，诗韵清绝；宜围棋，子声叮叮然；宜投壶[3]，矢声铮铮（zhēng）然：皆竹楼之所助也。公退之暇，被鹤氅（chǎng）衣，戴华阳巾，手执《周易》一卷，焚香默坐，消遣世虑。江山之外，第见风帆沙鸟、烟云竹树而已。待其酒力醒，茶烟歇；送夕阳，迎素月，亦谪（zhé）居之胜概也。

彼齐云、落星[6]，高则高矣；井幹、丽谯（qiáo）[7]，华则华矣。止于贮妓女、藏歌舞[8]，非骚人之事，吾所不取。

吾闻竹工云：竹之为瓦，仅十稔（rěn），若重复之，得二十稔。噫！吾以至道乙未岁，自翰林出滁（chú）上，丙申移广陵，丁酉又入西掖（yè），戊戌岁除日，有齐安之命，己亥闰三月到郡。四年之间，奔走不暇，未知明年又在何处，岂惧竹楼之易朽乎？幸后之人与我同志，嗣（sì）而葺之，庶斯楼之不朽也[9]。

咸平二年八月十五日记。

①黄冈：县名。在湖北省。②子城：附属于大城的小城。③投壶：在壶里投矢，中者为胜。④鹤氅：用鸟羽编制的衣裘。⑤华阳巾：道冠。⑥齐云：楼名。即古月华楼，在江苏苏州。落星：楼名。在江苏南京落星山。⑦井幹：楼名。汉武帝建，高五十余丈，在长安。丽谯：楼名。曹操建。⑧止：即“至”。⑨庶：差不多，接近。

范仲淹

范仲淹（989—1052），字希文，祖籍邠州（今陕西彬州），后迁居苏州吴县。宋真宗大中祥符八年（1015）进士。少年时生活贫困而刻苦学习，出仕以后有敢言之名。宋仁宗宝元三年（1040）西夏攻打延州时，任陕西经略安抚副使，改革军制，巩固边防。庆历三年（1043）任参知政事，建议推行新政，因为保守派反对，不能实现。不久出任陕西四路安抚使，历知邓州、杭州、青州。后在赴颖州途中病死，谥文正。他是北宋著名的政治家，散文、诗、词也都有名篇传诵于世。著有《范文正公集》。

岳阳楼记[①]

庆历四年春，滕子京谪守巴陵郡[②]。越明年，政通人和，百废具兴。乃重修岳阳楼，增其旧制，刻唐贤、今人诗赋于其上。属予作文以记之。

予观夫巴陵胜状，在洞庭一湖。衔远山，吞长江，浩浩汤汤，横无际涯；朝晖夕阴，气象万千。此则岳阳楼之大观也。前人之述备矣。然则北通巫峡，南极潇湘[③]，迁客骚人，多会于此，览物之情，得无异乎？

若夫霪雨霏霏，连月不开，阴风怒号，浊浪排空；日星隐曜，山岳潜形；商旅不行，樯倾楫摧；薄暮冥冥，虎啸猿啼。登斯楼也，则有去国怀乡，忧谗畏讥，满目萧然，感极而悲者矣。

至若春和景明，波澜不惊，上下天光，一碧万顷；沙鸥翔集，锦鳞游泳；岸芷汀兰，郁郁青青。而或长烟一空，皓月千里，浮光跃金，静影沉璧；渔歌互答，此乐何极！登斯楼也，则有心旷神怡，宠辱皆忘，把酒临风，其喜洋洋者矣。

嗟夫！予尝求古仁人之心，或异二者之为。何哉？不以物喜，不以己悲。居庙堂之高，则忧其民；处江湖之远，则忧其君。是进亦忧，退亦忧。然则何时而乐耶？其必曰“先天下之忧而忧，后天下之乐而乐”与？噫！微斯人，吾谁与归！

时六年九月十五日。

①岳阳楼：岳州巴陵县的城门楼，在今湖南省岳阳市洞庭湖畔。②滕子京：名宗亮，河南（今河南洛阳市）人，与范仲淹同年中进士。当时他因被人诬告，贬为岳州知州。③潇湘：潇水与湘水，湖南省境内的两条干流。

欧阳修

欧阳修（1007—1072），庐陵吉水（今江西吉安）人。字永叔，自号醉翁、六一居士。举天圣八年（1030）进士甲科，官至枢密副使、参知政事。因议新法，与王安石不合，致仕，退居颍川，卒谥文忠。一生博览群书，以文章著名。反对宋初西昆派的浮艳文风，主张文学须切合实用。撰有《毛诗本义》《新五代史》《集古录》等。后人辑有《欧阳文忠集》一百五十三卷，附录五卷，其中《居士集》为修晚年自编。

醉翁亭记

环滁（chú）皆山也[①]。其西南诸峰，林壑尤美。望之蔚然而深秀者，琅琊也。山行六七里，渐闻水声潺潺而泻出于两峰之间者，酿泉也。峰回路转，有亭翼然临于泉上者[②]，醉翁亭也。

作亭者谁？山之僧智仙也。名之者谁？太守自谓也。太守与客来饮于此，饮少辄醉，而年又最高，故自号曰醉翁也。醉翁之意不在酒，在乎山水之间也。山水之乐，得之心而寓之酒也。

若夫日出而林霏开[③]，云归而岩穴暝，晦明变化者，山间之朝暮也。野芳发而幽香，佳木秀而繁阴，风霜高洁、水落而石出者，山间之四时也。朝而往，暮而归，四时之景不同，而乐亦无穷也。

至于负者歌于途，行者休于树，前者呼，后者应，伛偻（yúlóu）提携[④]，往来而不绝者，滁人游也。临溪而渔，溪深而鱼肥，酿泉为酒，泉香而酒洌，山肴野蔌，杂然而前陈者，太守宴也。宴酣之乐，非丝非竹[⑤]，射者中[⑥]，弈者胜，觥筹交错，坐起而喧哗者，众宾欢也。苍颜白发，颓然乎其间者，太守醉也。

已而夕阳在山，人影散乱，太守归而宾客从也。树林阴翳（yì），鸣声上下，游人去而禽鸟乐也。然而禽鸟知山林之乐，而不知人之乐；人知从太守游而乐，而不知太守之乐其乐也。醉能同其乐，醒能述以文者，太守也。太守谓谁？庐陵欧阳修也。

①滁：即滁州（今安徽滁州）。②有亭翼然：亭子的四角向上翘起，状如鸟张开翅膀。③林霏：笼罩在树林四周的朝雾。④伛偻：弯腰曲背的老年人。提携：指被人搀扶的小孩。⑤丝竹：指弦乐器和管乐器。⑥射：古代的一种游戏，用投入壶中，以中否决胜负。

苏舜钦

苏舜钦（1008—1048），字子美，梓州铜山（今四川中江）人。景祐元年（1034）进士。曾任大理评事、集贤殿校理等官。他反对弊政，要求改革，因此遭到保守派的忌恨。以祠神奏用故纸钱会客而除名。闲居苏州沧浪亭。他的诗文风格豪健，与梅尧臣齐名，为欧阳修所推重，是北宋初诗文革新运动中一位重要的作家。有《苏学士文集》。

沧浪亭记[①]

予以罪废无所归，扁舟南游，旅于吴中，始僦（jiù）舍以处。时盛夏蒸燠（yù），土居皆偏狭，不能出气，思得高爽虚辟之地[②]，以舒所怀，不可得也。

一日，过郡学，东顾草树郁然，崇阜广水，不类乎城中，并水得微径于杂花修竹之间。东趋数百步，有弃地，纵广合五六十寻[③]，三向皆水也。杠（gàng）之南[④]，其地益阔，旁无民居，左右皆林木相亏蔽[⑤]。访诸旧老，云钱氏有国，近戚孙承祐之池馆也。坳隆胜势，遗意尚存，予爱而徘徊，遂以钱四万得之，构亭北碕（qí）[⑥]，号沧浪焉。前竹后水，水之阳又竹，无穷极。澄川翠干，光影会合于轩户之间，尤与风月为相宜。

予时榜小舟，幅巾以往。至则洒然忘其归，觞（shāng）而浩歌，踞而仰啸，野老不至，鱼鸟共乐。形骸（hái）既适，则神不烦；观听无邪，则道以明。返思向之汩汩（gǔ gǔ）荣辱之场，日与锱铢（zī zhū）利害相磨戛（jiá）[7]，隔此真趣，不亦陋哉！

噫！人固动物耳，情横于内而性伏，必外寓于物而后遣。寓久则溺[8]，以为当然；非胜是易之，则悲而不开。惟仕宦溺人为至深。古之才哲君子，有一失而至于死者，多矣；是未知所以自胜之道。予既废而获斯境，安于冲旷，不与众驱；因之复能见乎内外失得之原，沃然有得[9]，笑傲万古[10]，尚未能忘其所寓目，用是以为胜焉！

①沧浪亭：在江苏苏州城南，原是五代末吴越中吴军节度使孙承祐的别墅，苏舜钦黜退后买下别墅，临水筑亭。先秦楚民歌曰："沧浪之水清兮，可以濯我缨；沧浪之水浊兮，可以濯我足。"舜钦仿其避世隐居之衷，遂取名为沧浪亭，并作此文以记始末。②虚辟：空阔。③寻：古时八尺为一寻。④杠：小桥。⑤亏蔽：掩蔽。⑥碕：曲折的堤岸。⑦磨戛：磨擦。⑧溺：沉迷。⑨沃然：饱满的样子，指收获很多。⑩笑傲：调笑开心。

苏州洞庭山水月禅院记[1]

予乙酉岁夏四月，来居吴门，始维舟[2]，即登灵岩之颠，以望太湖。俯视洞庭山，崭（zhǎn）然特起，霞云采翠[3]，浮动于沧波之中。予时据阑竦（sǒng）首[4]，精爽下堕[5]，欲乘清风，跨落景[6]，以翱翔乎其间，莫可得也。自尔平居，缅然思于一到[7]，惑于险说，卒未果行，则常若有物腷（bì）塞于胸中[8]。

是岁十月，遂招徐、陈二君，浮轻舟，出横金口。观其洪川荡潏（yù）[9]，万顷一色，不知天地之大所能并容。水程溯（sù）洄[10]，七十里而远。初宿社下，逾日乃至，入林屋洞，陟（zhì）毛公坛，宿包山精舍（shè）[11]。又泛明月湾，南望一山，上摩苍烟，舟人指云："此所谓缥缈峰也。"即岸，步自松间，出数里，至峰下。有佛庙号水月者，阁殿甚古，像设严焕[12]，旁有澄泉，洁清甘凉，极旱不枯，不类他水。梁大同四年始建佛寺，至隋大业六年遂废不存。唐光化中，有浮屠志勤者，历游四方，至此，爱而不能去，复于旧址，结庐诵经，后因而屋之，至数十百楹（yíng）。天祐四年，刺史曹珪（guī）以明月名其院。勤老且死，其徒嗣之，迄今七世不绝。国朝大中祥符初，有诏又易今名。

予观震泽受三江[13]，吞啮（niè）四郡之封[14]。其山中之名见图志者七十有二，惟洞庭称雄其间，地占三乡，户率三千，环四十里。民俗真朴，历岁未尝有诉讼。至于县吏之庭下，皆以树桑栀（zhī）甘柚（yòu）为常产。每秋高霜余，丹苞朱实，与长松茂树相参差，间于岩壑间，望之，若图绘金翠之可爱。缥缈峰又居山之西北深远处，高耸出于众山，为洞庭胜绝之境。居山之民以少事，尚有岁时织紃（xún）树艺捕采之劳[15]；浮屠氏本以清旷远物事，已出中国礼法之外，复居湖山深远胜绝之地，壤断水接，人迹罕至，数僧宴坐，寂嘿（mò）于泉石之间[16]，引而与语，殊无纤介世俗间气韵，其视舒舒[17]，其行于于[18]，岂上世之遗民者邪！予生平病閟（bì）郁塞[19]，至此喝然破散无复余矣，反复身世，惘然莫知，但如蜕（tuì）解俗骨，傅之羽翰[20]，飞出于八荒之外[21]。吁，其快哉！

后三年，其徒惠源，造予乞文，识（zhì）其居之废兴，欣其见请，揽笔直述，且叙昔游之胜焉耳。

①洞庭山：指洞庭西山，在江苏吴县西南太湖中，为太湖中最大的岛山。②维舟：船靠岸停泊。维，动词，系。③霞云采翠：云霞如五彩的翡翠。④竦首：伸头。⑤精爽下堕：精神爽朗，烦恼全消。精爽指心神、精神。⑥落景：落日的余辉。⑦缅然：思念的样子。⑧腷塞：郁积充塞。⑨荡潏：水波动荡。⑩溯洄：逆流而上。⑪精舍：道士、僧人修炼的地方。⑫严焕：威严整肃，光彩焕发。⑬震泽：太湖的古称。三江：三条江的合称。流入太湖的三条江似为：松江、娄江、东江。⑭四郡之封：四面州郡的封界。⑮织紃：指织。⑯寂嘿：默默无语。嘿，通“默”。⑰舒舒：和缓貌。⑱于于：行动迟缓。于，通“纡”。⑲閟：便秘。郁塞：指内心郁积堵塞。⑳傅：附着。羽翰：鸟羽。㉑八荒：八方荒远之地。

王安石

王安石（1021—1086），抚州临川（今江西抚州）人。字介甫，号半山。庆历二年（1042）进士。嘉祐中上万言书，主张变法。熙宁二年（1069）任参知政事，领三司条理使，实行变法，兴农田、水利、青苗、均输、保甲、免役、市场、保马、方田诸法，为旧党所反对。熙宁九年（1076）罢相，宋神宗死后，太皇太后高氏临朝听政，司马光入相，尽罢新法。晚年退居江宁，闭门不言政，元丰中封荆国公，世称荆公。博学，于诸经皆有著作，文章诗词皆主张文学“务为有补于世”。所作险峭奇拔，政论尤简洁有力，后人称为“唐宋八大家”之一。卒谥文。著有《周官新义》《唐百家诗选》《临川集》等。

游褒禅山记

褒禅山，亦谓之华山。唐浮图慧褒始舍于其址，而卒葬之，以故其后名之曰褒禅。今所谓慧空禅院者，褒之庐、冢也。距其院东五里，所谓华山洞者，以其乃华山之阳名之也。距洞百余步，有碑仆道，其文漫灭，独其为文犹可识，曰“花山”。今言华，如华实之华者，盖音谬也。其下平旷，有泉侧出，而记游者甚众，所谓前洞也。由山以上五六里，有穴窈然，入之甚寒，问其深，则其好游者不能穷也，谓之后洞。余与四人拥火以入，入之愈深，其进愈难，而其见愈奇。有怠而欲出者，曰："不出，火且尽。"遂与之俱出。盖余所至，比好游者，尚不能十一，然视其左右，来而记之者已少，盖其又深，则其至又加少矣！方是时，予之力尚足以入，火尚足以明也。既其出，则或咎其欲出者，而予亦悔其随之，而不得极夫游之乐也。

于是予有叹焉。古人之观于天地山川草木虫鱼鸟兽，往往有得，以其求思之深而无不在也。夫夷以近则游者众，险以远则至者少，而世之奇伟瑰怪非常之观，常在于险远，而人之所罕至焉。故非有志者，不能至也；有志矣，不随以止也，然力不足者，亦不能至也。有志与力，而又不随以怠，至于幽暗昏惑而无物以相之①，亦不能至也。然力足以至焉，于人为可讥，而在己为有悔，尽吾志也而不能至者，可以无悔矣。其孰能讥之乎，此予之所得也。余于仆碑，又以悲夫古书之不存，后世之谬其传，而莫能名者，何可胜道也哉，此所以学者不可以不深思而慎取之也。

四人者，庐陵萧君圭君玉②，长乐王回深父③，余弟安国平父④，安上纯父⑤。至和元年七月某日，临川王某记。

①相：助。②庐陵：今江西吉水县东。③长乐：今属福建福州市。王回：字深父，中进士，曾为亳州卫真县主簿。④安国：字平父。熙宁初及第，曾官西京国子教授、崇文院校书、秘阁教理等职，后为李惠卿所陷，罢官归卒。⑤安上：字纯父，安石幼弟。

苏　轼

苏轼（1036—1101），宋眉州眉山（今四川眉山）人，字子瞻。嘉祐二年（1057）进士。英宗时为直史馆。神宗熙宁时王安石行新法，轼上书论其不便，自请出外，通判杭州，徙湖州。以言者摘其诗语为讪谤朝政，贬谪黄州，筑室于东坡，自号东坡居士。哲宗时召还，为翰林学士、端明殿侍读学士，曾知登州、杭州、颍州，官至吏部尚书。绍圣中又贬谪惠州、琼州，赦还，后一年卒于常州。孝宗时，追谥文忠。轼文章纵横奔放，诗飘逸不群，词开豪放一派，书画亦有名。当时黄庭坚、晁补之、秦观、张耒、陈师道等都与之交游。著有《易传》《书传》《论语说》《仇池笔记》《东坡志林》等。后人辑其所作诗文奏牍等为《东坡七集》一百十卷。

记承天寺夜游[①]

元丰六年十月十二日夜，解衣欲睡，月色入户，欣然起行。念无与乐者，遂至承天寺寻张怀民[②]。怀民亦未寝，相与步于中庭。庭下如积水空明，水中藻荇（xìng）交横[③]，盖竹柏影也。何夜无月，何处无竹柏，但少闲人如吾两人耳。

①承天寺：在湖北黄冈南。②张怀民：王文诰《苏诗编注集成总案》："张梦得，清河人，时亦贬居黄州。"③藻荇：两种水生植物。藻，俗称蕴藻。荇：荇菜。嫩时可供食用。这里藻荇泛指水草。

题白水山[1]

绍圣二年三月四日，詹使君邀予游白水山佛迹寺[2]，浴于汤泉，风于悬瀑之下。登中岭，望瀑所从出。出山，肩舆节行观山[3]，且与客语。晚休于荔浦之上，曳（yè）杖竹阴之下。时荔子累累如芡（qiàn）实矣。父老指以告予曰："是可食，公能携酒复来？"意欣然许之。同游者柯常、林卞（biàn）王原、赖仙芝。詹使君名范，予盖苏轼也。

①白水山：山名。在广东增城县东二十里，山巅有瀑布如练。故名。②詹使君：即詹范，宋崇安人。字器之，知惠州，从苏轼游。使君：汉以后对州郡长官的尊称。③节行：以次前进。

游沙湖

黄州东南三十里为沙湖，亦曰螺师店。予买田其间，因往相田，得疾[①]。闻麻桥人庞安常善医而聋。遂往求疗。安常虽聋，而颖（yǐng）悟绝人，以纸画字，书不数字，辄深了人意。余戏之曰："余以手为口，君以眼为耳，皆一时异人也。"疾愈，与之同游清泉寺。寺在蕲（qí）水郭门外二里许[②]。有王逸少洗笔泉，水极甘，下临兰溪，溪水西流。余作歌云："山下兰芽短浸溪，松间沙路净无泥，萧萧暮雨子规啼。谁道人生无再少，君看流水尚能西，休将白发唱黄鸡[③]。"是日剧饮而归。

①相田：视察田地。②蕲水：县名。故城在今湖北蕲水县东三十里。③黄鸡：报晓的鸡。白居易《醉歌示妓人商玲珑》诗云："谁道使君不解歌，听唱黄鸡与白日。黄鸡催晓丑时鸣，白日催年酉前没。腰间红绫系未稳，镜里朱颜看已失。"是感叹时光易逝、红颜易老的，苏轼则与之相反，意谓不要因为时光易逝、年华老大而感到悲哀。

石钟山记

《水经》云：彭蠡（lí）之口，有石钟山焉（yān）。郦元以为下临深潭，微波鼓浪，水石相搏，声如洪钟。是说也，人常疑之：今以钟磬（qìng）置水中，虽大风浪，不能鸣也，而况石乎？至唐李渤（bó）始访其遗踪，得双石于潭上，扣而聆之，南声函胡，北声清越，枹（fú）止响腾，余韵徐歇，自以为得之矣。然是说也，余尤疑之：石之铿然有声者，所在皆是也，而此独以钟名，何哉？

元丰七年六月丁丑，余自齐安舟行适临汝。而长子迈将赴饶之德兴尉，送之至湖口，因得观所谓石钟者。寺僧使小童持斧，于乱石间择其一、二扣之，空空焉，余固笑而不信也。至莫夜月明，独与迈乘小舟至绝壁下，大石侧立千尺，如猛兽奇鬼，森然欲搏人。而山上栖鹘（hú）闻人声，亦惊起，磔磔（zhé zhé）云霄间[①]。又有若老人欬且笑于山谷中者，或曰："此鹳鹤也。"余方心动欲还，而大声发于水上，噌吰（cēng hóng）如钟鼓不绝[②]。舟人大恐。徐而察之，则山下皆石穴罅（xià），不知其浅深，微波入焉，涵澹澎湃而为此也[③]。舟回至两山间，将入港口，有大石当中流，可坐百人，空中而多窍（qiào），与风水相吞吐，有窾坎镗鞳（tāng tà）之声[④]，与向之噌吰者相应，如乐作焉。因笑谓迈曰："汝识之乎？噌吰者，周景王之无射也[⑤]；窾坎镗鞳者，魏庄子之歌

钟也[6]，古之人不余欺也。事不目见耳闻，而臆断其有无，可乎？”

郦元之所见闻，殆（dài）与余同，而言之不详；士大夫终不肯以小舟夜泊绝壁之下，故莫能知；而渔工、水师，虽知而不能言：此世所以不传也。而陋者乃以斧斤考击而求之，自以为得其实。余是以记之，盖叹郦元之简，而笑李渤之陋也。

①磔磔：鸣声。②噌吰：宏大的钟声。③涵澹：水摇荡貌。④镗鞳：钟鼓鸣声。⑤无射：本乐律名，《左传·定公四年》疏：“周铸无射，以律名钟。”又《左传·昭公二十一年》：“周景王将铸无射。”⑥歌钟：乐器，即编钟。

记樊山

自余所居临皋亭下，乱流而西[1]，泊于樊（fán）山，为樊口[2]。或曰“燔（fán）山”，岁旱燔之，起龙致雨；或曰樊氏居之，不知孰（shú）是。

其上为卢洲。孙仲谋泛江遇大风，柂（duò）师请所之[3]。仲谋欲往卢洲。其仆谷利以刀拟柂师[4]，使泊樊口。遂自樊口凿山通路，归武昌。今犹谓之“吴王岘（xiàn）”。有洞穴，土紫色，可以磨镜[5]。

循山而南，至寒溪寺。上有曲山。山顶即位坛、九曲亭，皆孙氏遗迹。西山寺泉水，白而甘，名菩萨泉，泉所出石，如人垂手也。山下有陶母庙。陶公治武昌[6]，既病登舟，而死于樊口。寻绎故迹，使人凄然。

仲谋猎于樊口，得一豹。见老母曰：“何不逮其尾？”忽

然不见。今山中有圣母庙。予十五年前过之，见彼板仿佛有“得一豹”三字，今亡矣。

①乱流：横渡。②樊口：地名。在今湖北鄂州西北。因位于樊山脚下，为樊江入长江之口，故名。③柂师：船工。柂，同“舵”。④拟：比划。做个杀人的手势。⑤磨镜：古代用的是铜镜，到时候需要打磨，有专门的磨工。⑥陶公：即陶侃。东晋庐江寻阳（今湖北黄梅西南）人，字士行或士衡。初为县吏，渐至郡守。西晋永嘉五年（311），任武昌太守。

后赤壁赋[①]

是岁十月之望，步自雪堂[②]，将归于临皋[③]。二客从予过黄泥之坂（bǎn）。霜露既降，木叶尽脱，人影在地，仰见明月。顾而乐之，行歌相答。

已而叹曰：“有客无酒，有酒无肴，月白风清，如此良夜何？”客曰：“今者薄暮，举网得鱼，巨口细鳞，状似松江之鲈。顾安所得酒乎？”归而谋诸妇。妇曰：“我有斗酒[4]，藏之久矣，以待子不时之须。”

于是携酒与鱼，复游于赤壁之下。江流有声，断岸千尺。山高月小，水落石出。曾日月之几何，而江山不可复识矣！予乃摄衣而上，履巉（chán）岩，披蒙茸，踞虎豹[5]，登虬（qiú）龙[6]，攀栖鹘之危巢，俯冯夷之幽宫[7]。盖二客不能从焉。划然长啸，草木震动，山鸣谷应，风起水涌。予亦悄然而悲，肃然而恐，凛（lǐn）乎其不可留也。反而登舟，放乎中流，听其所止而休焉。时夜将半，四顾寂寥。适有孤鹤，横江东来，翅如车轮，玄裳缟衣，戛（jiá）然长鸣[8]，掠予舟而西也。

须臾客去，予亦就睡。梦一道士，羽衣翩跹[9]，过临皋之下，揖予而言曰："赤壁之游，乐乎？"问其姓名，俯而不答。"呜呼噫嘻！我知之矣！畴（chóu）昔之夜，飞鸣而过我者，非子也耶？"道士顾笑[10]，予亦惊悟。开户视之，不见其处。

①后赤壁赋：苏轼有两篇赤壁赋，前一篇写于宋神宗元丰五年（1082）七月十五日，称《前赤壁赋》。这一篇写于同年十月十五日，两篇赋前后正好相隔三个月。②雪堂：苏轼在黄冈构建的住所。③临皋：即临皋亭，在黄冈县南长江边上，当时苏轼居住的地方。④斗：古代的酒器。⑤虎豹：状如虎豹。⑥虬龙：状如虬龙。虬，古代传说中的一种龙。⑦冯夷：传说中的水神名，即河伯。⑧戛然：鹤长鸣的声音。⑨羽衣：用鸟羽制成的衣服，特称道士的衣服。⑩顾：回头看。

游白水书付过[1]

绍圣元年十月十二日，与幼子过游白水佛迹院。浴于汤池[2]，热甚，其源殆可熟物。循山而东，少北，有悬水百仞

（rèn）[3]。山八九折，折处辄为潭，深者磓（duí）石五丈[4]，不得其所止。雪溅雷怒，可喜可畏。水涯有巨人迹数十，所谓佛迹也。

暮归，倒行。观山烧[5]，火甚。俯仰度数谷。至江，山月出。击汰中流[6]，掬（jū）弄珠璧。

到家二鼓，复与过饮酒，食余甘煮菜[7]。顾影颓然[8]，不复甚寐，书以付过。东坡翁。

①白水：山名。在今广东省增城县东二十里，是罗浮山的东麓。因山巅有瀑布如练，故名。付过：给过。过，人名，苏轼的幼子。②汤池：就温泉砌成的浴池。③仞：古人八尺为一仞。④磓石：指瀑布冲激山石。磓，撞击。⑤山烧：放火烧山草，以草灰肥土。⑥击汰中流：在江心划船。⑦余甘：余甘子。亦称“油柑”，我国南部产的一种果子。初食酸涩，后转甘，故名。⑧颓然：衰老的样子。

记天竺诗引[1]

轼年十二，先君自虔（qián）州归，谓予言：“近城山中天竺寺，有乐天亲书诗云：‘一山门作两山门，两寺原从一寺分。东涧水流西涧水，南山云起北山云。前台花发后台见，上界钟鸣下界闻[2]。遥想吾师行道处，天香桂子落纷纷。’笔势奇逸，墨迹如新。”今四十七年，予来访之，则诗已亡，有刻石在耳。感涕不已，而作是诗[3]。

①此文为苏轼五十九岁时过虔州时所作，文中提到的天竺寺在虔州。虔州，即今江西赣州市。②鸣：苏集作“清”。③是诗：原

诗如下："香山居士留遗迹，天竺禅师有故家。空咏连珠吟叠壁，已亡飞鸟失惊蛇。林深野桂寒无子，雨浥山姜病有花。四十七年真一梦，天涯流落泪纵横。"

梵天寺题名[①]

余十五年前，杖藜芒履[②]，往来南北山。此间鱼鸟皆相识，况诸道人乎！再至惘（wǎng）然[③]，皆晚生相对，但有怆（chuàng）恨[④]。子瞻书。

元祐四年十月十七日，与曹晦之、晁（cháo）子庄、徐得之、王元直、秦少章同来，时主僧皆出，庭户寂然，徙（xǐ）倚久之[⑤]。东坡书。

①梵天寺：在杭州西湖南岸山中。题名：题记姓名。唐张籍《送元八》诗："明日城西送君去，旧游重到独题名。"②杖藜：持藜茎为杖。泛指扶杖而行。芒履：草鞋。③惘然：失意貌。④怆恨：悲伤憾恨。⑤徙倚：徘徊。

苏　辙

苏辙（1039—1112），字子由，宋眉川眉山（今四川眉山）人。宋仁宗嘉祐二年（1057）与兄轼同举进士。神宗时，反对王安石行新法。哲宗时，官至尚书右丞、门下侍郎。徽宗时辞官，筑室住于许州，号颍滨遗老。与父洵兄轼合称“三苏”，有“小苏”之称，为“唐宋八大家”之一。有《诗传》《老子解》《栾城集》等。

武昌九曲亭记[①]

子瞻迁于齐安[②]，庐于江上。齐安无名山，而江之南武昌诸山，坡陁（tuó）蔓延，涧谷深密。中有浮图精舍[③]，西曰西山，东曰寒溪，依山临壑（hè），隐蔽松枥（lì），萧然绝俗，车马之迹不至。每风止日出，江水伏息，子瞻杖策载酒，乘渔舟乱流而南。山中有二三子，好客而喜游，闻子瞻至，幅巾迎笑[④]，相携徜徉（cháng yáng）而上，穷山之深，力极而息，扫叶席草，酌酒相劳，意适忘反，往往留宿于山上。以此居齐安三年，不知其久也。

然将适西山，行于松柏之间，羊肠九曲而获小平，游者至此必息。倚怪石，荫茂木，俯视大江，仰瞻陵阜，旁瞩溪谷，风云变化，林麓相背[⑤]，皆效于左右。有废亭焉，其遗址甚狭，不足以席众客。其旁古木数十，其大皆百围千尺，不可加以斤斧。子瞻每至其下，辄睥睨（pì nì）终日。一旦大风雷雨，拔去其一，斥其所据，亭得以广。子瞻与客入山视之，笑曰："兹欲以成吾亭耶？"遂相与营之。亭成而西山之胜始具，子瞻于是最乐。

昔余少年，从子瞻游。有山可登，有水可浮，子瞻未始不褰（qiān）裳先之[⑥]。有不得至，为之怅然移日。至其翩然独往，逍遥泉石之上，撷（xié）林卉，拾涧实，酌水而饮之，见者以为仙也。盖天下之乐无穷，而以适意为悦。方其得意，万物无以易之；及其既厌，未有不洒然自笑者也。譬之饮食，杂陈于前，要之一饱，而同委于臭腐，夫孰知得失之所在？惟其无愧于中，无责于外，而姑寓焉。此子瞻之所以有乐于是也。

①九曲亭：在今湖北鄂州（宋代的武昌县）西九曲岭，是三国时吴国孙权的遗迹。②齐安：郡名，即黄州。③浮图精舍：指佛寺僧舍。④幅巾：用一幅绢束头发，是一种古代男子表示"儒雅"的装饰。⑤林麓：树林和出脚。⑥褰裳：揭起衣。

秦　观

秦观（1149—1100），宋扬州高邮（今江苏高邮）人，字少游，又字太虚，号淮海居士。举进士不中。元祐初以苏轼荐，除太学博士，校勘秘书省图籍。绍圣初以名列党籍通判杭州，又以增损实录罪，责监处州酒税，复编置横、雷二州，遇赦北归至藤州卒。观虽出于苏轼之门，诗词皆自名家，词名尤盛，以善于刻画，用字精密，富有情韵见称。有《淮海集》四十六卷、《长短句》三卷。

龙井题名[1]

元丰二年中秋后一日，余自吴兴来杭，东还会稽。龙井有辩才大师，以书邀余入山。

比出郭，日已夕，航湖至普宁[2]。遇道人参寥[3]，问龙井所遣篮舆[4]，则曰："以不时至，去矣。"

是夕，天宇开霁（jì），林间月明，可数毫发[5]。遂弃舟，从参寥，策杖并湖而行。出雷峰，度南屏，濯（zhuó）足于惠因涧。入灵石坞，得支径，上风篁岭，憩（qì）于龙井亭，酌泉据石而饮之。

自普宁凡经佛寺十五，皆寂不闻人声。道旁庐舍，灯火隐显。草木深郁，流水激激悲鸣，殆（dài）非人间之境。

行二鼓，始至寿圣院，谒辩才于潮音堂。

①题名：题记姓名。“龙井题名”意谓此文为龙井而写。②普宁：即“普宁禅院”。在西湖南岸的白莲洲上。③参寥：宋释道潜，号参寥子。④篮舆：竹轿的一种，可坐可卧，状如篮子，故名。俗称“眠轿”。⑤毫发：毛发。犹言些许。

陆　游

陆游（1125—1210），宋越州山阴（今浙江绍兴）人，字务观，号放翁。绍兴中试礼部，因遭秦桧忌，被黜免。孝宗时赐进士出身，除枢密院编修，后任建康、夔州等地通判。转入王炎及范成大幕府。光宗时以宝章阁待制致仕。游力主抗金，屡受排挤。一生写诗近万首。词与散文成就亦高。著有《剑南诗稿》《放翁词》《南唐书》《老学庵笔记》《入蜀记》等。

入蜀记（节录）

一

二十八日。同仲高出暗门[①]，买小舟泛西湖，至长桥寺。予不至临安八年矣，湖上园苑竹树皆老苍，高柳造天[②]，僧寺益葺（qì），而旧交多已散去，或贵不复相通，为之绝叹。

①暗门：城墙临时开辟的便门。②造：到。

二

十日。至平江[①]，以疾不入。沿城过盘门[②]，望武丘楼塔[③]，正如吾乡宝林[④]，为之慨然。宿枫桥寺前，唐人所谓“半夜钟声到客船”者[⑤]。

①平江：平江府，即今苏州市。②盘门：苏州城门名。③武丘：即虎丘。④宝林：绍兴寺庙名。⑤唐人张继《枫桥夜泊》诗：“月落乌啼霜满天，江枫渔火对愁眠。姑苏城外寒山寺，夜半钟声到客船。”

三

自京口抵钱塘，梁、陈以前不通漕（cáo）[①]，至隋炀帝始凿渠八百里，皆阔十丈，夹岗如连山，盖当时所积之土。朝廷所以能驻跸（bì）钱塘[2]，以有此渠耳。汴（biàn）与此渠，皆假手隋氏[3]，而为吾宋之利，岂亦有数邪[4]？

①漕：水道运粮。②驻跸：帝王出行，中途暂住。跸，指帝王车驾。③假手：假别人的手来达到自己的目的。④数：命运。

四

二十三日。至甘露寺，饭僧[1]。甘露盖北固山也，有狠（hěn）石，世传以为汉昭烈、吴大帝尝据此石共谋曹氏。石亡已久，寺僧辄（zhé）取一石充数，游客摩挲太息，僧及童子辈往往窃笑也。拜李文饶祠[2]。登多景楼，楼亦非故址，主僧化昭所筑，下临大江，淮南草木可数[3]，登览之胜，实过于旧。邂逅（xiè hòu）左迪功郎新太平州教授徐容，容字子公，泉州人。此山多峭（qiào）崖如削，然皆土也，国史以

为石壁峭绝，误矣。

①饭僧：以饭食施给僧人。又叫“斋僧”。②李文饶：名德裕，文饶为其字，唐武宗时任宰相。③淮南：泛指淮水以南的地方。这里是指江北扬州一带。

五

过澎浪矶、小孤山，二山东西相望，小孤属舒州宿松县，有戍（shù）兵。凡江中独山，如金山、焦山、落星之类，皆名天下，然峭拔秀丽，皆不可与小孤比，自数十里外望之，碧峰巉（chán）然孤起，上干云霄，已非它山可拟，愈近愈秀，冬夏晴雨，姿态万变，信造化之尤物也。但祠宇极于荒残，若稍饰以楼观亭榭，与江山相发挥，自当高出金山之上矣。庙在山之西麓，额曰惠济，神曰安济夫人。绍兴初，张魏公自湖湘还，尝加营葺，有碑载其事。又有别祠在澎浪矶，属江州彭泽县，三面临江，倒影水中，亦占一山之胜。舟过矶，虽无风亦浪涌，盖以此得名也。昔人诗有“舟中估客莫漫狂，小姑前年嫁彭郎”之句，传者因谓小姑庙有彭郎像，彭郎庙有小姑像，实不然也。晚泊沙夹，距小孤一里。微雨，复以小艇游庙中，南望彭泽、都昌诸山，烟雨空濛，鸥鹭灭没，极登临之胜，徙（xǐ）倚久之而归。方立庙门，有俊鹘抟（tuán）水禽[①]，掠江东南去，甚可壮也。庙祝[②]云：山有栖鹘甚多。

①鹘：即“鹘鸠”，鸟名。似山鹊而小，短尾，青黑色，多

声。一说即斑鸠。②庙祝：庙中管香火的人。

六

二日。早行，未二十里，忽风云腾涌，急系缆，俄复开霁，遂行。泛彭蠡口[①]，四望无际，乃知太白“开帆入天境”之句为妙。始见庐山及大孤。大孤状类西梁，虽不可拟小孤之秀丽，然小孤之旁颇有葭（jiā）苇，大孤则四际渺弥皆大江，望之如浮水面，亦一奇也。江自湖口分一支为南江，盖江西路也。江水浑浊，每汲用，皆以杏仁澄之，过夕乃可饮。南江则极清澈，合处如引绳，不相乱。晚抵江州[②]，州治德化县，即唐之浔（xún）阳县。柴桑、栗里，皆其地也。南唐为奉化军节度，今为定江军。岸土赤而壁立，东坡先生所谓“舟人指点岸如赪（chēng）”者也。泊湓（pén）浦[③]，水亦甚清，不与江水乱。自七月二十六日至是，首尾才六日，其间一日阻风不行，实以四日半溯流行七百里云。

①彭蠡口：彭蠡湖口（阳湖）口，今江西湖口县。②江州：州、路名。治所初在豫章，（今江西南昌市），后移浔阳（今九江市）。宋以后皆以浔阳为江州。③湓浦：湓口，即湓城。也称盆口、湓浦。为湓水入长江之处。

七

四日。游天庆观，李白诗所谓“浔阳紫极宫”也。苏、黄诗刻，皆不复存。太白诗有一石，亦近时俗书。见观主李守智，问玉芝，亦不能答。观皆古屋，初不更兵烬（jìn），而遗迹扫地，独太清殿老君像，乃唐人所塑，特为奇古。真人、玉女、仙官、力士、童子各两躯，又有唐明皇帝金铜像，衣冠如道士，而气宇粹穆，有五十年安享太平富贵气象。李守智者，滁州来安人，自言家故富饶，遇乱，弃家为道人，大将岳飞以度牒（dié）与之[①]，始为道士，至今画岳氏父子事之。史志道招饮于发运廨（xiè）中，登高远亭望庐山，天气澄霁，诸峰尽见，志道出新鼓铸铁钱。

①度牒：宋代和尚和道士都需有度牒作证明，度牒由官府发卖，因此达官富户可以买了度牒赠送别人。

八

遂至东林太平兴龙寺，寺正对香炉峰。峰分一支东行，自北而西，环合四抱，有如城郭，相地者谓之倒挂龙格。寺门外虎溪[①]，本小涧，比年甃（zhòu）以砖，但若一沟，无复古趣。予劝其主僧法才去砖，使少近自然，不知能用吾言否。食已，煮观音泉啜（chuò）茶。登华严罗汉阁，阁与卢舍阁、钟楼鼎峙，皆极天下之壮丽，虽闽浙名蓝，所不能逮（dài）。遂至上方[②]、舍利塔[③]、五杉阁、白公草堂。上方者，自寺后支径穿松荫、蹑（niè）石蹬而上，亦不甚高。五杉阁前，旧有老杉五本，传以为晋时物，白傅所谓大十尺围者，今又数百年，其老可知矣。近岁，主僧了然辄伐去，殊可惜也。塔中作如来示寂像[④]，本宋佛驮跋陀尊者[⑤]，自西域持舍利五粒，来葬于此。草堂，以白公记考之，略是故处。三间两柱，亦如记所云，其他如瀑布、莲池，亦皆在，高风逸韵，尚可想见。白公尝以文集留草堂，后屡亡逸。真宗皇帝尝令崇文院写校，包以斑竹帙，送寺，建炎中又坏于兵，今独有姑苏版本一帙（zhì），备故事耳。草堂之旁又有一故址，云是王子醇枢密庵基。盖东林为禅苑，始于王公，而照觉禅师常总，实第一祖。总公有塑像，严重英特人也。宿东林。

①虎溪：传说慧远法师居东林寺时，送客不过溪，一日与陶潜、陆静共话，不觉逾溪，有虎突然鸣吼，三人大笑而别，因此得名。②上方：山最高处。山腰的寺院，往往在山最高处建有小院，也称上方。③舍利塔：佛教徒死后焚烧，骨灰中残存的珠状物被称为“舍利”，被视为圣物。此处舍利塔指下文为从西域来的五颗舍利所建的塔。④示寂：也作示灭，佛教指菩萨或高僧的死亡。⑤佛驮跋陀尊者：又名佛驮跋陀罗，南朝宋高僧，印度人，东晋义熙年间至长安，后定居庐山。持舍利至庐山的，一说是佛驮跋陀，一说是鸠摩罗什，参见范成大《吴船录》。

九

十四日。晓雨。过一小石山，自顶直削去半，与余姚江滨之蜀山绝相类。抛大江，遇一木筏，广十余丈，长五十余丈，上有三四十家，妻子鸡犬臼碓（duì）皆具，中为阡陌相往来，亦有神祠，素所未睹也。舟人云，“此尚其小者耳，大者于筏上铺土作蔬圃，或作酒肆，皆不复能入夹，但行大江而已。”是日，逆风挽船，自平旦至日昳（dié），才行十五六里。泊刘官矶旁，蕲州界也。儿辈登岸，归云：“得小径，至山后，有陂湖渺然，莲芰甚富。沿湖多木芙蓉，数家夕阳中，芦藩茅舍，宛有幽致，而寂然无人声。有大梨，欲买之，不可得。湖中小艇采菱，呼之亦不应。更欲穷之，会见道旁设机[①]，疑有虎狼，遂不敢往。”刘官矶者，传云汉昭烈入吴，尝舣（yǐ）舟于此。晚，观大鼋浮沉水中[②]。

①设机：设置。捕虎狼的机关。②鼋：大鳖。

十

十六日。过新野夹，有石濑茂林，始闻秋莺。沙际水牛至多，往往数十为群，吴中所无也。地属兴国军大冶县，当是土产所宜尔。晚过道士矶，石壁数百尺，色正青，了无窍穴，而竹树迸（bèng）根，交络其上，苍翠可爱，自过小孤，临江峰嶂无出其右。矶一名西塞山，即玄真子《渔父词》所谓“西塞山前白鹭飞”者。李太白《送弟之江东》云：“西塞当中路，南风欲进船。”必在荆楚作，故有“中路”之句。张文潜云：“危矶插江生，石色擘（bāi）青玉。”殆为此山写真。又云：“已逢妩媚散花峡，不泊艰危道士矶。”盖江行惟马当及西塞最为湍险难上。抛江泊散花洲，洲与西塞相值。前一夕，月犹未极圆，盖望正在是夕[①]。空江万顷，月如紫金盘，自水中涌出，平生无此中秋也。

①望：月圆之时。常指农历每月十五日。

十一

十八日。食时方行，晡（bū）时至黄州。州最僻陋少事，杜牧之所谓“平生睡足处，云梦泽南州”。然自牧之、王元之出守，又东坡先生、张文潜谪居，遂为名邦。泊临皋亭，东坡先生所尝寓，与秦少游书所谓“门外散步即大江”是也。烟波渺然，气象疏豁。见知州右朝奉郎直秘阁杨由义、通判右奉议郎陈绍复，州治陋甚，厅事仅可容数客，居差倅（cuì）胜。晚移舟竹园步，盖临皋多风涛，不可夜泊也。黄州与樊口正相对，东坡所谓“武昌樊口幽绝处”也。汉昭烈用吴鲁子敬策，自当阳进驻鄂县之樊口，即此地也。

①倅：古时地方的佐贰官叫丞、倅，即副职。

十二

十九日。早，游东坡。自州门而东，岗垄高下，至东坡，则地势平旷开豁。东起一垄颇高，有屋三间，一龟头曰居士亭。亭下面南一堂，颇雄，四壁皆画雪，堂中有苏公像，乌帽紫裘，横按筇（qióng）杖[1]，是为雪堂。堂东大柳，传以为公手植。正南有桥，榜曰小桥，以“莫忘小桥流水”之句得名。其下初无渠涧，遇雨则有涓流耳。旧止片石布其上，近辄增广为木桥，覆以一屋，颇败人意。东一井曰暗井，取苏公诗中“走报暗井出”之句，泉寒熨齿，但不甚甘。又有四望亭，正与雪堂相值，在高阜上，览观江山，为一郡之最，亭名见苏公及张文潜集中。坡西竹林，古氏旧物，号南坡，今已残伐无几，地亦不在古氏矣。出城五里，至安国寺，亦苏公所尝寓，兵火之余，无复遗迹，惟绕寺茂林啼鸟，似犹有当时气象也。群集于栖霞楼，本太守闾丘孝终公显所作，苏公乐府云："小舟横截春江，卧看翠壁红楼起。"正谓此楼也。下临大江，烟树微茫，远山数点，亦佳处也。楼颇华洁，先是郡有庆瑞堂，谓一故相所生之地，后毁以新此楼。酒味殊恶，苏公齑（jī）汤蜜汁之戏不虚发。郡人何斯举诗亦云："终年饮恶酒，谁敢憎督邮。"然文潜乃极称黄州酒，以为自京师以外无过者，故其诗云："我初谪官时，帝问司酒神，曰此好饮徒，聊给酒养真。去国一千里，齐安酒最醇，失火而得雨，仰戴天公仁。"岂文潜谪黄时，适有佳匠乎？循小径绕州宅之后，至竹楼，规模甚陋，不知当王元之时[2]，亦止此耶？楼下稍东，即赤壁矶，亦茅岗尔，略无草木。故韩子苍待制诗云："岂有危巢与栖鹘，亦无陈迹但飞鸿。"此矶，《图经》及传者皆以为周公瑾（jǐn）败曹操之地，然江上多此名，不可考质。李太白《赤壁歌》云："烈火张天照云海，周瑜于此败曹公。"不指言在黄州。苏公尤疑之，赋云："此非曹孟德之困于周郎者乎？"乐府云："故垒西边，人道是，当日周郎赤壁。"盖一字不轻下如此。至韩子苍云"此地能令阿瞒（mán）走"，则真指为公瑾之赤壁矣。又黄人实谓赤壁曰赤鼻，尤可疑也。晚复移舟菜园步，又远竹园三四里。盖黄州临大江，了无港澳可泊。或云旧有澳，郡官厌过客，故塞之。

①筇：筇竹。竹子的一种，可以做杖。②竹楼：即王禹偁（字元之）《竹楼记》中的竹楼。

十三

二十日。晓，离黄州。江平无风，挽船正自赤壁矶下过。多奇石，五色错杂，粲然可爱，东坡先生怪石供是也[①]。挽行十四五里，江面始稍狭。隔江冈阜延袤（mào），竹树葱倩，渔家相映，幽邃（suì）可爱。复出大江，过三江口，极望无际，泊戚矶港。

①怪石供：苏轼《怪石供》："《禹贡》青州有铅松怪石，解者曰：怪石，石似玉者。齐安小儿浴于江时，有得之者。既久，得二百九十八枚，又得古铜盆以盛石。庐山归宗佛印禅师适有使至，遂以为供。"

十四

二十一日。过双柳夹[①]，回望江上，远山重复深秀。自离黄，虽行夹中，亦皆旷远，地形渐高，多种菽（shū）粟荞麦之属。晚泊杨罗洑（fú）。大堤高柳，居民稠众，鱼贱如土，百钱可饱二十口，又皆巨鱼。欲觅小鱼饲猫，不可得。

①夹：江河支港可泊船的地方。

十五

四日。平旦，始解舟。舟人云：自此坡泽深阻，虎狼出没，未明而行，则挽卒多为所害。是日早，见舟人焚香祈神，云：告红头须小使头长年三老，莫令错呼错唤。问：何谓长年三老？云：梢工是也。长读长幼之长。乃知老杜“长年三老长歌里，白昼摊钱高浪中”之语，盖如此。因问：“何谓摊钱？”云：“博也。”按：梁冀能意钱之戏[①]，注云：即摊钱也。则摊钱之谓博，亦信矣。过纲步，有二十余家，在夕阳高柳中，短篱晒罾（zēng），小艇往来，正如画图所见，沌（dùn）中之最佳处也。泊毕家池，地势爽垲（kǎi），居民颇众。有一二家虽茅荻结庐，而窗户整洁，藩篱坚壮，舍傍有果园甚盛，盖亦一聚之雄也。与诸子及二僧步登岸，游广福永固寺，阒（qù）然无一人。东偏白云轩前，橙方结实，虽小而极香，相与烹茶破橙，抵暮乃还舟中。毕家池，盖属复州玉沙县沧浪乡云。

①意钱：一种赌博。亦即“摊钱”。

十六

十一日。舟行，望西南一角，水与天接。舟人云：是为潜军港，古尝潜军伺敌于此。遥见港中有两点正黑，疑其远树，则下不属地，久之，渐近可辨，盖二千五百斛大舟也。又有水禽双浮江中，色白，类鹅而大，楚人谓之天鹅，飞骞（qiān）绝高[①]，有弋（yì）得者[②]，味甚美，或曰即鹄（hú）也。泊三江口。水浅，舟行甚艰。自此遂不复有山，太白诗“山随平野尽，江入大荒流”，盖荆渚所作也。

①骞：飞。②弋：用带有绳子的箭射鸟。

十七

二十八日。泊方城。有嘉州人名王百一者，初应募为船之招头。招头，盖三老之长，顾值差厚，每祭神，得胙（zuò）肉倍众人[①]。既而船户赵清改用所善程小八为招头，百一失职怏怏，又不决去，遂发狂赴水。予急遣人拯之，流一里余，三没三踊（yǒng），仅得出[②]。一招头得丧，能使人至死，况大于此者乎！

①胙：祭肉。②仅：才。

十八

二十一日。舟中望石门关[①]，仅通一人行，天下至险也。晚泊巴东县。江山雄丽，大胜秭（zǐ）归，但井邑极于萧条，邑中才百余户。自令廨（xiè）而下，皆茅茨（cí），了无片瓦。权县事秭归尉右迪功郎王康年、尉兼主簿右迪功郎杜德先来，皆蜀人也。谒寇莱公祠堂，登秋风亭，下临江山。是日重阴微雪，天气飂（liù）飘[②]，复观亭名，使人怅然，始有流落天涯之叹。遂登双柏堂、白云亭。堂下旧有莱公所植柏，今已槁死，然南山重复，秀丽可爱。白云亭则天下幽奇绝境，群山环拥，层出间见，古木森然，往往二三百年物。栏外双瀑泻石涧中，跳珠溅玉，冷入骨髓，其下是为慈溪，奔流与江会。予自吴入楚，行五千余里，过十五州，亭榭之胜，无如白云者。而止在县廨听事之后[③]，巴东了无一事，为令者可以寝饭于亭中，其乐无涯，而阙（què）令，动辄二三年无肯补者，何哉？

①石门关：即石门山，《巴东县志》：“石门山在县东北三十五里，山有石径，深若重门，汉昭烈为陆逊所败，走此门。追者甚急，乃绕山断道，仅以身免。”②飋飘：高风回旋。③止：“趾”的本字。

范成大

范成大（1126—1193），宋吴兴人，字致能，号石湖居士。绍兴二十四年（1154）进士。乾道六年（1170）奉命使金，初进国书，词气慷慨，几于见杀，卒全节而归。累官广西经略安抚使、四川制置使、参知政事。有文名，尤工诗。与陆游、杨万里齐名，自辑为《石湖集》一百三十六卷。别著有《吴门志》《骖鸾录》《吴船录》等。

吴船录（节录）

一

乙酉。泊嘉州[①]。渡江游凌云，在城对岸，山不甚高，

绵延有九山头，故又名九顶，旧名青衣山。青衣[②]，蚕丛氏之神也。旧属平羌县，县废，并属龙游[③]。跻（jī）石磴登凌云寺，寺有天宁阁，即大像所在[④]。嘉为众水之会，导江、沫水与岷江皆合于山下，南流以下犍（qián）为。沫水合大渡河自雅州而来[⑤]，直捣山壁，滩泷（lóng）险恶，号舟楫至危之地。唐开元中，浮屠海通始凿山为弥勒佛像以镇之，高三百六十尺，顶围十丈，目广二丈，为楼十三层，自头面以及其足，极佛像之大，两耳犹以木为之。佛足去江数步，惊涛怒号，汹涌过前，不可安立正视，今谓之佛头滩。佛阁正面三峨[⑥]，余三面皆佳山，众江错流诸山间，登临之胜，自西州来始见此耳。东坡诗：“但愿身为汉嘉守，载酒常作凌云游。”后人取其语。作载酒亭于山上。

①嘉州：州名。治所在今四川省乐山市。②青衣：《路史》蚕

丛氏注："永明二年，萧鉴刺史益，治园凿石冢，得铜器数千种，玉尘三斗，有篆云：蚕丛氏之墓。鉴责功曹冢之，于上立神，衣青衣，即今成都青衣神也。"③龙游：县名。宋嘉州州治龙游县。即今乐山市。④大像：即乐山大佛。⑤雅州：州治今四川雅安。青衣江自雅州东南流，至峨眉县与东北流的大渡河相合，流向嘉州。⑥三峨：《明一统志》："小峨山与中峨、大峨山相连，是为三峨。"即峨眉山。

二

丙戌，泊嘉州。游万景楼①，在州城旁高丘之上。汉嘉登临山水之胜，既豪西州，而万景所见，又甲于一郡。其前大江之所经，犍为、戎、泸，远山缥缈明灭，烟云无际；右列三峨，左横九顶，残山剩水间见错出，万景之名真不滥吹，余诗盖题为"西南第一楼"也。九顶之傍，有乌尤一峰小②，江水绕之，如巧画之图。楼前百余步有古安乐园，山谷常游之，名轩曰涪翁，壁间题字犹存，云："见水绕乌尤，惟此亭耳。"是时未有万景，故山谷以安乐园为胜，今不足道矣。下山入小巷，至广福院，中有水洞③，静听洞中时有金玉声，琅然清越，不知水滴何许作此声也。旧名丁东水，寺亦因名丁东院，山谷更名方响洞，题诗云："古人名此丁东水，自古丁东直到今。我为更名方响洞④，要知山水有清音。"

①万景楼：《明一统志》："万景楼在嘉定州治西，宋郡守吕由诚建。高标山在州西，一名高望山，巍然高峙，万象在前。旧有层楼，境内风月之胜，一自可尽。"②乌尤：《舆地纪胜》：

“乌尤山一名高堆山，在九顶山之左，旧名乌牛，突然水中，作犀牛状。至黄山谷作涪翁亭，始称之谓乌尤。又名乌龙。”③水洞：《名胜志》：“丁东院在州学前，院有方响洞。”陆游《老学庵笔记》：“汉嘉城西北山麓有一石洞，泉出其间，时闻中泉滴声，良久一滴，清如金石，黄鲁直题诗云云。”④方响：古代用十六枚铜铁片制成的打击乐器，用小铜锤敲击发声。

三

癸巳。发峨眉县。出西门登山，过慈福、普安二院，白水庄、蜀村店、十二里、龙神堂、伏虎寺，自是涧谷春淙，林樾（yuè）雄深。小憩华严院[1]。过青竹桥、峨眉新观路口、梅树垭、两龙堂，至中峰院[2]。院有普贤阁，四环十七峰绕之，背倚白崖峰，右傍最高而峻挺者曰呼应峰，下有茂真尊者庵[3]，人迹罕至。孙思邈隐于峨眉，茂真在时常与孙相呼相应于此云。出院，过樟木、牛心二岭及牛心院路口，至双溪桥[4]。乱山如屏簇，有两山相对，各有一溪出焉，并流至桥下，石堑（qiàn）深数十丈，窈然沉碧，飞湍喷雪，奔出桥外，则入岑蔚中，可数十步，两溪合为一以投大壑。渊渟凝湛，散为溪滩。滩中悉是五色及白质青章石子，水色曲尘[5]，与石色相得，如铺翠锦，非摹写可具。朝日照之，则有光彩发溪上，倒射岩壑，相传以为大士小现也。牛心寺，三藏师继业自西域归[6]，过此，将开山，两石斗溪上，揽得其一，上有一目，端正透底，以为宝瑞，至今藏寺中，此水遂名宝现溪。自是登危磴，过菩萨阁，当道有榜，曰“天下大峨山”。遂至白水普贤寺[7]。自县至此，步步皆峻阪，四十余里，然始是登峰顶之山脚耳。

①华严院：《名胜志》："凡游大峨者，自县胜峰门出至华严院，恰十五里，过解脱坡，为华严寺。"《舆地纪胜》："自峨眉县胜峰门出，历石鱼桥、山门路、黑水、白水庄、彼岸桥、天公龙神堂、妙峰阁、乱石溪、游仙桥、仙人洞、清风峡，至华严寺。"②中峰院：《名胜志》："中峰寺即乾明观。"按中峰寺晋代时为道观，观中道士惑于三月三日升仙的传说，每年为大蟒所食，后有资州明果和尚经过，射杀大蟒，道士感激，改观为寺。③茂真尊者：《峨眉山志》："峨山有两茂真尊者：一是隋时人，日游神水，夜宿呼应；一是宋人，……今中峰寺是其重修。惟云与孙真人弈棋往来呼应庵，不知孰是？窃意隋唐间相去不远，则从前尊者为是。"孙真人即孙思邈。④双溪：《名胜志》："双溪桥一桥受一水，水自一涧来，有黑白之分。有石，状如牛心，受水激而成，有前后牛心寺，前者白水，而后者黑水也。"⑤曲尘：《西溪丛话》："刘禹锡诗'龙墀遥望曲尘丝'。按《礼记》'曲衣'注，如曲尘色。又《周礼·内司服》'曲衣'，郑氏云，黄桑服如曲尘也。乃知用曲蘖字非是。"实指微黄的淡绿色。⑥三藏师继业：宋初和尚，曾到印度求经。开山：佛教徒在名山创建寺院。宝现溪：作者《宝现溪》诗自注："双溪合而一，既出岩窦，散为此溪丛。三藏自西域归，过溪，见两石子斗，揽得其一，今藏黑水寺。石上有一目，溪以此得名。"⑦白水普贤寺：《清一统志》："万年寺在峨眉山，即白水寺，晋时建，唐僧慧通精修于此。宋为白水普贤寺，明万历间敕改万年寺。"

四

乙未。大霁。遂登上峰。自此登峰顶光相寺七宝岩[1]，其高六十里，大略去县中平地不下百里；又无复磜蹬，斫木作长梯钉岩壁，缘之而上，意天下登山险峻无此比者。余以健卒挟山轿强登，以山丁三十夫曳大绳行前挽之，同行则用山中梯轿。出白水寺侧门，便登点心山，言峻甚，足膝点于心胸云。过茅亭嘴，石子雷、大小深坑、骆驼岭、簇店，凡言店者，当道板屋一间，将有登山客，则寺僧先遣人煮汤于店以俟蒸炊。又过峰门、罗汉店、大小扶舁[2]、错喜欢、木皮里、胡孙梯、雷洞平，凡言平者，差可以托足之处也。雷洞者，路左深崖万仞，磴道缺处，则下瞰沈黑若洞然。相传下有渊水，神龙所居，凡七十二洞，岁旱则祷于第三洞。初投香币，不应，则投死彘（zhì）及妇人弊履之类以枨触之，往往雷风暴发。峰顶光明岩上所谓兜罗绵云[3]，亦多出于此洞。过新店、八十四盘、娑罗平[4]，娑罗者，其木叶如海桐，又似杨梅，花红白色，春夏间开，惟此山有之。初登山半即见之，至此满山皆是。大抵大峨之上，凡草木禽虫，悉非世间所有，昔固传闻，今亲验之。余来以季夏，数日前雪大降，木叶犹有雪渍斓斑之迹。草木之异，有如八仙而深紫，有如牵牛而大数倍，有如蓼而浅青。闻春时异花尤多，但是时山寒，人鲜能识之。草叶之异者，亦不可胜数。山高多风，木不能长，枝悉下垂，古苔如乱发鬖鬖挂木上，垂至地，长数丈。又有塔松，状似杉而叶圆细，亦不能高，重重偃蹇如浮图，至山顶尤多。又断无鸟雀，盖山高飞不能上。自娑罗平过思佛亭、软草平、洗脚溪、遂极峰顶。

光相寺亦板屋数十间，无人居，中间有普贤小殿。以卯初登山，至此已申后。初衣暑绤，渐高渐寒，到八十四盘则骤寒，比及山顶，亟挟纩两重[5]，又加毳（cuì）衲驼茸之类，尽衣笥中所藏，系重巾，蹑毡靴，尤凛栗不自持，则炽炭拥炉危坐。山顶有泉，煮米不成饭，但碎如沙粒。万古冰雪之汁不能熟物，余前知之，自山下携水一缶来，才自足也。移顷，冒寒登天仙桥，至光明岩炷香。小殿上木皮盖之，王瞻叔参政尝易以瓦[6]，为雪霜所薄，一年辄碎，后复以木皮易之，翻可支二三年。人云佛现悉以午[7]，今已申后，不若归舍明日复来。逡巡，忽云出岩下傍谷中，即雷洞山也。云行勃勃如队仗，既当岩则少驻。云头现大圆光，杂色之晕数重，倚立相对，中有水墨影，若仙圣跨象者[8]。一碗茶顷光没，而其傍复现一光如前，有顷亦没。云中复有金光两道，横射岩腹，人亦谓之“小现”。日暮，云物皆散，四山寂然。乙夜，灯出岩下，遍满弥望，以千百计。夜甚寒，不可久立。

①光相寺：在大峨峰顶，旧名普光殿，相传始建于汉明帝时。七宝岩：即七宝台，在大峨峰顶光明岩上。《峨眉县志》：“至光明寺，有七宝、睹光二台，俗名峰顶，俯瞰大江如线。”峨眉山海拔3099米，百里是约计之词。②扶舁：指须有他人扶助才能攀登的险途。雷洞平：《名胜志》：“由木皮殿至雷洞平，行者禁声，有禁声碑。”作者《雷洞平》诗自注：“七十二洞皆在道旁，大旱有祷，投香花不应，即以大石或死彘及妇人弊履投而触之，雷雨即至。”古代轻视妇女，认为妇女使用的物品为秽物，所以如此说。③兜罗绵：释道宣《四分戒经》注：“草木花絮也。蒲台花、柳花、白杨白叠花等絮是也。取细软义。”④八十四盘：《名胜

志》："由雷洞平至天门，石路诸曲为八十四盘。"娑罗：《名胜志》言"其叶冬青"，一说是山茶科乔木。⑤挟纩：丝绵袄。语出《左传·宣公十二年》："三军之士皆如挟纩。"毳衲驼茸：指皮毛的披风、大氅之类。⑥王瞻叔：名望之，高宗绍兴年间官参知政事（副丞相）。这个小殿于明代万历年间改为镀金铜殿。⑦佛现：即佛光，也称峨眉宝光，是一种光学现象。⑧仙圣跨象：普贤菩萨骑白象，峨眉山为普贤道场之说可能即系由佛光而得。

五

八月戊辰朔。发归州。两岸大石连延，蹲踞相望，顽很之态，不可状名。五里入白狗峡，山特奇峭，峡左小溪入玉虚洞中，可容数百人。三十里至新滩[②]，此滩恶名豪三峡，汉、晋时山再崩塞江，所以后名新滩。石乱水汹，瞬息覆溺，上下欲脱免者，必盘博陆行，以虚舟过之。两岸多居民，号滩子，专以盘滩为业。余犯涨潦时来，水漫羡不复见滩，击楫飞渡，人翻以为快。八十里至黄牛峡，上有洺川庙[③]，黄牛之神也，亦云助大禹疏川者。庙背大峰，峻壁之上，有黄迹如牛，一黑迹如人，牵之，云此其神也。庙门两石马，一马缺一耳，东坡所书欧阳公梦记及诗甚详[④]，至今人以此马为有灵，甚严惮之。古语云："朝发黄牛，暮宿黄牛，三朝三暮，黄牛如故。"[⑤]言其山岧峣，终日犹望见之，欧阳公诗中亦引用此语。然余顺流而下，回首即望断，"如故"之语，亦好事者之言耳。自此以往，峡山尤奇，江道转至黄牛山背，谓之假十二峰[⑥]。过假十二峰之下，两岸悉是奇峰，不可数计，不可以图画摹写，亦不可以言语形容，超妙胜绝，殆有过巫阳处。欧阳公所以泝峡来游，正不为黄牛庙也。黄牛峡尽则扇子峡，虾蟆碚在南壁[⑦]，半山有石挺出，如大蟆呿（qū）吻向江，泉出蟆背山窦中，漫流背上，散下蟆吻，垂颐颔间，如水帘，以下于江。时水方涨，蟆去江面才丈余，闻水落时，下更有小矶承之。张又新《水品》亦录此泉，蜀士赴廷对[⑧]，或挹取以为砚水。过此，则峡山滩尽矣。三十里得南岸平地，曰平喜坝，出峡舟至是皆舣（yǐ）泊，相庆如更生，舟师篙工皆有犒赐，上下欢然，将吏以刺字通贺，不待至至喜亭也[⑨]。舟将至平喜坝，青天烈日中忽大风，急雨倾盆，至坝下，风定雨止，晴色如故，若江渎之神相送者。

①白狗峡：又名兵书宝剑峡。《舆地纪胜》："白狗峡在秭归县东二十里，亦称狗峡，又名鸡山。两岸壁立，白石隐现状如狗。"玉虚洞：《名山纪》："玉虚洞在归州城东北。唐天宝中有人遇白鹿于此。洞可容千人，石壁异文成龙虎草木之状，有石乳结成物象，皆温润如玉。"②新滩：又名青滩。《后汉书·和帝纪》：永元十二年闰四月"戊辰，秭归山崩。"《水经·江水注》："晋太元二年又崩，当崩之日，水逆流百余里，涌起数十丈。今滩上有石，或圆或箪，或方或笥，若此者甚众，皆崩岸所陨，致怒湍流，故谓之新崩滩。"③黄牛峡：《太平寰宇纪》："峡州夷陵县有黄牛山。"黄牛峡因黄牛山而得名。盛弘之《荆州记》："南岸重岭叠起，最外高崖间有石，状如人负刀牵牛，人黑牛黄，成就分明。此崖既高，加以江湍纡回，虽途经信宿，犹如望见之。"洺川庙：又名黄牛庙、黄陵庙，传说有黄龙助夏禹治水，因而建庙祭祀。④东坡所书：苏轼曾记欧阳修《黄牛庙诗》，并说："轼尝闻之于公云：昔以西京留守推官为馆阁校勘，时同年丁

宝臣元珍适来京师，梦与余同舟，泝江干入一庙中，拜谒堂下，予班元珍下，元珍固辞，予不可。方拜时，神像为起鞠躬堂上，且使人邀予上，耳语久之。元珍私神亦如世俗，待馆阁乃尔异礼耶。既出门，见一马只耳，觉而语予，固莫识也。不数日，元珍除峡州判官，已而予亦贬夷陵令，日与元珍处，不复记前梦矣。一日，与元珍泝峡谒黄牛庙，入门惘然，皆梦中所见。予为县令，固班元珍下，而门外镌石为马，缺一耳，相视大惊。乃留诗庙中，有'石马系祠门'之句，该私识其事也。"⑤古诗云：引诗见《荆州记》。欧阳公诗：欧阳修《黄牛庙》诗有"朝朝暮暮见黄牛，徒使行人过此愁，山高更远望犹见，不是黄牛滞客舟"之句。⑥假十二峰：范成大有《假十二峰》诗，自注："即黄牛峡山，自此直至平西坝，千峰重复，靡不奇峭。"⑦扇子峡：《明一统志》："明月峡在夷陵州西二十里悬崖间，白石状如月，又如扇子，亦曰扇子峡。"虾蟆碚：陆游《入蜀记》："登虾蟆碚，《水品》所载第四泉是也。虾蟆在山麓，临江，头鼻吻颔绝类，而背脊疱处尤逼真，造物之巧有如此者。自背上深入，得一洞穴，石色绿润，泉泠泠有声，自洞出，垂虾蟆口鼻间，成水帘入江。"⑧张又新：唐代人，著有《水品》："峡州扇子山有石突然，泄水独清冷，状如黾形，俗云蛤蟆口，水第四。"廷对：指举人至京城应进士试。⑨至喜亭：在夷陵，宋峡州知州朱庆基修建，欧阳修有《峡州知喜亭记》："夷陵为州，当峡口，江出峡，始漫为平流，故舟人至此者，必沥酒再拜相贺，以为更生。"

骖鸾录（节录）

一

二十八日，陆行，发余杭[①]，与吴之兄弟妹侄及亲戚远送者别。皆曰：“君今过岭入厉土[②]，何从数得安否问。此别是非常时比。”或曰：“君纵归，恐染瘴（zhàng），必老且病矣。亦有御瘴药否？”其言悲，呜泣且遮道，不肯令肩舆遂行。又新与老乳母作生死诀，一段凄怆，使文通复得梦笔[③]，作后赋，亦不能状也。晚宿富阳县废寺中，即客馆也。

①陆行：走陆路。俗语谓之“抄旱”，与走水路相对。余杭：镇名。属浙江省杭州市。②岭：五岭。过了五岭，就是两广。厉：灾疫。厉通“疠”。③文通：江淹字文通，南朝梁文学家。晚年所作诗文不如前期，人谓“江郎才尽”。所作《恨赋》《别赋》著名。梦笔：即“梦笔生花”。王仁裕《开元天宝遗事匮·梦笔头生花》：“李太白少时，梦所用之笔头上生花，后天才赡逸，名闻天下。”因以“梦笔生花”喻指才思俊逸，遽成佳作。

二

三十日，发富阳。雪满千山，江色沉碧。但小霁风急寒甚，披使金时所作绵袍，戴毡帽，坐船头纵观，不胜清绝。刻溪夜泛，景物未必过此。除夜行役[1]，庙祭及乡里节物尽废[2]。晚宿严州桐庐县。

①行役：旅行之事。②庙：旧时供祀祖宗的屋子。

三

三日泊严州。渡江上浮桥，游报恩寺，中有萧洒轩，取吾家文正公“萧洒桐庐郡”之句以名[1]。浮桥之禁甚严，歙（shè）浦杉排[2]，毕集桥下，要而重征之[3]，商旅大困，有濡滞数月不得过者[4]。余掾歙时[5]，颇知其事。休宁山中宜杉[6]，土人稀作田，多以种杉为业，杉又易生之物，故取之难穷。出山时价极贱，抵郡城已抽解不赀（zī）[7]，比及严，则所征数百倍。严之官吏，方曰：“吾州无利孔[8]，微歙杉，不为州矣[9]。”观此言，则商旅之病，何时为瘳（chōu）。盖一木出山，或不直百钱，至浙江乃卖两千[10]，皆重征与久客费使之。

①文正公：范仲淹。宋苏州吴县人。仲淹为秀才时，尝言以天下为己任。官至陕西四路安抚使，参知政事。卒谥文正。曾作《严先生祠堂记》，“萧洒桐庐郡”便是其中的名句。②歙浦：地名。在今安徽歙县东南，为新安江与练溪会合处。③要：强迫，要挟。④濡滞：停留、迟滞。⑤掾：本为佐助之义，后通称副官佐贰吏为掾。⑥休宁：县名。汉歙县地。清属安徽徽州府。⑦不赀：数量很大，不能以资财计算。⑧利孔：经济来源。⑨不为州矣：不成其为州了。意即无歙杉的税收，本州的开销将无处着落。⑩浙江：即浙江。

四

闰月一日。宿邬（wū）子口，邬子者，鄱阳湖尾也。名为盗区。非便风张帆，及有船伴不可过。大雪，泊舟龙王庙。二日，雪甚风横，祷于龙神。午霁，发船邬子，宿范家池。湖中称某家池者，取鱼处也。随一家占为名。道中极荒寒，时有沙碛（qì）芦苇弥望[①]。或报盗舟不远，夜遣从卒爇（ruò）船傍苇丛[②]，作势以安众。

①沙碛：砂石积成的沙滩地。弥望：满眼。②爇：烧，点燃。

五

五日，登滕（téng）王阁。其故基甚侈[①]，今但于城上作大堂耳[②]。榷（què）估又借以卖酒[③]，佩玉鸣銮之罢久矣[④]。其下江面极阔，云涛浩然。西山相去既远，遂不能一至。又登南昌楼、江月台，郡圃逼仄无可观。江西帅前右正言龚实之，欲取王士元三江五湖之句，以厅事后堂为襟带堂[5]，余为书其榜，戏为谶（chèn）曰[6]：“襟者，金也，不三年，府公其腰黄乎？[7]”

①侈：广，宽。②大堂：高大的厅堂。③榷估：官府专利卖酒。④佩玉鸣銮：为王勃（士元）所写的《滕王阁诗序》中的句子。下文“三江五湖之句”亦同。⑤厅事：官府办公的地方。古作“听事”，魏晋以来作“厅事”。⑥谶：预言吉凶得失的文字、图记。⑦黄：金子的颜色。也即“飞黄腾达”，以喻人骤然得志，官位升迁之快。

六

二十五日。宿七里铺[1]。自离宜春，连日大雨。道上淖泥之浆如油。不知何人治道，乃乱置块石，皆刓（wán）面坚滑[2]。舆夫行泥中，则浆深汩（gǔ）没；行石上，则不可着脚。跬（kuǐ）步艰棘，不胜其劳。

①七里铺：在江西赣县东贡水北岸。又称七里市。②刓：削去棱角。③跬步：半步。

七

二月一日。宿山阳驿。夹道皆松木甚茂。大抵入湖湘[1]，松身皆直如杉。江西则柏亦峭直。叶如璎珞[2]。二物与吴中迥不同。吴中松多虬干，柏则怪踽。

①湖湘：指湖南省。②璎珞：串珠玉而成的装饰物。多用为颈饰。

八

二十二日，渡潇水，即至愚溪，亦一涧泉，泻出江中，官路循溪而上[①]，碧流淙潺，石濑浅涩不可杭[②]，春涨时或可，所谓“舟行若穷忽又无”，际者必是泛一叶舟耳。溪上愚亭，以祠子厚。路旁有酤鉧（mǔ）潭，酤鉧，熨斗也，潭状似之。其地如大小石渠、石涧之类[③]，询之，皆芜没荒竹中，无能的知其处者。

①官路：官修的大路。②濑：湍急之水。水激石间为濑。③大小石渠、石涧：皆柳宗元文章篇名。

姜　夔

姜夔（1155—1220），宋饶州鄱阳（今江西鄱阳）人。字尧章。因不满秦桧当政，隐居武康县，与苕溪白石洞天为邻，因号白石道人，又号石帚。父噩，绍兴庚午（1150）进士，知汉阳县。他从幼年起，随父到汉阳，后来他的全家就流落在夏口，他的姐姐也嫁在那里。张俊之孙张鉴字平甫，居杭州；夔中年后，依之十年。鉴卒，旅食浙东、嘉兴、金陵间，卒于西湖。贫不能葬，吴潜诸人助之葬于钱塘门外西马塍。擅长诗词，通晓音律，能自制曲。著有《白石道人诗集》《白石道人歌曲》及《姜氏诗说》《续书谱》等。

越中山水

越中山水幽远[1]，予数上下西兴、钱清间[2]，襟抱清旷。越人善为舟，卷篷方底，舟师行歌徐徐曳之，如偃（yǎn）卧榻上[3]，无动摇突兀势，以故得尽情骋（chěng）望。予欲家焉（yān）而未得，作《征招》以寄兴。

①越中：指古越国之地，即今浙江萧山、绍兴一带。选自宋姜夔《白石诗词集》。②西兴、钱清：地名。今西兴属萧山县，钱清属绍兴县。③榻：狭长而低的坐卧用具，通称竹榻。

合肥巷陌

合肥巷陌皆种柳[①]，秋风夕起骚骚然[②]。予客居阖（hé）户，时闻马嘶。出城四顾，则荒烟野草，不胜凄黯[③]，乃著此解[④]。

①合肥：地名，今安徽合肥。②骚骚：风劲貌。③凄黯：凄凉沮丧。④解：文体的一种。即设辞以释意者。

过维扬

淳熙丙申至日，余过维扬[①]。夜雪初霁（jì），荠麦弥望[②]。入其城，则四顾萧条，寒水自碧。暮色渐起，戍（shù）角悲吟[③]。予怀怆（chuàng）然，感慨今昔，因自度此曲[④]。千岩老人以为有黍离之悲也[⑤]。

①维扬：地名。即今江苏扬州市。《书·禹贡》有“淮海惟扬州”，《尚书》惟字《毛诗》皆作“维”。后人摘取“维扬”作为扬州的别称。②荠麦：胡云翼《宋词选》：荠菜和麦子。一说：荠麦是野生的麦子。③戍角：军营里发出的号角声。④此曲：指《扬州慢·淮左名都》。⑤千岩老人：萧德藻，字东夫，三山（一作闽清）人，生卒年均不详。绍兴进士，为乌程令，居屏山，自号千岩

老人，尝知峡州。德藻为姜夔之师，工诗。黍离：《诗·王风》有《黍离》篇，《诗·序》谓西周亡后，周大夫过故宗庙宫室，尽为禾黍，彷徨不忍去，乃作此诗。后用为感慨亡国触景生情之词。

云梦泽

予女须家沔（miǎn）之山阳[①]，左白湖，右云梦[②]。春水方生，浸数千里。冬寒沙露，衰草入云。丙午之秋，予与安甥，或荡舟采菱，或举火罝（jū）兔[③]，或观鱼簺（sài）下[④]。山行野吟，自适其适。凭虚怅望[⑤]，因赋此阕（què）。

①女须：《楚辞·屈原·离骚》："女嬃之婵媛兮，申申其詈予。"《说文》引贾逵说，楚人称姐为嬃。后人用嬃作姐的代称。也作"女须"。沔：汉水上游。山阳：山的南面。②云梦：泽名。③罝兔：用网捕兔。罝，捉兔子的网。④簺：以竹木编成的鱼箭，截水捕鱼。⑤虚：大丘，土山。

郭畀

郭畀，生卒年均不知，大约元至大年间在世。字天锡，号云山，晚年号思恳，京口人。《元诗选》又称其一字佑之，号北山，尝为宣府判官。美须髯，人呼为郭髯。画学米南宫。书学赵孟頫，妙得其法，曾代赵写《松雪斋集》，孟頫跋其后，称赏备至。所作日记，据厉鹗抄本跋，谓共有四册，《客杭日记》为其中一册。曾调任平江路吴江儒学教授，未及赴任，浙江行省辟为掾史。所著有《快雪斋集》等，并传于世。

客杭日记（节录）

一

戊申九月廿七日阴。寓杭。……晚，晴，登吴山，下视杭城，烟瓦鳞鳞[①]，莫辨处所。左顾西湖，右俯浙江，望故宫苍莽[②]，独见白塔屹立耳。次谒伍子胥庙，转至拱北楼即朝天门，行大街官巷而归。

①鳞鳞：鱼鳞状物。②苍莽：空阔无边貌。

二

十八日。晴。客居杭州。……是日，游大般若寺，寺在凤凰山之左，即旧宫地也。地势高下，不可辨其处所。次观杨总统所建西番佛塔[①]，突兀二十丈余，下以碑石甃（zhòu）之，有先朝进士题名，并故宫诸样花石，亦有镌刻龙凤者，皆乱砌在地。山峻风寒，不欲细看而下。次游万寿尊胜塔寺，亦杨其姓者所建。正殿佛皆西番形像，赤体侍立，虽用金装，无自然

意。门立四青石柱，镌凿盘龙，甚精致。上犹有前朝铜钟一口，上铸淳熙改元曾觌（dí）篆字铭在，皆故物也。行至左廊，记得壁上一诗云：“玉辇（niǎn）成尘事已空，惟余草木对春风。凭高花鸟无穷恨，目断苍梧夕照中[2]。”寺门，俗云望江亭，俯视钱塘江水，大略与扬子江同，但隔岸越山苍翠差胜耳。远见西兴渡口，烟树如荠[3]。次游新建报国寺，行至殿后，有块石仅留二十余字。僧为别立一木牌云：五十年前，理宗梦二老僧曰，后二十年，乞一住足地，恍然梦觉。今筑地得此石，却无年代可考。昔梵刹为皇宫，今兹复为梵刹，如波入海[4]。以予观之，亦好（hào）事者为之也[5]。且朝代之废兴皆天也，二僧入君王梦中，孰记而传之耶？浮屠之说妄矣！傍有二客，相与一笑而回。

①杨总统：杨琏真迦，元代僧人。迦，也作“伽”。元世祖（忽必烈）时为江南释教总统，杀害平民，掠夺财物，无恶不作。②苍梧：山名。又名九疑。相传舜葬于苍梧之野。这里借指凄凉荒废的南宋故宫。③荠：荸荠。亦有解释为荠菜的。④如波入海：意

谓没有什么不同。⑤好事：喜欢多事。

顾　璘

顾璘（1476—1545），字华玉，南直隶长洲（今江苏苏州）人，寓居上元（今江苏南京）。明弘治进士，官至刑部尚书。诗与同里陈沂、王韦，号金陵三俊。后宝应朱应登继起，称四大家。虚己好士，晚年家中客常满。有《浮湘集》《山中集》《息园诗文稿》等。

游雨花崖牛岭记[①]

牛头山与献花崖对峙，并金陵胜地，在郊南二十五里许。陈氏孔彰居相近，故主予辈为是游。自春凡三易约，乃定于四月十有二日，曰：虽雨必往。

至日晨风飒（sà）然，纤雨断续，策马出郭门，径趋花崖。时避雨道旁农舍。比至寺，雨益急。侍御王君士招行后五里[②]，假盖野人，乃获至，衣尽沾湿。南昌守罗君质甫[③]，先宿方山别墅，泞不得至。时孔彰食具，亦阻于途。予三人蹻屩（juē）登芙蓉阁[④]，高倚空际，云雾生自下方，疾风横过，开阖（hé）明晦，倏忽万状，木叶滴沥，悬涧泉落，四壁峭然，莫听人语。相顾叹曰："霁游者，安知此奇哉！"下饭僧寮（liáo）。孔彰始携二子负尊罍至，欢然共酌，夜分乃已。遂连床卧谈古今。且寤且寐[⑤]，不知倦惫之去体。雨竟夜有声，衾枕皆润，薄寒袭人，殊异城市，其实身卧云雾中也。

晨起，宿霭抹半峰间[⑥]，远近崖崿（è），如人新沐，毕露精彩，兴不可遏（è），遂乘马沿岭背，为牛峰游。至则残雨复落，不可登陟（zhì）。小饭天阙丈室[⑦]，徘徊睇望[⑧]，神游万峰之间。乃诵杜工部诗曰[⑨]：“‘荡胸生层云，决眦（zì）入归鸟’，殆为今日设乎？”雨既止，日亦且暮，遂别寺僧出山。

夫兹游值雨为劳，然情景奇胜，亦复相称。乃知忧乐之方，得失之迹，固不可以意校（jiào）也[⑩]。

①雨花崖：即雨花台，在江苏南京城南中华门外，是一个高约一百米、长约三千多米的山冈。传说六朝王光法师在此经，感动天神，落花如雨，因称雨花台。牛岭：即牛首山，在南京中华门外，高四百四十余米，双峰角立，形如牛首而得名；又名天阙山，形势十分险要。②侍御：官名。监察御史，奉使出外执行纠察任务。③南昌：地名，今江西南昌。守：官名，太守，州郡长官。④屩：草鞋。⑤且寤且寐：时醒时睡。⑥宿霭：前夜的云气。⑦天阙：即牛首山。⑧睇望：遥望的意思。⑨杜工部：即杜甫，曾任监校工部员外郎，故名。所引诗出于杜甫的《望岳》。⑩意校：用主观来衡量。校，通“较”。

计宗道

计宗道，明正德年间在南京户部任职。余未详。

过后湖记[1]

天下版籍[2]，尽载贮后湖，南京户部官，率岁一往磨勘（kān）[3]。正德壬申秋，予叨职寄斯役[4]，自八月至十月始讫事。凡过湖必出太平门，命舟行，可七八里许，一望渺漫，光映上下，微风播扬，文漪聿（yù）兴[5]。荡漾烟波之上，莫不情畅神爽，若游仙焉。

余间立四顾，其嵯峨霄汉之表[6]，正气郁葱而峙乎东南者，钟山也。叠连如屏如帏，在西北者，幕府山也。峦岭偃蹇（yǎn jiǎn）盘伏于地、而松森其上者，覆舟山也[7]。挺拔而凸出

城头，殿阁差参，浮屠耸空者，鸡鸣山也。山东西一带列悬榜者，世传台城也[8]。峻层冒水而出者，岛屿也。旁视三法司[9]，隐隐错落云水之湄，重岗叠阜，遥连于其外，峭然而鸾凤峙[10]，腾然而蛟龙走矣[11]。其中远近芳洲，相聚如五星，红紫烟花，华绚如匹锦；鸥鹭凫鸿，载飞载鸣；鲦鲿（cháng）鰋（yǎn）鲤[12]，以潜以泳，则已自饫（yù）而心怡矣[13]。忽惊风暴作，洪涛舂撞，篙人惊惧，拿舟舣（yǐ）岸[14]，而行经败荷间，香气犹袭人。浮藻乱荇，牵舟缀楫。已乃引入曲渚[15]，两岸荟蔚。须臾，抵小陂（bēi）[16]，遂舍舟以陟焉。

命隶剪荆分莽，排雾穿云，逡（qūn）巡而进[17]。见数处颓垣废址，意前朝遗迹，令人慨叹，而丛林蒙翳，追探前路尚空，众亦惫焉。或藉草坐茵，箕踞少憩。复进，望一高丘，隶指曰："此相传郭仙墩也。"众狙弋（jū yì）以上[18]。四围树林蔽日，复下故道，向新建籍库，过石桥，延伫其上。骋望云水茫茫，清飙（biāo）飒飒，遂相与携手，入旧库之洲，蹑齐而升玄武厅[19]，则黄门赵君惟贤已先渡，见予辈殊讶。既而闻述所遇，则又曰："是何奇也！予往返数（shuò）矣，而未有若诸君所遇者。"众亦相与慰喜，以为非因风之故，则谁使之一探此奇哉！

凡以公事至，及暮而归，则见日光射水，晚霞相荡。回视湖上诸宇，在苍烟杳霭间，不啻（chì）蓬莱阆苑然，岂不信为胜地哉！昔欧文忠公以金陵、钱塘山川人物之盛，各为一都会。钱塘莫美于西湖，金陵莫美于后湖，因游冶之所趋也。我皇祖奋出江表[20]，收天下版籍，建库而储之于此，特设科部官司之禁，非公遣不得至。则凡好游者，虽慕幽遐瑰玮之观，无所可及，而吾侪（chái）今获因公而至，而又探奇于无心之会，岂非至幸哉！

①后湖：即玄武湖，又名练湖，在江苏南京东北玄武门外。②版籍：书籍。明初在玄武湖中洲（今梁州）建黄册库，贮藏全国户籍赋税档案。③磨勘：考验官吏的成绩。④叨职：任职。叨，谦词。寄：暂居。斯役：指户部的官职。斯，代词，此。⑤文漪：水波涟漪。文，通“纹”。聿兴：兴起。⑥嵯峨：高峻的样子。霄汉之表：云端。⑦覆舟山：在南京太平门西侧，春秋战国时以山形似覆舟而得名。又名小九华山、玄武山。⑧悬榜：形容台城如悬挂着的匾额。台城：在鸡鸣山南乾河沿北。⑨三法司：掌司法刑狱的官署。⑩岿然：高峻立的样子。⑪腾然：飞腾貌。⑫鲦鲙鳜鲤：均为鱼名。⑬饫：满足。⑭舣：停船靠岸。⑮曲渚：曲折的小洲。⑯陂：山坡。⑰逡巡：迟疑不决的样子。⑱狙弋：像猿猴一样攀登。⑲齐：通“跻”，登。⑳皇祖：指明太祖朱元璋。江表：指江南。朱元璋元末为红巾军首领，攻占南京后，即以南京为根据地，北上击溃元军主力，终于推翻元朝，建立明朝。

王世贞

王世贞（1526—1590），字元美，号凤洲、弇州山人，南直隶太仓（今江苏太仓）人。明嘉靖进士，官刑部主事，曾受严嵩迫害。隆庆时，官至刑部尚书。与李攀龙同为“后七子”首领，主张“文必秦汉，诗必盛唐”。为文讲究词藻，晚年渐趋平淡。他对戏曲也有研究。著有《弇州山人四部稿》《艺苑卮言》等。

游摄山栖霞寺记[①]

余将以三月朔赴留管[②]，而二月之廿六日抵京口。其明日荆侍御邀登北固山，又明日从京口陆行，且百里，始及龙潭驿。大雨，肩舆出没于危峰峭壁之址，与江相胶带而行[③]。如是者凡二十里，雨益甚。江山之胜，顾亦奇秀，色在眉睫间，应接不暇，欣然忘其衫屦（jù）之淋漉也。抵驿，与儿子骐及张生元春小饮。呼驿宰，问以摄山道，甚难之，谓径险而受雨则泞，可无往也。余兴发，不可遏。

质明起，遂取所问道。时晓色熹微，与霁色接，溪流暴涨，不绝声，然所过诸岭多童。至中凹处，忽得苍松古柏之属，是为摄山。趣驰道数百武，得寺曰栖霞。右方有穹（qióng）碑[④]，唐高宗所撰，以传明隐君僧绍者[⑤]。隐君故栖此山，已舍宅为寺，人主贤而志之。碑阴“栖霞”二大字，雄丽飞动，疑即唐人笔也。稍东，摄级而上曰山门，江总持一碑卧于地[⑥]，拂而读之。复前为门，四天王所托宇焉。摄级复上，杰殿新构，工可十之八，而前庭颇逼侧。僧曰：“未已也，是将广之，移四天王宇于山门而加伟。”殿后，摄级复上，为方丈。僧供起胶饼、茵蔯（yīn chén）。茵蔯甘，啖之至饱。饭已，与元春、儿祺，由殿后启左窦而出，探所谓千佛岩者[⑦]。

其阳为石塔，塔不甚高，而壁金刚力士像于四周，颇巧致。此塔隋文皇所建，以藏舍利者也。文皇遇异尼，得舍利数

百颗，分树塔以藏之，凡八十三州。所遣僧及守臣，争侈言光怪灵异以媚上，而蒋州其一也[8]。盖其时建业以蒋子文故[9]，降从蒋云。塔左圆池，一泉泓然满其中，石莲花觱（bì）沸而起，僧雏咸资汲焉，曰品外泉。兹泉陆羽所未品也。千佛岩独隐君子仲璋所镌无量寿佛像可耳[10]，观音大士至已不逮。其他若文惠太子、豫章、竟陵王千像，皆刓（wán）损天趣[11]，以就人巧，使斗拔奇峭之态，泯没不复可迹。且所谓佛者，一而已，何千之有？

循千佛岩，沿涧而进，迤逦不可穷。时旭日渐融[12]，草树被之，葱茏罨霭有光泽；涧水受雨，争道下迸，势如散珠，声若戛（jiá）玉[13]。僧雏以酒茗从，兴至辄酒，足疲辄茗。已由中峰涧，至白浮泉，探蠡酌之，尽一器。乃踸踔（chěn chuō）过岭[14]，其直如截者，曰天开岩。中仅通一线，径虽不甚高，而孤险啮足可畏[15]。将自此问绝顶，而力不胜矣。其西则层叠浪岭直下，乱石错之，若海波万沸，汹涌灏溔（hào yǎo）[16]。熟视之，审其名之称也。可二里许，一兰若承之，曰观音庵，方有事于土木，其壮丽几与寺埒（liě）。主僧某者，福德人也，言简而精，与之小酬酢（zuò）而别[17]。还复饭方丈，儿子兴未已，复呼元春登绝顶。返则日下舂矣，欲骄余以所不及见。余谓："若所见，非大江耶？业已自北固、龙潭饱之矣。"二子不能对，乃就寝。

今天下名山大刹，处处有之，然不能两相得，而其最著而最古者，独兹寺与济南之灵岩，天台之国清，荆州之玉泉而已。灵岩予三十年前一游之，忽忽若梦境耳。今者垂暮，而复与观栖霞之胜，独老且衰，不能守三尺蒲团地，而黾（mǐn）勉一出[18]，远愧僧绍，然犹能自为计，庶几异日不至作总持哉！

①摄山栖霞寺：在南京东北栖霞山中峰西麓，创建于南齐永明年间，为隐士明僧绍用住宅改建，与山东灵岩、荆州玉泉、天台国清并称四大名寺。②朔：农历每月初一为朔。留管：指作地方行政长官。作者曾官应天（南京）府尹。③与江相胶带：与长江黏合连接在一起。④穹：高大。⑤明隐君僧绍：明僧绍，南朝齐隐士名。隐君，隐士。⑥江总持：江总，字总持，济阳考城（今河南兰考）人。曾为陈太子詹事，后主即位，擢仆射尚书令，不持政事，与陈后主游宴后庭，多为艳诗，君臣昏乱，以至亡国。⑦千佛岩：在栖霞山栖霞寺舍利塔东无量殿后山崖上，相传南齐临沂县令仲璋继承父志，在山西崖凿无量寿佛及菩萨像后，南齐文惠太子等诸王及臣

民，各依崖的上下深广，就石壁凿像，有的三五尊一龛，有的五六尊一龛，称千佛岩。有佛龛二百九十四个，佛像五百十五尊。今佛像除少数完好外，大部分遭破坏。⑧蒋州：指南京。⑨建业：南京的古称。蒋子文：东汉末秣陵尉，葬于南京钟山，三国时吴主孙权因避祖父名讳，改钟山为蒋山。⑩无量寿佛：佛名，即阿弥陀佛。⑪刓损：磨损。天趣：指自然的姿态。⑫融：指水气消散。⑬戛玉：形容声调铿锵悦耳。戛，碾轧。⑭踸踔：跛行。引申为迟滞、支绌。⑮啮：原意为，这里指山路行，有拖住脚的样子。⑯灏溔：水无边无的样子。⑰酬酢：互相劝酒。⑱黾勉：努力，勉强。

王叔承

王叔承，初名允光，字叔承，更字承父，晚年又更字子幻，自号昆仑山人。明嘉靖、隆庆时南直隶吴江（今属江苏苏州）人。性嗜酒，纵游江南山水。其诗为王世贞所称，亦善散文。有《吴越游编》《荔子编》《楚游编》《岳游编》等。

金陵游记

鸡鸣山，在都城内隅，帝王功臣等十庙、浑仪台丽焉[①]，庙貌仪器数十，皆瑰玮奇观已[②]。山半有凭虚阁，受远近山[③]，禁城宫殿，官署民居，如云苑（yuàn）囿树出没[④]，目眦（zì）可罗[⑤]，置掌可列，而万山屏障森开也。

出太平门而北，曰太平堤，长可三四里，阔丈有咫，高倍之，修木阴阴夹道。门左城麓瞰湖，城堞右被山脊[⑥]，山即紫金山，孝陵所奠[⑦]，一曰蒋山，诸葛氏所谓“钟山龙蟠者”是也。钟山顺堤而拱东北，林樾（yuè）蓊郁，中抱莲池禾田田舍，湖曰玄武。西拥堤岸，中有小城廨（xiè）宇[⑧]，系国家藏图籍所。湖际多远山，环合其一面，莲花百顷，时红碧倾堕，嫣然作秋态，如汉宫晚妆，为游观音庵首途一胜云[⑨]。观音岩，在观音门外，门嵌入山阙，自山阙左折，由石径抵寺。径有小山，中辟如门，昔达磨祖折芦渡江时[⑩]，梁武遣使策骡追之，至此两峰忽合，而骡夹骡不得前，命曰夹骡峰。自峰而下，缘山根水涯为径，由径登石台，台之西最高者，曰观音阁。朱阁悬空而构，大柱插入江际，面江背崖，崖石断断衔阁[⑪]。阁中石半侵佛背，江帆乱走阁下。隔江遥山，横翠千里，一杯在手，觉凭栏之非我矣。

自崖道旧径，逾桥而西数百步，至燕子矶，孤岑突立江上，崖之脉分胜也。铁锁贯江，江水抱其三面，一二亭表之，巅之亭最可憩望。去亭百步，有飞崖俯江，俯身崖上，攀木垂首而视，风涛舟楫，隐隐其下也。矶崖之下，多渔人设罾（zēng）[⑫]，或依沙洲石濑为舍，或浮居水上，或隐其身山罅，或就崖树下悬居，或将鱼蟹向客卖换青钱[⑬]，或就垆换酒竟去[⑭]。悠悠天地，此何人哉!

紫金之阳，瞻孝陵而南，得灵谷寺，其径万松林交荫，可五里所。寺背峭壁，回抱如城，有琵琶街，即梁昭明读书处，盖街下多垒瓮，人鼓掌，则声应如弹丝，因名。有胡僧八功德水[⑮]，有志公禅师塔[⑯]，塔为国初时所建，事详别传。有吴伟画壁[⑰]，有鹿千百成群，戏游草莽，或穿入僧舍，与游客相狎逐，其悬铜牌者，盖高帝时所蓄矣。

南出聚宝门，可四十里，抵牛首山，双峰矗天，遥见亭榭缀嵌石壁。从平径逶迤而上，峰首寺曰弘觉。门内石级，数丈峻立，命曰白云梯，左右交覆，古松奇树，苍翠欲滴。尽梯左折，登七级浮图。又上登观音阁，则见净图之巅矣。历峻级再上兜率崖，倚空崒嵂（zú lù）[18]，如垒如凿，穿佛殿后，脱屐攀危石而上，曰舍身台，围可五尺，小石塔立焉。塔旁小树，衣带垂满枝叶，盖游女子所系，以代舍身。山之险，此其最者。

出文殊洞，逾岭至西峰辟支洞。洞内有隙通明，其前，则辟支舍利子塔也。禅堂右室，闭其门，返昭映浮图影，从门隙倒挂佛案帷上，作金色，早时日从东来，又空影而黑也。石台有银杏，可三人围，中枯如石，傍干蜿蝘（yǎn）如龙，垂其阴，覆台下石井，井曰虎跑泉，清洌；并东封白云泉井，而白云以大岩垂覆焉。

牛首南度三四岭，可五里危磴，至献花

岩，穿石洞，缘藤萝而上，登其顶，曰芙蓉阁。芙蓉挂崖际，崖益诡秀[19]，如巨灵驱万石至此，欲坠未坠者，相传僧懒融讲经于此，有百鸟献花之异，而识者又以牛首为天阙[20]，不诬耳。报恩寺浮图九级，文石雕瓦，千奇万丽，金碧烛霄，世所希并。雨花台即童然高丘，而寥廓受景，争胜鸡鸣，此亦牛首首途之胜也。

客曰：观音崖以江为胜，其金、焦下北固上邪，朱阁奇绝，则过金之江天、西湖缥缈，当伯仲玄武，而牛首之胜，亦吴越间宜有矣。余谓京师内城，珠宫玉殿星列，碧柳千树，鸣莺好鸟，万个山泉，海岛芙渠万顷[21]。日暮，水霞氤氲，凫鹥鸥鹭，群飞窈窕，绛衣仙佩[22]，隐见其间。宝山玲珑，桥如带玉，此则南都未覯（gòu）[23]。若夫广衢修巷，石甃如浣，江潮通城，艅艎（yú huáng）便利[24]，市场万货辐凑[25]，空无游尘，亦南中之绝也。然燕人好任（rèn）侠[26]，无赖悲歌，击筑（zhù）刺剑[27]，慷慨趋死地无厌，即姣好妇女[28]，胡妆，嗜猛酒，不自修检。金陵多游闲子弟，事浮靡，不力本业；女性纤媚[29]，娇声好容，奔逐贵富。青楼女郎，浅妆堕髻[30]，以雅淡为韶丽，琴瑟歌舞，婉娈近人，习知文字，伎能称绝，少年辈倾其装，至死不惜，岂其遗风邪！然余尝北登太行，望居庸，万里碧天，天都拱卫[31]；南浮龙江关，而下石头山，因绝壁为城，旁带长江万里，两都雄胜，略相当矣。

嗟乎！班孟坚其谁哉？是行也，盖隆庆改元八月。为祖道江浒[32]，壮余行色者[33]，曰周原李、胡原荆；同游者，曰范仲昭、陆伯玉，或余兄伯熙、吴聘甫，或施、沈二生，或伯桢；尝为酒主，病不果从游者，曰陈济之、吴化甫。山不及游而留之后者，曰凤凰台，曰栖霞寺。往返计二十六日，日饮名酒两尊，赋诗计二十四首，首篇则《句曲道中，月下怀茅君》也㉞。

①浑仪：又称天仪。我国古代观察天体位置的仪器，类似现在的天球仪。《后汉书·张衡传》："遂乃研覈阴阳，妙尽璇机之正，作天仪。"丽：成对、并驾。②已：通"矣"。③受：承纳，接受。④苑：帝王的园林。囿：养动物的牧场。⑤眦：眼眶。罗：罗致，搜寻。⑥堞：城上的短墙。脊：山背。⑦奠：安放，安置。⑧廨宇：官署。⑨首途：出发上路。⑩达磨：即菩提达摩，简称达摩，或达磨，中国佛教禅宗的创始人。相传为南天竺人。他过南京时，与梁武帝面谈不契，渡江北去。芦，苇叶。传说达磨渡江时折苇叶为舟。⑪断断：专诚守一。⑫罾：渔具。俗称扳罾。⑬青钱：青铜所铸之钱，铸工精良，为铜钱之上品。泛指铜钱。⑭垆：指酒店。原是酒店安置酒瓮的墩子。⑮八功德水：灵谷寺的景物，袭用佛经中的名称。佛经说须弥山下大海中有八功德水，有八种好处。⑯志公禅师塔：据《陶庵梦忆·钟山》一文说："高皇帝与刘诚意、徐中山、汤东瓯定寝穴，各志其处，藏袖中，三人合，穴遂定。门左有孙权墓，请徙，太祖曰：'孙权亦是好汉子，留他守门。'及开藏，下为梁志公和尚塔，真身不坏，指爪绕身数匝。军士辇之不起。太祖亲礼之，许以金棺银椁，庄田三百六十奉香火，舁灵谷寺，塔之。今寺僧数千人，日食一庄田焉。"⑰吴伟：明中叶画家，工画人物山水。⑱崒嵂：山高峻的样子。⑲诡：奇特。⑳天阙：即牛首山。山有两峰，东西向对，形如双阙，故又名天阙山。宋建炎四年（1130），金将兀术趋建康，岳飞设伏牛头山以待，令百人黑衣混金营中扰之，金兵自相攻击，兀术奔淮西，遂复建康，即此。㉑海：指什刹海。亦称十刹海。在北京西城区地安门

西大街以北。元代原是一条从西北斜向东南的宽长水面，与通惠河相通，明初上游淤废，水面缩小，形成三个相连的水面，俗称“后三海”（西海、后海、前海），或总称什刹海。㉒绛衣：大红衣服。仙佩：指仙女。㉓觏：遇见。㉔艅艎：大舰名。㉕辐凑：即辐辏，车辐凑集于毂上，比喻人或物聚集一处。㉖任侠：抱不平，负气仗义。㉗筑：古击弦乐器。㉘姣好：容貌美丽。㉙纤媚：姣小妩媚。㉚堕髻：当时妇女的一种发形。㉛天都：京城。㉜祖道：古人于出行前祭祀路神称祖道。后因称饯行为祖道。㉝行色：出行的神态。㉞句曲：山名。又名己山、地肺山、茅山。道家称为金坛华阳之洞天。

王穉登

王穉登（1535—1612），字百谷，明南直隶长洲（今江苏苏州）人。十岁能诗，名满吴中。嘉靖末年游京师，得到大学士袁炜的器重；隆庆初年再到京师，当时徐阶当国，与炜不合，有人劝他隐瞒与炜的关系，他不答应。吴中自文徵明后，山人布衣辈出，而百谷以诗名家，主翰苑达三十年。与陈继儒齐名，并同臻老寿，享年七十八岁。有《南山堂诗集》《客越志略》等。

客越志略（节录）

一

岁丙寅五月，余方有事于故相国袁公之丧[①]，以十二日壬寅治装。余未识南行道里，既从书肆买图经载簏中，又要友人管建初同去。建初昔岁曾探禹穴，为余谈两浙山川，曲折若在掌上，故遂挟之行。黄征君一之[②]，阮都尉时济，皆为诗赠别。已而王青州伯仲从东海来，闻余行，作壮士言相贺、易水悲风[③]，不觉萧萧座上生也。坐久日斜，不及发。

①袁公：袁炜（1508—1565），字懋中，号元峰。明浙江慈溪人。②征君：征士的敬称。征士，被朝廷征聘的隐士。③易水悲风：战国时燕太子丹在易水边送壮士荆轲西入秦，高渐离击筑，荆轲和而歌曰："风萧萧兮易水寒，壮士一去兮不复还！"也泛指送别的悲歌。

二

十五日。嘉兴南行十五里斗门[①]。十五里皂（zào）林。五里石门。地饶桑田，蚕丝成市，四方大贾（gǔ），岁以五月来贸丝，积金如丘。山家及有年亦在[②]，顾余舟中，为言路难，慰劳良苦。雨濛濛不休，仓忙解维，十八里泊崇德城外。灯下焚枯鱼佐酒[3]，夜雨益甚。

①嘉兴：地名，在浙江省。②山家：山居的人家。③枯鱼：干鱼。

三

十六日。稍霁。四十五里塘栖河[1]。广百尺，隔河人声不相闻。星桥横空[2]，如白虹沉沉下饮波上[3]。过塘栖，水益阔，桑益多，鱼亦益贱。青田白鹭，小船如瓜[4]，叶叶烟波中，有壕濮闲想[5]。望见吴山翠微[6]，神思翻飞，不可复禁。四十五里至杭州北新关。

①塘栖河：即运河在塘栖的一段。②星桥：原指神话中的鹊桥。这里只是说桥。③虹：成语有“虹饮”，传说虹能吸饮。拱桥，又称虹桥。④瓜：即瓜皮船。小舟名瓜皮船。《北堂书钞·王璿集杂讼》：“瓜皮船本图以仓卒用之耳，宁可以深入敌境耶？”⑤濠濮闲想：相传庄子与惠施游于濠梁之上，又庄子钓于濮水，却楚王之聘。后因以濠濮指高人寄身闲居之所。以濠濮闲想指闲居逍遥、淡泊无为的思绪。⑥翠微：轻淡青葱的山色。

四

从武林门入[1]，风景大略似两都[2]，人家门外，悉是冬青树[3]。忆读《杭州志》云：“洪武间都指挥徐司马所栽。”今有如拱者，当犹是其旧植。苍翠鳞鳞，屋瓦尽碧，略如山家青霭（ǎi），人从树里行，不见赤日。小楼黑户，副以短扉，纬萧作垣[④]，加墁（màn）其上[⑤]。门门金像[⑥]，奉浮屠氏甚崇[⑦]。每慧灯不戢（jí）[⑧]，即千家为墟。故临安大火，非一燎矣。妇人低鬟，胡粉傅面[⑨]，都作女郎妆。小儿白雪椎（zhuī）髻[⑩]，甚多美少年，盖山川淑清，生人韶秀，亦如吴中然也[⑪]。邸屋在八字桥人家，甚湫，欲迁入吴山上道士观，闻霜台为邻[⑫]，遂不果。

①武林门：旧杭州城北门。②两都：历代所指不同，明代称南京、北京为两都。③冬青：长绿乔木名。《本草纲目·冬青》："（女贞）冬月青翠，故名冬青，江东人呼为冻青。"冬青终年长绿不凋，故在古诗文中多用作长绿不凋意。④纬萧：把艾蒿编起来。这里用的是《诗经》中的典故。江浙一般多用竹片。⑤墁：涂饰物。用泥土称泥墁，用石灰称灰墁。⑥金像：金色的佛像。佛教谓佛身如紫金光聚，世人因以金饰佛像，称为金身。⑦浮屠氏：即佛，梵语音译。⑧慧灯：即佛灯。不戢：没看管好。戢，藏也。⑨胡粉：铅粉，一名铅华。为化妆品。⑩椎髻：椎形的发髻。髻，总发，挽发而总之于顶。⑪吴中：今江苏苏州，春秋时为吴国国都，古亦称吴中。⑫霜台：称御史台。御史职司弹劾，为风霜之任，故称。

五

入谒四贤祠[①]，四贤为唐李邺（yè）侯泌（bì）[②]，白舍人居易，宋苏学士轼，林和靖先生逋（bū）。三人皆刺杭州，有惠政，而林以山中逸民[③]，俎（zǔ）豆其间[④]，信缨緌（ruí）之不足贵也[⑤]。山之阴，即处士墓，野梅数株偃其傍，近土皆干，不知有酹（lèi）椒浆否[⑥]？北为放鹤亭，俗子酣啸其中，缅想在阴之声[7]，低回久之而出。

①四贤祠：旧址在孤山北面。②李泌：字长源，唐代京兆人。历任玄肃代德四朝，位至宰相。封邺县侯，世称李邺侯。代宗朝为杭州刺史。③逸民：指避世隐居的人。④俎豆：俎，置肉的几；豆，盛干肉一类食物的器皿。都是古代宴客、朝聘、祭祀用的礼器。这里作祭祀、崇奉解释。⑤缨緌：冠带与冠饰，借指有声望的封建士大夫。代指仕宦。⑥酹：以酒洒地表示祭奠。椒浆：即“椒酒”，用椒浸制的酒。椒，指某些果实或种子有刺激性味道的植物。如花椒、辣椒。⑦在阴之声：即鹤声。语出《易·中孚》：“鹤鸣在阴。”

六

廿四日。顾丈来送别，遣隶护行。过镇海楼下[1]，出永昌门[2]，青泥一尺，负而登舟。钱塘江一名浙江，秦始皇渡浙江至会稽是也[3]。又名曲江，又名罗刹[4]，桑钦《水经》以为渐水，当由“浙”字之误。西兴隔水，略如扬子瓜渚[5]，所乏者金焦两点。东望海门，羲和正升[6]。人言八月潮生[7]，如雪山东倾，雷霆斗鸣，为天下潮声第一。是日风气甚恬（tián）[8]，江流似镜，漏刻未移[9]，已达西兴[10]。

①镇海楼：在杭州城南吴山东麓，吴越时称朝天门。②永昌门：在候潮门附近。久废。③秦始皇渡浙江：《史记·秦始皇本纪》：“三十七年，浮江下，过丹阳，至钱塘，临浙江，水波恶，乃西百二十里，从狭中渡，上会稽祭大禹，望于南海，而立石刻颂

秦德。”④罗刹：佛经中称恶鬼为罗刹。钱塘江风波险恶，故有此名。⑤扬子瓜渚：长江瓜洲。长江又名扬子。瓜洲，在江苏邗江县南，与镇江市相对。又称瓜埠洲。⑥羲和：神话中太阳的御者。这里是指太阳。⑦人言：如唐刘禹《浪淘沙》：“八月涛声吼地来，头高数丈触山回。须臾却入海门去，卷起沙堆似雪堆。”⑧恬：安静。⑨漏刻：古计时器。即漏壶。因壶有部件上刻符号表时间，昼夜百刻，故称漏刻。⑩西兴：渡口名。在今浙江杭州市萧山区西。本名西陵渡。

七

六月十一日。还萧山，雨作。到西兴，小晴。万壑（hè）齐赴[①]，江流顿高，买大舟渡钱塘江，海门在烟中不可见。入杭城，杨梅满市，问价甚贱。欲就顾仗衙斋饱餐，以病作，还舟中。夜有微月。

①壑：山谷，坑地。

西溪寄彭钦之书

留武林十日许，未尝一至湖上，然遂穷西溪之胜。舟车程并十八里，皆行山云竹霭（ǎi）中，衣袂（mèi）尽绿。桂树大者，两人围之不尽。树下花覆地如黄金。山中人缚帚扫花售市上，每担仅脱粟之半耳[①]。往岁行山阴道上[②]，大叹其佳，此行似胜。

①旦：量词。十斗为一石（dàn）。脱粟：粗粮，糙米。②山阴

道上：泛指浙江绍兴一带。山阴，旧县名，今属绍兴市。

张大复

张大复（1554—1630），字元长，明南直隶昆山（今江苏昆山）人。以著述为生，是归有光后一大家。晚年目盲，犹笔不停缀。与陈眉公、汤若士等人相友善。著作甚富，最为人称道的，有《梅花草堂集》《梅花草堂笔谈》《昆山人物志》等。所作笔记，多谈生活琐事，文笔亦清丽可诵，风格大抵与陈继儒差不多。

梅花草堂笔谈（节录）

一　李绍伯夜话

辛丑正月十一日，夜，冰月当轩[①]，残雪在地。予与李绍伯徘徊庭中，追往谈昔，竟至二鼓，阒（qù）无人声[②]，孤雁嘹呖（liáo lì）[③]，此身如游皇古，如悟前世。予谓绍伯："二十年前，中夜闻霰（xiàn）声击射，急起呼兄偕行雪中，冰凝屐底，高不可步，则相与攀树敲斫（zhuó）而行。闻人鼻鼾（hān），笑之为蠢。夜来听窗外折竹声，亦常命奴子启扉视之，酸风裂鼻，头岑岑（cén cén）作痛[4]。自笑曩时拍马踏雪，不如拥絮酣卧。”

①轩：窗或门。②阒：形容没有声音。③嘹呖：声音响亮凄清。④岑岑：头脑胀痛貌。

二　言志

净煮雨水，泼虎丘庙后之佳者[1]，连啜数瓯。坐重楼上，望西山爽气[2]。窗外玉兰树初舒嫩绿[3]，照日通明，时浮黄晕。烧笋午食，抛卷暂卧，便与王摩诘、苏子瞻对面纵谈[4]。流莺破梦，野香乱飞，有无不定。杖策散步，清月印水，陇麦翻浪，手指如冰，不妨敝裘著罗衫外，敬问天公肯与方便否？

①虎丘：山名。在苏州城北。②爽气：明朗开豁的自然景象。③玉兰：木名。干高可数丈，叶倒卵形，三四月开花，花九瓣，均著枝末，每枝一花。色白微碧，其香如兰，故名玉兰花。④王摩诘、苏子瞻：即王维与苏轼。作者梦见他们，并与他们纵谈。

三　夜

王摩诘云：北陟（zhì）玄灞[1]，清月映郭。夜登华子岗[2]，辋（wǎng）水沦涟[3]，与月下上。寒山远火，明灭林外。深巷寒犬，吠声如豹。村墟夜舂，复与疏钟相间。秦太虚云：元丰二年中秋后一日，天宇开霁，林间月明，可数毫发。自普宁[4]，凡经佛寺十五，皆寂不闻人声。道旁庐舍，或灯火隐显。草木深郁，流水止激悲鸣，殆非人间之境。二境澹宕（dàng）凄清[5]，真文中画也。予少时喜夜游，务穷搜奇胜，老来怯风露，不复窥户久矣[⑥]。读二公语，黯然欲涕！

①玄灞：幽深的灞河。灞河为渭河支流。②华子岗：为辋川别墅的主要景点之一。③辋水：河名。在今陕西省蓝田县南，源出秦岭北麓，北流至县南入灞河。④普宁：即普宁禅院，在杭州西湖南岸白莲洲上。⑤澹宕：淡远。⑥窥户：原意为暗中察看屋内的情况。这里作外出旅游讲。

四　送春

己亥适长安，三月三十日，卧于德州之逆旅[①]，土床湿蒸，遂不成寐。明辰，跨马将行，命侍者书二绝于壁。其一云："灯魂随焰死，居人鼾（hān）不禁；中有伤春客[②]，披衣看启明[③]。"一云："东方有启明，行人不成寐。枥（lì）马亦长嘶（sī）[④]，疑为春归去。"今年三月二十九日，折得牡丹着瓶中，忽忆前语，而燕子偶入予室，若将营巢者，又戏赋二绝云："万卉（huì）为春忙[⑤]，春归卉亦老。独有双双燕，寻春拾春草。""吾闻双燕子，不入愁人家。何事偏追逐？应知问落花。"

①逆旅：客舍，旅馆。②伤春：为春天的易逝而感到伤心。③启明：金的别名。以先日而出，故称启明。也称明星、太白星。④枥：马槽。⑤卉：草的统称。

五　渡巴城湖

巴城湖，盖湖之小者。辛丑深秋，予归自海虞[①]，阻风湖口四日。去冬，将访公亮，舟胶崇宁寺下[②]，坚不可动者，亦复五日。谁谓尺水无波，天下事可以凭臆而断也[3]？今日风厉甚，过湖坦然，此甚常事。然予心自喜，盖由往时之胶阻为之缘影耳。默默自照，亦足以破流转之妄矣[4]。胶之日，公亮以露舆相迎[5]，欣然乘之。过田间，老妇稚子，无弗窃笑者。道遇仲纯，相与藉草而坐，老氓（méng）出茶饵食予[6]，拉往马泾庵，遂留宿。诘（jí）旦[7]，求诊于仲纯，为定两方而别。同游者，邵兵部莲墟、缪仲纯、谭公亮、公亮之子元龙。

①海虞：县名。晋武帝太康四年（283）分吴县虞乡置海虞县，隋平陈，并入常熟县。故城在今江苏省常熟市东。②胶：此处指像用胶一样缠住。③凭臆而断：凭臆测来断定。④流转：辗转流亡。⑤露舆：俗称兜子轿，上无篷，故称露舆。⑥老氓：老农民。氓，草野之民。⑦诘旦：平明，清晨。

六　上元[1]

东坡夜入延祥寺，为观灯也。僧舍萧然无灯火，败人意。坡乃作诗云："门前歌舞闹分明，一室清风冷欲冰。不把琉璃闲照佛[2]，始知无烬（jìn）亦无灯[3]。"此老胸次洒（sǎ）落[4]，机颖圆通[5]，聊作此志笑耳。崔液云："玉漏铜壶且莫催，铁关金锁辄明开。谁家见月能闲坐？何处闻灯不看来？"[6]方是真实语。老盲不能夜游，晚来月色如银，意欲随逐行辈，稍穿城市，而疟（nuè）鬼恼人[7]，裹足高卧[8]。幼女提一莲灯，戏视亦自灿然。书之，以为壬寅上元之感。

①上元：即正月十五元宵节。②琉璃：指佛殿中用琉璃制成的灯。琉璃，原指一种天然宝石，有多种颜色。后亦指用沾土、长

石石青等配制烧成的一种半透明材料。③烬：物体燃烧后剩下的东西，即灰烬。④洒落：爽利自然，不拘束。⑤机颖：素质、秉赋机警而敏慧。颖，聪明。圆通：佛教语。圆，不倚。通，无阻碍。⑥崔液：唐崔湜弟。字润甫，工五言诗。湜常呼其小字曰："海子，我家龟龙也。"官至殿中侍御史。坐湜当流，亡命郢州。作《幽征赋》以见意。词甚典丽。遇赦还，卒。玉漏铜壶：玉制的计时器。铁关金锁：坚固的宫门。彻明开，意思是整夜都开着。⑦疟鬼：传说昔颛顼氏有三子，死而为疫鬼。一居江水为疟鬼；一居若水为魍魉鬼；一居人宫室，惊人小儿，为小鬼。⑧裹足：缠裹其足。引申为止步不敢向前。

七　雪夜

小饮周叔明第，雨霰纷集，默念畴（chóu）昔此时，便著屐（jī）登山去也。归拥牛衣[1]，寒灯无焰，展转久之，乃遂酣卧。远鸡乱啼，纸窗如昼，启扉谛（dì）视，则雪深半尺矣。昨岁孺和卧病，予亦倦游[2]，窗外玉尘[3]，无情照管，曾作《调瑶华》相视，检之箧中，墨痕未旧，忽忽又一年往矣！头颅如许，半事无成，言念童游[4]，犹如昨梦！偶检《中峰语录》[5]，有雪夜示众一偈（jì）云："冻云四合雪漫漫，孰解当机作水看？只为眼中花未瞥，启窗犹看玉琅玕（láng gān）。"[6]

①牛衣：为牛御寒之物，如蓑衣之类，以棕丝或草编成。②倦游：指对客居外地或行旅生涯感到厌倦。③玉尘：喻雪。④言：助词。无义。⑤《中峰语录》：中峰明本禅师语录。⑥偈：佛经中的唱词。琅玕：竹的美称。

八　登鹿城

由土山西折，登鹿城[1]。固有小径，松篁高密，茅屋数间，点缀其左，耕者杂居之。雪朝月夜，多与龚季弘、朱方黯游衍其间[2]，仰睇云影，一往而逝。径狭不复可踪迹，故尝以“一线天”名之有年矣。今日复过此，颇闻削稻声，草烟蓬蓬，逼人低徊[3]，慨然殊有林谷之气[4]。

①鹿城：地名。在江苏常熟市境内。②游衍：纵意游乐。③低徊：徘徊。④林谷：即山林。

九　月季花

海虞兴福寺，有月季花一株[1]，在僧舍前除[2]。其地周广可十丈许，长条骈（pián）罗如织[3]。每月落红成阵。至隆冬寸雪，鲜丽夺目，卉中奇观也。僧能殊云：“相传是赵宋间物。春夏花蕊，密于秋冬，辄有虫蚀之几半，故所得花，正与秋冬等。”予不识花木事，意此品必隶蔷薇，并月为季，而花特繁，多历年所。如此，殆是艳雅妇人[4]，老于风尘之下[5]，吞吐日月，而得仙者耶？睨（nì）其根株，不甚蟠郁[6]，而坚泽如古石，嗅之隐隐有芬芳气。将地僻山深，去人渐远，自为一篱落，独与生生之气相舒灌者乎？今日偶坐息庵[7]，见一花吐英尺五间[8]，嫣（yān）然欲滴[9]，书此。

①月季花：逐月开花，故称月季。一名长春花，俗称月月红。宋宋祁《益都方物略·记月季花》：“此花即东方所谓四季花者，翠蔓红花。”②除：指门与屏风之间的通道。亦即庭前。③骈罗：

犹骈比。④艳雅：美丽雅洁。⑤风尘：喻风月场。亦即男女爱情。⑥蟠郁：盘伏。屈曲。⑦息庵：作者书斋名。⑧吐英：开花。尺五：近，不远。⑨嫣然：美貌。

陈继儒

陈继儒（1558—1639），字仲醇，号眉公，又号麋公，南直隶华亭（今上海市松江区）人。为诸生时，与董其昌齐名。不久绝意进取，隐居昆山，专心著述。工诗善文，短翰小词，皆绝有风致。又工书法，效法苏轼、米芾，著作甚多，有《陈眉公集》《白石樵真稿》《岩栖幽事》等。

岩栖幽事（节录）

一

客过草堂，叩余岩栖之事[①]，余倦于酬答，但拈古人诗句以应之。问："是何感慨而甘栖遁（dùn）？"曰："得闲多事外，知足少年中。"问："是何功课而能遣日？"曰："种花春扫雪，看箓（lù）夜焚香[②]。"问："是何利养而获终老[③]？"曰："研（yàn）田无恶岁[④]，酒国有长春[⑤]。"

问："是何往还而破寥寂[⑥]？"曰："有客来相访，通名是伏羲[⑦]。"

①岩栖：巢居穴处。后因以岩栖为隐居的代称。②箓：符箓。道教的秘密文书。屈曲作篆籀及雷之文为符，记诸天曹官属佐吏之名为籙。③利养：犹营养品。利，犹养。终老：度尽晚年，养老。④研田：即"砚瓦"。研同"砚"。恶岁：荒年。⑤长春：犹长生。⑥往还：指朋友交往。⑦通名：通报姓名。伏羲：传说中的古代帝王。即太昊风姓。相传他始画八卦，教民捕鱼畜牧，以充庖厨。

二

山鸟每至五更，喧起五次，谓之报更，盖山中真率漏声也[①]。余忆曩居小昆山下[②]，时梅雨初霁，座客飞觞（shāng），适闻庭蛙，请以节饮[③]。因题联云："花枝送客蛙催鼓，竹籁（lài）喧林鸟报更[④]。"可谓山史实录[⑤]。

①漏声：犹钟声。漏，古代滴水计时的仪器。②小昆山：山名。在今上海市松江区西北。后又以马鞍山为昆山，而以此为小昆山。③节饮：按照节拍饮酒取乐。④竹籁：风吹竹枝的声音。⑤实录：符合实际的记载。

三

寤（wù）言空谷[①]，跫（qióng）然客至[②]。方相与讨松桂，湎（miǎn）云烟[③]，而负才之士[④]，辄欲拈题阄（jiū）

韵，豪咏苦吟。幽人当此，真如清流之著落叶，深林之沸鸣蝉也。所谓诗人不在，大家省得三五十首唱酬，亦非细事。

①寤言：觉，睡醒。言，助词，无义。②跫然：形容脚步声。③湎：沉溺。④负才之士：凭着自己有才能的读书人。负，仗恃。⑤阄：即抓阄儿时卷起或揉成团的纸片。⑥幽人：隐居未仕之人。

四

不能卜居名山[1]，即于岗阜回复及林又幽翳处，辟地数亩，筑室数楹（yíng）[2]。插槿（jǐn）作篱[3]，编茅为亭，以一亩荫竹树，一亩栽花果，二亩种瓜菜，四壁清旷，空诸所有。畜（xù）山童灌园薙（tì）草[4]，置二三胡床著亭下[5]。挟书研以伴孤寂[6]，携琴奕以迟良友[7]。凌晨杖策，抵暮言旋[8]。此亦可以娱老矣[9]。

①卜居：用占卜选择定居之地。②数楹：几间屋子。楹，量词。屋一间为一楹。一说一列为一楹。③槿：落叶灌木，枝似桑，叶似桂，夏初开花，有红、白、紫等颜色，常插园边当篱笆用。④薙：除去野草。⑤胡床：高椅、圈椅。⑥研：同“砚”。⑦迟：挽留。⑧言旋：即言归。言，助词。无义。⑨娱老：欢度晚年。

李日华

李日华（1565—1635），字君实，号竹懒，又号九疑，明浙江嘉兴人。为陈继儒弟子。万历壬辰（1562）进士，官至太仆寺少卿。工书画，精鉴赏，世称“博物君子”，为明代有名的艺术评论家。所作笔记，内容多论书画，笔调清隽，颇有小品意致。著有《恬致堂集》《味水轩日记》《紫桃轩杂缀》等。

紫桃轩杂缀（节录）

一

陈郡丞尝谓余言[①]：“黄子久终日只在荒山乱石丛木深筱中坐[②]，意态忽忽[③]，人不测其为何。又每往泖（mǎo）中通海处[④]，看激流轰浪，虽风雨骤至，水怪悲诧而不顾[⑤]。”噫！此大痴之笔，所以沉郁变化，几与造物争神奇哉！

①郡丞：多作为佐官之称。②黄子久：即黄公望（1269—1354），字子久，元平江常熟人，本姓陆名坚，后嗣于永嘉黄氏，因改姓名，字子久，号一峰，又号大痴道人。善画山水，师董源、

巨然，自成一家。运思落笔，气韵生动，画入逸品，与王蒙、倪瓒、吴镇合称元末四大家。③忽忽：迷惑，恍忽。④泖：湖名。在今上海市松江区。有上泖、中泖、下泖，称为三泖。⑤悲诧：又悲伤又惊异。

二

书屋择溪山纡（yū）曲处，结构止于三间。上加层楼，以观云物。四旁修竹百个，以招清风。南面长松一株，挂我明月。老梅偃蹇（yǎn jiǎn）[①]，低枝入窗。芳草缛苔，周于砌下。东屋置道释二家书，西置儒籍。中横几榻之外，杂置法书名绘[②]。朝夕白饭鱼羹，名酒精茗。一健丁守关，拒绝俗间往来。如此十年，钟、王、顾、陆则不可知[③]，断不在虞、褚、摩诘、营丘、华原下矣[④]。

①偃蹇：夭矫貌。②法书：指名家的书笺、碑帖。③钟、王、顾、陆：三国魏钟繇与晋王羲之皆善书，世合称钟王。顾陆，指东晋画家顾恺之与南朝宋画家陆探微。④虞、褚、摩诘、营丘、华原：虞褚为唐虞世南、褚遂良的合称，两人皆以书法著名。摩诘：王维，字摩诘，以善画著名。营丘：地名，在今山东省。这里是指五代人李成。成字咸熙，其先世本唐朝宗室，五代时避地北海，遂居青州营丘，擅画山水。华原：地名，即今西安市。这里是指柳公权，字诚悬，唐京兆华原人。擅长楷书，结体劲媚，法度谨严，世称“颜筋柳骨”。

三

韩昌黎以一年好处在草色有无间，则初春时也。苏东坡又以为在橙黄橘绿时；唐人则以为在新笋晚花时；大抵各有会心[①]，不容互废耳。余则以为四时早暮，悉有好处，在人不在境。如饱后缓步青莎白石间；熟寐初醒，茶铛（dāng）适沸[②]，作松雨洒窗声；四月积阴乍开，浓绿欲到人眉目边；夏月，午后薄醉，临沼弄水，吸荷花香；秋暮倚高阁，看霜树，青黄红紫，掩映堆垛；冬日欲雪，忽冰珠迸落竹树中，琤琤（chēng chēng）清响[③]；皆不可谓非骚人消受处也[④]。

①会心：领悟，领会。②茶铛：煮茶的器具，有脚，即茶鼎。③琤琤：象声词，玉器相击声。④骚人：诗人。

四

赵白云，不知何许人，自称九十余，须鬓皓白，余因沈翠水识之。为余剧谈终南之胜云[①]："其中多不死者，山有大楮（chǔ）树[②]，剥取皮沤（ōu）之，毛茸茸然，细厚类毡罽（jì）[③]，夏服之凉，冬披之温。从春至夏，有七叶芸薹菜[④]，秋冬有九叶芸薹菜，二种香美甘腴，不烦五味[⑤]。亦有稻谷豆麦，就涧旁沮洳（jù rù）处[⑥]，播之自生，不借耕蓘（gǔn）[⑦]，熟则竞以筐篮手撷之，不分尔我。又以机器运飞瀑为转轮，或碓或硙[⑧]，尽日为用，以故人皆不劳而资用裕如[⑨]。深山既少有往来，亦无异巧奇玩滋味伐生之具[⑩]，故人耳目闲旷，腑脏清虚。又上古异人[⑪]，传有接气之术[⑫]，人有少疾，则入室坐圜，嘘吸吐纳，多至旬日，则健爽如故。山中最寿者，尧碧天道人，自黄巢乱时入，铜帽道人，自宋末时入，今皆在。余累累皆数百岁人。”白云抵其中，留二十年，以思家复出，今迷不可复往。白云之言，虽未足尽信，然吾辈耳目睹记，为疆域垣藩所封，又安知天地间无逃死窟乎？

①剧谈：流畅的谈吐。后来作为畅谈的意思。终南：山峰名。又称南山。又泛称秦岭。秦岭山峰之一，在今陕西西安市南。②楮树：即构树，也叫榖树。叶似桑，可以造纸。③罽：一种毛织品。④芸薹：蔬菜名。又名薹芥。即油菜。嫩叶供蔬食。菜籽榨油称菜油。⑤五味：醯、酒、饴、蜜、姜、盐之属。⑥沮洳：指低湿之地或地低湿。⑦蓘：以土壅根苗。⑧碓：舂米谷的设备。硙：石磨。⑨裕如：丰足。⑩伐生：危害生命。⑪异人：不同寻常的人；有异样才能的人，⑫接气：恢复呼吸。犹言活命。

五

隋唐以后之扬州，秦汉以前之邯郸（hán dān）[①]，皆大贾走集[②]，笙歌粉黛繁丽之地。古语云：“骑鹤上扬州。[③]”以骑鹤神仙事，而扬州又人间佳丽地也。唐张祜诗曰：“十里长街市井连，月明桥上有神仙。人生只合扬州死，禅智山光好墓田[④]。”王建诗云：“夜市千灯照碧云，高楼红袖客纷纷。如今不是澄平日[⑤]，犹是笙歌彻夜闻。”徐凝诗曰[⑥]：“天下三分明月夜，二分无赖在扬州[⑦]。”其盛如此。

①邯郸：县名。其地在今河北邯郸市境。邯，山名，郸，尽，谓邯山至此而尽，故名。②走集：边境之垒壁。垒壁，军营的围

墙。③骑鹤上扬州：南朝梁殷芸《殷芸小说》："有客相从，各言所志：或愿为扬州刺史，或愿多赀财，或骑鹤上升。其一人曰：'腰缠十万贯，骑鹤上扬州。'欲兼三者。"④张祜：字承吉。南阳（今河南省南阳县）人，一作清河（今河北省清河县）人。元和、长庆中，深为令狐楚所知。祜自草荐表，录新旧诗三百首进献，希望能在中书门下供职。至京为元稹所抑，由是寂寞而归，以处士终身。《全唐诗》存其诗一卷。禅智、山光：都是寺名。禅智寺，即上方寺，一名竹西寺，在扬州城东北五里蜀冈上。是隋唐以来的古寺。山光寺即果胜寺，在湾头镇前，临漕河，隋大业中建。⑤王建：字仲初。唐颍川人。大历十年（775）进士，初为渭南尉，后官侍御史。出为陕州司马，从军塞上，后归咸阳。建工乐府，与张籍齐名，宫词百首尤为人所传诵。澄平：安定太平。⑥徐凝：唐代诗人。睦州（治今浙江建德东北）人。穆宗时，曾到杭州谒白居易，白赏其《庐山瀑布》诗，首荐其入京应进士试。与元稹也有交往。后归隐睦州，以布衣终。诗以七绝见长，风格简古。亦工书。有书，不传。⑦无赖：无奈，无可如何。

沈守正

沈守正，字无回，明浙江钱塘（今浙江杭州）人。万历年间（1573—1619）中举人，累官至巡抚。工画，擅诗文。有《四书丛说》等。

孤山种梅疏[①]

西湖之上，葱蒨（qiàn）亲人[②]，亦爽朗易尽。独孤山盘郁重湖之间[③]，水石草木皆有幽色。唐时楼阁差参，诗歌点缀，冠于两湖。读“不雨山常润，无云水自阴”之句，犹可想见当时，道孤山者不径西泠[④]，必沿湖水，不似今从望湖折阛阓（huán huì）而入也[⑤]。此地尚有古梅偃蹇（yǎn jiǎn）[⑥]，云是和靖故居。

①孤山：山名。在杭州西湖中。②葱蒨：树木繁茂的样子。亲人：来向人亲近。《世说新语·言语》：“简文入华林园，顾左右曰：‘会心处不必在远，翳然林水，便自有濠濮间想也，觉鸟兽禽鱼自来亲人。’”③盘郁：盘据隐藏。④西泠：地名，亦桥名，在杭州西湖北岸。⑤折：弯，绕过。阛阓：指街道，亦指市区。⑥偃蹇：挺拔貌。

袁宗道

袁宗道（1560—1600），字伯修，明湖广公安（今湖北公安）人。神宗万历进士，官右庶子。与弟宏道、中道齐名，号称“三袁”。文学上崇尚本色，反对复古摹拟。于前代文人尤慕白居易、苏轼，名其斋为“白苏”。有《白苏斋集》。

卧佛寺

行昌平道中[①]，风起尘飞，诸峰尽失。午后风定，依沙河岸而西，褰（qiān）帷一望，葱蒨（qiàn）刺眼[②]，心脾顿爽。渐近金山口，巉（chán）岩西趋，势若奔马。俄仪部王君、俞君继至[③]。俞君见余喜甚，遂同至卧佛寺。寺宇不甚宏，两殿各卧一佛，长可丈余，其一糁（shēn）金甚精。门西有石磐[④]，方广数丈，高亦称是，无纤毫刓（wán）缺。上创观音堂，前余石丈许，周以栏楯。诸公趺（fū）坐槛前[⑤]，忽闻足底作叱叱声，又类爆豆，予细寻之，乃石磐下有小窦出泉，淙淙琤琤，下击石底。遂命童子取泉，啜一盏而行。

①昌平：地名，今北京市昌平区。②葱蒨：青翠茂盛貌。③仪部：官署名，即礼部，为旧制六部之一。④石磐：平正如盘的大石。⑤趺坐：双足交叠而坐。

华岩寺

玉泉山距都门可三十里许[①]，出香山寺数里，至山麓，罅（xià）泉流汇于涧，湛湛（zhàn zhàn）澹人心胸[②]。至华岩寺，寺左有洞曰翠华，有石床可憩（qì）息，题咏甚多，莓渍不可读。又有石洞在山腰，若鼠穴，道甚险。一樵儿指曰："此洞有八百岁老僧。"从者弃行李争往观，呵之不能止。及返，余问果有老僧否？曰："僧有之，然年止四五十。"乃知樵儿妄语耳。寺北石壁甚巉（chán）[③]，泉喷出其下，作裂帛声[④]，故名裂帛泉。有亭可望西湖[⑤]，故名望湖。

①玉泉山：在北京海淀区颐和园西。②湛湛：清貌。③巉：山势险峻，如凿削状。④裂帛：撕裂缯帛。⑤西湖：即昆明湖。《水经注》十三《漯水》称为西湖。

极乐寺纪游[①]

高梁桥水，从西山深涧中来，道此入玉河[②]。白练千匹，微风行水上，若罗纹纸[③]。堤在水中，两波相夹，绿杨四行，树古叶繁。一树之荫，可覆数席，垂线长丈余。岸北佛庐道院甚众，朱门绀（gàn）殿[④]，亘数十里。对面远树，高下攒（cuán）簇，间以水田。西山如螺髻，出于林水之间。极乐寺去桥可三里，路径亦佳，马行绿荫中，若张盖。殿前剔牙松数株[⑤]，松身鲜翠嫩黄，斑剥若大鱼鳞[⑥]，大可七八围许。暇日，曾与黄思立诸公游此。予弟中郎云："此地小似钱塘苏堤。"思立亦以为然。予因叹西湖胜境，入梦已久，何日挂进贤冠[⑦]，作六桥下客子，了此山水一段情障乎[⑧]？是日分韵，各赋一诗而别。

①极乐寺：在北京海淀区西直门外高梁桥附近。②玉河：即玉泉水。出自北京市西北玉泉山下，流为玉河，汇成昆明湖。③罗纹纸：指上有成环状的罗纹的纸。④绀殿：佛寺。也称绀园、绀宇。绀，天青色，深青透红之色。⑤剔牙松：松树的一种。⑥斑剥：斑驳，颜色错杂。⑦进贤冠：古时儒者所戴之布冠。这里借指官帽。⑧情障：为某种感情所迷惑。障，障碍。

岳阳纪行[①]

从石首至岳阳[②]，水如明镜，山似青螺，篷窗下饱看不足。最奇者墨山仅三十里[3]，舟行二日，凡二百余里，犹盘旋山下。日朝出于斯，夜没于斯，旭光落照，皆共一处。盖江水萦回山中，故帆樯绕其腹背，虽行甚驶，只觉濡迟耳[4]。

过岳阳，欲游洞庭，为大风所尼[5]。季弟小修秀才，为《诅柳秀才文》[6]，多谑（xuè）语。薄暮风极大，撼波若雪，近岸水皆揉为白沫，舟几覆。季弟曰："岂柳秀才报复耶？"余笑曰："同袍相调[7]，常事耳。"因大笑。明日，风始定。

①岳阳：县名，今湖南岳阳，滨临洞庭湖。②石首：县名，今湖北石首。靠近湖南省。③墨山：山名，在湖南省华容县东四十五里，接岳阳县界。④濡迟：犹"濡滞"。停留，迟滞。⑤尼：阻止，止息。⑥柳秀才：此处指柳毅。唐人小说《柳毅传》，记洞庭龙女遭夫家虐待，柳毅助其脱离苦难，互相爱慕。几经波折，终成夫妻。⑦同袍：袍，长衣，即后来的斗篷。军人行军时，日以当衣，夜以当被，言同袍以比喻友爱。这里作朋友讲。

袁宏道

袁宏道（1568—1610），字中郎，号石公，明湖广公安（今湖北公安）人。明神宗万历进士，曾任吴县县令、吏部郎中。与兄宗道、弟中道并有才名，因称"三袁"。他们力排当时"文崇秦汉，诗必盛唐"的复古主义文风，提倡独抒性灵，不拘格套，学者多舍王、李而从三袁，号为公安体。宏道是这一派的领袖，他的作品以散文的成就为最高，文风清新、自然。有《袁中郎全集》。

满井游记[1]

燕地寒[2]，花朝节后[3]，余寒犹厉。东风时作，作则飞沙走砾。局促一室之内，欲出不得。每冒风驰行，未百步辄返。

廿二日，天稍和，偕数友出东直[4]，至满井。高柳夹堤，土膏微润，一望空阔，若脱笼之鹄。于时冰皮始解，波色乍明，鳞浪层层，清澈见底，晶晶然如镜之新开而冷光之乍出于匣也。山峦为晴云所洗，娟然如拭，鲜妍明媚，如倩女之靧（huì）面而髻鬟之始掠也。柳条将舒未舒，柔梢披风，麦田浅鬣（liè）寸许[6]。游人虽未盛，泉而茗者，罍（léi）而歌者[7]，红装而蹇（jiǎn）者，亦时时有。风力虽尚劲，然徒步而汗出浃背。凡曝沙之鸟，呷浪之鳞，悠然自得。毛羽鳞鬣之间，皆有喜气。始知郊田之外，未始无春，而城居者未之知也。夫能不以游堕事，而潇然于山石草木之间者，惟此官也[8]。而此地适与余近，余之游将自此始，恶能无记？己亥之二月也。

①满井：北京东北郊的一个地名。因有一古井，“井高于地，泉高于井，四时不落”而得名。②燕地：指今河北省北部，古属燕国。③花朝节：俗传农历二月十二日为百花生日，称为花朝节。④东直：东直门。北京东面的一座城门。⑤靧：洗面。⑥鬣：某些兽类（如马、狮子等）颈上的长毛。⑦罍：古代一种盛酒的器具，

形状像壶。⑧此官：指作者当时所担任的顺天府学教官。

游高梁桥记[1]

高梁桥在西直门外，京师最胜地也。两水夹堤，垂杨十余里，流急而清，鱼之沉水底者，鳞鬣皆见。精蓝棋置[2]，丹楼朱塔，窈窕绿树中[3]。而西山之在几席者，朝夕设色以娱游人。当春盛时，城中士女云集，缙绅士大夫非甚不暇，未有不一至其地者也。

三月一日，偕王生章甫[4]、僧寂子出游。时柳梢新翠，山色微岚，水与堤平，丝管夹岸。趺坐古根上，茗饮以为酒，浪纹树影以为侑（yòu）[5]，鱼鸟之飞沉，人物之往来以为戏具。堤上游人，见三人枯坐树下，若痴禅者，皆相视以为笑。而余等亦窃谓彼筵中人，喧嚣怒诟，山情水意，了不相属，于乐何有也。

少顷，遇同年黄昭质拜客出[6]，呼而下，与之语，步至极乐寺，观梅花而返。

①高梁桥：桥名。在北京西直门外，因跨高梁河故名。②精蓝：佛寺。精，精舍。蓝，梵语音译词“伽蓝”的省称。③窈窕：文静而美好，或（宫室、山水）幽深。④王章甫：王衫，字章甫，一字子静，汉阳人。⑤侑：劝，辅助。《诗·小雅·楚茨》：“以为酒食，以享以祀，以妥以侑，以介景福。”《传》：“劝也。”⑥黄昭质：黄炜，字昭质，南充人。

初至西湖记

从武林门而西，望保俶（chù）塔突兀层崖中，则已心飞湖上也。午刻入昭庆，茶毕，即棹小舟入湖。山色如娥[①]，花光如颊，温风如酒，波纹如绫；才一举头，已不觉目酣神醉，此时欲下一语描写不得，大约如东阿王梦中初遇洛神时也[②]。余游西湖始此，时万历丁酉二月十四日也。

晚同子公渡净寺，觅阿宾旧住僧房[③]，取道由六桥、岳坟、石径塘而归[④]。草草领略，未及遍赏。次早得陶石篑（kuì）帖子[⑤]，至十九日，石篑兄弟同学佛人王静虚至[⑥]，湖山好友，一时凑集矣。

①娥：娥眉。女子的秀眉。古时女子多用黛（青黑色的颜料）画眉，所以说山色如娥。前人多以远山形容女子眉美，这里却以眉形容远山之美。②东阿王：三国时曹植，曾被封为东阿王。他写过一篇《洛神赋》，说他由京城洛阳回封地，路过洛水，忽见水边有个美女，是洛河之神。原文没有说是作梦，只是“精移神骸，忽焉思散”，意即精神迷离恍惚。这里说是“梦中”，更增加了迷离恍惚之感。③阿宾：袁中道的小名。作者的弟弟。④石径塘：即白堤，又称十锦塘。⑤陶石篑：陶望龄，字周望，号石篑。会稽人。石篑的兄弟即陶石梁。帖子：用简短的书写的柬帖。⑥王静虚：王赞化，字静虚，山阴人。学佛居士。

晚游六桥待月记

西湖最盛，为春为月。一日之盛，为朝烟为夕岚[①]。今岁春雪甚盛，梅花为寒所勒[②]，与杏桃相次开发，尤为奇观。石篑数为余言，傅金吾园中梅，张功甫家故物也[③]，急往观之，余时为桃花所恋，竟不忍去。湖上由断桥至苏堤一带，绿烟红雾，弥漫二十余里，歌吹为风，粉汗为雨，罗纨之盛[④]，多于堤畔之草，艳冶极矣。然杭人游湖，止午未申三时[⑤]，其实湖光染翠之工，山岚设色之妙，皆在朝日始出，夕舂（chōng）未下[⑥]，始极其浓媚。

月景尤不可言，花态柳情，山容水意，别是一种趣味。此乐留与山僧游客受用，安可为俗士道哉！

①夕岚：傍晚的雾气。②勒：强制，压抑。③张功甫：即张镃，号约斋，西秦人。④罗纨：两种丝织物。罗，轻软而有疏孔的丝织物。纨，轻细的熟绢。古代贵族的妇女多以罗纨为衣，故以罗纨代表贵族妇女。⑤午未申三时：即自上午十一时至下午五时。⑥夕舂：夕阳。

初至天目双清庄记[①]

数日阴雨，苦甚。至双清庄，天稍霁。庄在山脚，诸僧留宿庄中，僧房甚精。溪流激石作声，彻夜到枕上。石篑梦中误以为雨，愁极，遂不能寐。

次早，山僧供茗糜，邀石篑起。石篑叹曰：“暴雨如此，将安归乎？有卧游耳[②]。”僧曰：“天已晴，风日甚美，响者乃溪声，非雨声也。”石篑大笑，急披衣起，啜茗数碗，即同行。

①双清庄：在浙江省杭州市临安区西天目山下，为南朝梁昭明太子（萧统）读书处，也就是禅源寺的所在地。寺建于元代。②卧游：谓欣赏山水画以代旅游。《宋书·宗炳传》：“有疾还江陵。叹曰：‘老疾俱至，名山恐难遍睹，唯当澄怀观道，卧以游之。’凡所游履，皆图之于室。”

游禹穴记[①]

禹穴，一魁土耳。禹庙亦荒凉，独以玄圭名重于嵩、华[②]，未可骨态论也。然会稽诸山，尖秀淡冶，远望实佳。王子猷（yóu）所云山阴道上[③]，斯为传神。余尝评西湖如宋人画，会稽山水如元人画。花鸟人物，细人毫发，浓淡远近，色色臻妙，此西湖之山水也。人或无目，树或无枝，山或无毛，水或无波，隐隐约约，远意若生，此山阴之山水也。二者孰为优劣，具眼者当自辨之。夫山阴显于六朝[④]，至唐以后渐减；西湖显于唐，至近代益盛，然则山水亦有命运耶？

①禹穴：在浙江绍兴市之会稽山，传说为夏禹葬地。禹庙在禹穴附近。②玄圭：黑色的玉，古代帝王举行典礼所用的一种玉器。尧曾经赐玄圭给禹，以表彰他的功劳。③王子猷：晋人，即王徽之，字子猷，羲之子，献之兄。《世说新语·语言》：王子敬（献之）云："从山阴道上行，山川自相映发，使人应接不暇。"王子猷是作者记忆错误。④六朝：吴、东晋、宋、齐、梁、陈，相继建都于建康（今南京市），为南朝六朝。

虎丘[①]

虎丘去城可七八里，其山无高岩邃壑，独以近城故，箫鼓楼船，无日无之。凡月之夜，花之晨，雪之夕，游人往来，纷错如织。而中秋为尤胜。每至是日，倾城阖户，连臂而至，衣冠士女，下迨（dài）蔀（bù）屋[②]，莫不靓妆丽服，重茵累席，置酒交衢间。从千人石上至山门，栉比如鳞，檀板丘积，樽罍云泻，远而望之，如雁落平沙，霞铺江上，雷辊（gǔn）电霍③，无得而状。

布席之初，唱者千百，声若聚蚊，不可辨识。分曹部署，竞以歌喉相斗，雅俗既陈，妍媸自别。未几而摇头顿足者，得数十人而已。已而明月浮空，石光如练，一切瓦釜（fǔ）④，寂然停声，属而和者，才三四辈。一箫，一寸管，一人缓板而歌，竹肉相发⑤，清声亮彻，听者魂销。比之夜深，月影横斜，荇藻凌乱，则箫板亦不复用。一夫登场，四座屏息，音若细发，响彻云际，每度一字，几尽一刻，飞鸟为之徘徊，壮士听而下泪矣。

剑泉深不可测，飞岩如削。千顷云得天池诸山作案，峦壑竞秀，最可觞客。但过午则日光射人，不堪久坐耳。文昌阁亦佳，晚树尤可观。面北为平远堂旧址，空旷无际，仅虞山一点在

望。堂废已久，余与江进之谋所以复之，欲祠韦苏州、白乐天诸公于其中，而病寻作；余既乞归，恐进之兴亦阑矣。山川兴废，信有时哉！吏吴两载，登虎丘者六。最后与江进之、方子公同登[⑥]，迟（chí）月生公石上[⑦]，歌者闻令来，皆避匿去。余因谓进之曰："甚矣，乌纱之横[⑧]，皂隶之俗哉！他日去官，有不听曲此石上者如月[⑨]！"今余幸得解官，称吴客矣[⑩]，虎丘之月，不知尚识余言否耶？

①虎丘：山名。在江苏苏州市西北，相传吴王阖闾葬于此，下葬三天，有白虎蹲其上，因名虎丘。②蓐屋：草席盖顶的屋，贫穷人家的住房。③雷辊：雷声滚滚。辊，原指车轮滚动的样子。电霍：电光闪烁。霍，闪动貌。④瓦釜：原指瓦器和炊器，古时西北地区也用作乐器。⑤竹肉：管乐器和人清唱。古语云："丝不如竹，竹不如肉。"意谓人声比甚何乐器都丰满悦耳。⑥江进之：江盈科，字进之，长洲知县。方子公：方文僎，字子公。二人为袁宏道的门客。⑦迟：等待。⑧乌纱：即乌纱帽。东晋时宫官着乌纱帽。这里是官的代称。⑨如月：这里指向月发誓，请月为证。⑩吴客：作者本湖北公安人，解除官职后仍客居苏州，故称吴客。

光福[①]

光福一名邓尉，与玄墓、铜坑诸山相连属。山中梅最盛，花时香雪三十里[②]。其下为虎山桥，两峡一溪，画峦四匝。有湖在其中，名西崦湖，阔十余里。乱流而渡，至青芝山足，林壑尤美。山前长堤一带，几与湖埒（liè），堤上桃柳相间，每三月时，红绿灿烂，如万丈锦。落花染成湖水作胭脂浪，画船箫鼓，往来湖上。堤中妖童丽人，歌板相属，不减虎林、西湖[3]。

寺僧为余言，董氏创此堤，费不下百万钱。时年饥甚，民无所得粟，董氏令载土一舟者[4]，得米数斗，旬日之内，土至如山，遂成大堤。山间苍松万余，楼阁台榭，宛然图画，柏屏萝幄，在在有之。碧栏红亭，与白波翠巘（yǎn）相映发。山水园池之胜，可谓兼之矣。嗟夫，此山若得林和靖、倪云林一二辈妆点其中[5]，岂不人与山俱胜哉！奈何层峦叠嶂，不以宅人而以宅鬼，悲夫！

①光福：山名。在江苏苏州东南。又名邓尉，因纪念东汉太尉邓禹而得名。②香雪：梅花开时，一片雪白，故有“香雪海”之称。③虎林：山名。即武林山。又名灵隐山。在今浙江杭州西。这里是指代杭州。④董氏：董嗣成（1560—1595），字伯念，乌程（今浙江湖州）人。万历八年（1580）进士，历礼部员外郎。⑤林和靖：林逋，字君复，浙江钱塘（今杭州市）人，隐居西湖孤山，二十年不入城市。死谥和靖先生。倪云林：元代画家，名瓒，字元镇，号云林子。江苏无锡人。

袁中道

袁中道（1570—1623），字小修，明湖广公安（今湖北公安）人。明神宗万历进士，官南京吏部郎中。与兄宗道、宏道并称“三袁”，同以“公安派”著称。性喜游览，为文崇尚自然。有《珂雪斋集》。

东游记记二

彩石洲去公安十里，洲上石出异彩，往往隐现不常。近日始绵亘百里许，灿烂水涯，大约如坡公所称怪石。或如玛瑙[①]，或如玉，或如瑟瑟[②]，或光亮如琉璃[③]，或红黄透明如霞彩，或青绿隐见如山水云气，或如指螺纹，或如玳瑁[④]，如刷丝[⑤]。宋杜绾（wǎn）云[⑥]："松滋溪水[⑦]，出五色石子，正如真州玛瑙石不异[⑧]。"公安去松滋不远，今此洲上石，似较胜之。

往与伯修、中郎游洲上[⑨]，伯修拾得数枚：一类雀卵，中分玄黄二色；一类圭[⑩]，正青色，红纹数道，如秋天晚霞；又一枚，黑地有金彩，有山水人物。伯修初甚宝惜，后意阑[⑪]，以赍（jī）予。南北旅游，斋头清供散失[⑫]，今遂不知所在。

时水涨，微见其脊，凭舟轩驰望，一瞬（shùn）已失之矣[⑬]。

①玛瑙：玉的一种，坚而脆，以其中有人物鸟兽形者为

贵。②瑟瑟：碧珠。③琉璃：一种矿石质的有色半透明体材料。④玳瑁：一种海龟。这里指玳瑁的角质板，可作装饰物，色半透明，有纹彩。⑤刷丝：刷丝砚。砚之一种，纹理分明，无螺纹间有白纹白点。⑥杜绾：宋代山阴人，字季扬，号云林居士，有《云林石谱》。⑦松滋：今湖北松滋。⑧真州：今四川茂县西北。⑨伯修：袁宗道，字伯修，作者之兄。中郎：袁宏道，字中郎，作者之兄。⑩圭：古代一种长条形的玉器。⑪阑：尽。⑫清供：清雅的供品。旧俗凡节序、祭祀等每用清香、鲜花、膳食等为供品。如新岁以松、竹、梅，谓之岁朝清供；以清香祭先，谓之香供奉；乡居素食淡茶，谓之山家清供。这里是指一些小玩意儿。⑬瞚：通"瞬"。一眨眼。

东游记记十一

欲过武昌访寒溪九曲之胜，以雨不果。惟向江上望西山，烟岚隐隐。黄洲得武昌而妍，子瞻之谪，赖有此地也。此地原名东鄂，孙权以魏黄初元年自公安徙此，改曰武昌。治袁山东[①]，即樊山也。至黄龙元年，权迁建业，始命将屯守。晋惠帝永宁中，于此置江州，太尉庾（yǔ）亮所镇也[②]。则庾楼正在此地，不在浔阳。若荆州之庾楼，乃属庾信[③]。子美所云"庾信罗含俱有宅"者，非庾亮也。

过道士洑，见怪石，一壁苍藤，绿莎纠结，倩媚韶秀。近洑为西塞山，山突出江，悬岩如削，激湍传籁，即"桃花流水鳜（guì）鱼肥"处也。其右为回山，有洞三：上洞出云，中洞出水，下洞出风，元结所云"异泉"者在焉[④]。自此一路，两山夹岸，峰峦瘦削，依稀与桃花源上诸山相似[⑤]，但层叠处不及耳。苏子瞻曰："蕲（qí）州溪山，乃尔秀邃耳。"非虚语也。楚中看山，自三峡后，便及此处矣。

风顺不暇泊蕲州，过富池。富水发青湓山，注于江，上多市笛竹箪（dān）者。竹本笛材，以作箪（dān）[⑥]，亦名薤（xiè）菜[⑦]。

①治：地方长官的官署。②庾亮：东晋颍川鄢人，字元规。历仕东晋元帝明帝成帝三朝。成帝初，以帝舅为中书令，掌握朝政。镇将苏峻、祖约反，亮出奔，推荆州刺史陶侃为盟主，击灭峻约。陶侃死，代镇武昌，拟北伐，为郗鉴等所阻未果。③庾信：北周南阳新野人。字子山，小字兰成。初仕南朝梁，奉使西魏，被留不放还。西魏亡，仕北周，官至骠骑大将军，开府仪同三司。信虽居高位，然怀念南朝，常有乡土之思，晚年之作遂趋沉郁，风格与在南朝时迥异，以《哀江南赋》为最著。④元结：唐河南人。字次山。天宝十二年（753）举进士。肃宗时，上时议三篇，官至监察御史、道州刺史。他继承陈子昂反对六朝骈俪文风，致力于古文写作，是唐代古文运动的先驱之一。⑤桃花源：今湖南桃源。⑥箪：竹制的盛器。俗称饭篮。⑦薤：草本植物，又名藠头。茎名薤白，可食，并入药。

由玉泉至远安记

山中春已深，天气和畅，远安诸山之兴勃勃。遂以正月癸酉，从玉泉早发。山中野花尽开，沿途青李及棠梨花皆如雪。至一音寺，山如象王排立[①]。过青溪，溪水碧乳沉渟（tíng）[②]，别有异气浮于水面。至龙女庙前，试茶。上卧云洞，以所携游山帐置洞外，共坐。从洞旁攀萝扪石，可半里许，至海潮洞。前度来诸洞俱到，独未至此，大略如杨惠之所塑楞（léng）伽壁也[3]。一山皆青石，如太湖，中空多窍，叩之铿然有声。若剪去草莱，一一剔出，兹山胜乃不啻（chì）[4]。惜无好（hào）事者，竟寂寂沉埋耳。

过寺至青溪铺，见群山如破云枕藉者，白岩寺山也。昔郭河阳画石如云[5]，此山曲折回环，起伏变幻，大类游云生动。《述异记》载荆州青溪秀碧诸山，山洞多乳窟，则此山当名秀壁，今遂逸其名。然秀壁之名，非此一带山不足当之。山路渐隘，从一窍入，如永巷，两山壁立，时有泉声。石上苔文绣蚀，如排当彝鼎[6]。至木瓜铺，石益奇古。过墨匣溪，极秀邃。雨渐至，觅所谓木瓜庵者，不得。复行二十余里，皆穿峡山。大约予生平看山，多土石间杂，无纯石者，今日始见之。往在京师，曾见大李将军栈道图一幅[7]，纯是设色青绿山水，颇疑不经见。今乃知所貌者[8]，皆此等山石类也。

峡尽得沮（jū）水[9]，山水相依，路尽左担[10]。晚渡水，宿远安城外庆寿寺。

①象王：象中之王。②沉渟：水集聚静止。③杨惠之：唐代著名雕塑家，苏州吴山张古村人。时人说："道子画，惠子塑，夺得僧繇神笔路。所塑楞伽山之壁精妙异常，使动物及飞禽悉不敢至山。"④不啻：不只，不止。⑤郭河阳：宋代画家，名熙，河阳温县（今河南温县）人。工画山水。长松回溪，云烟变幻之间绘出千态万状，一时独步。⑥彝鼎：古代青铜祭器的总称。⑦大李将军：唐代画家李思训。唐开元中，授卫将军，与其子李昭道俱得山水之妙，时称大李、小李。栈道图，李思训所画。栈道，悬崖间依山傍势、以竹木架成的通道。⑧貌：状貌。⑨沮水：为湖北省中部偏西的河流。源出宝康县西南，东南与漳水汇合为沮河，南入长江。⑩左

担：即阁道。三国时魏国大将邓艾伐蜀，置阁道一十二处，行者自北而南，右肩不得易所负，故称阁道为左担。

游石首绣林山记[1]

大江自三峡来，所遇无非石者，势常约结不舒。至西陵以下，北岸多沙泥，当之辄靡，水始得遂其剽悍之性。如此者凡数百里，皆不敢与之争，而至此忽与石遇。水汹涌直下，注射拳石[2]，石崿崿（è è）[3]，力抵其锋，而水与石始若相持而战。以水战石，则汗汗田田[4]，滮滮（biāo biāo）澒澒（hàn hàn）[5]，劈之为林，蚀之为窍，锐之为剑戟，转之为虎兕（sì）[6]，石若不能无少让者。而以石战水，壁立雄峙，怒狞健鸷（zhì），随其洗磨，簸荡之来，而浪返涛回，触而徐迈，如负如北[7]，千万年来，极其力之所至，止能损其一毛一甲，而终不能啮骨理而动龂腭（yín è）[8]。于是石常胜而水常不胜，此所以能为一邑砥柱，而万世赖焉者也。

予与长石诸公，步其

颠，望江光皓淼，黄山如展旆（pèi），意甚乐之，已而见山下石磊磊立，遂走矶上，各据一石而坐。静听水石相搏，大如旱雷，小如哀玉[9]。而细睇（dì）之，或形如钟鼎，色如云霞，文如篆籀（zhuàn zhòu）。石得水以助发其妍，而益之媚，不惟不相害，而且相与用。予叹曰："士之值坎壈（kǎn lǎn）不平，而激为文章以垂后世者，何以异此哉！"山以玄德娶孙夫人于此，石被绨（tí）锦，故名。其下，即刘郎浦。

是日同游者，王中秘季清、曾太史长石、文学王伯雨、高守中、张翁伯、王天根也。

①石首：即石头城，简称石城，故址在今江苏南京西北清凉山后。此城原为楚之金陵邑，三国孙权迁都秣陵（今南京），在此依山筑城，因江为池，形势险要，取名石城。②拳石：圆块状的石头。③崿崿：山崖多貌。④汗汗：水势盛大貌。田田：象声词。流水声。⑤滮滮：水流貌。澌澌：水流湍急貌。⑥兕：古代兽名，皮厚，可以制甲。⑦负、北：均作失败。⑧龈腭：牙龈与口腔的上膛。骨理与龈腭均为人体的组成部分，用以比喻石头。⑨哀玉：凄清的玉声，也用以比喻文章的清润高妙。

谢肇淛

谢肇淛，字在杭，明福建长乐人。生卒年均不详。万历二十年（1592）进士，除湖州推官。累迁工部郎中。官至广西布政使。著有《小草斋诗集》《北河纪略》《文海披沙》《五杂俎》等。

白杨

古人墓树多植梧楸（qiū）[1]，南人多种松柏，北人多种白杨。白杨即青杨也，其树皮白如梧桐，叶似冬青，微风击之辄淅沥有声，故古诗云："白杨多悲风，萧萧愁杀人。"

予一日宿邹（zōu）县驿馆中[2]，甫就枕即闻雨声，竟夕不绝，侍儿曰："雨矣。"予讶之曰："岂有竟夜雨而无檐溜者？"质明视之，乃青杨树也。南方绝无此树。

①楸：木名。木材可造船、制棋盘等器物，种子可入药。②邹县：今山东邹城。

张京元

张京元，字思德，别字无始，南直隶泰兴（今江苏泰兴）人。生卒年不详。万历戊戌，王稚登游泰兴，时年四十六岁，遇到京元，作有《张郎行赠张无思》一诗，中有云："子方壮年吾老矣。"可见年辈在稚登之后。万历甲辰（1604）考取进士，官至提学副使。文辞敏赡，倾倒一时。为人恬淡寡欲，性喜隐逸，酷爱山水。著作有《寒灯补笔》等。

法相寺[①]

法相寺不甚丽，而香火骈（pián）集[②]。定光禅师长耳遗蜕（tuì）[③]，妇人谒之，以为宜男，争摸顶腹，漆光可鉴。寺右数十武，度小桥，折而上，为锡杖泉。涓涓细流，虽大旱不竭。经流处，僧置一砂缸，挹注供爨（cuàn）。久之，水土锈结，蒲生其上[④]，厚几数寸，竟不见缸质，因名蒲缸。倘可铲置砚池炉足，古董家不秦汉不道矣。

①法相寺：故址在杭州西湖南岸。②骈集：聚集。骈，并列，对偶。③长耳遗蜕：长耳和尚，即定光禅师。遗蜕：遗体。蜕，道家佛家谓人的死亡如蝉的蜕壳，故婉称其修行者死亡为“蜕”。④蒲：草名。多指香蒲，根、茎可食用，叶供编织，可作席、扇、篓等用具。但这里恐有错误，蒲乃是“苔”之误。

龙井小记[①]

过风篁岭，是为龙井，即苏端明、米海岳与辨才往来处也[②]。寺北向，门内外，修竹琅琅。井在殿左，泉出石罅（xià），甃（zhòu）小圆池，下复为方池承之。池中各有巨鱼，而水无腥气。池淙淙下泻，绕寺门而出。小坐与陼亭[③]，玩一片云石[④]。

①龙井：地名。在杭州西湖西岸山中。②苏端明：即苏轼，因曾为端明殿学士，故名。米海岳：即米芾，因别号海岳外史，名。辨才：即和尚无净，苏轼、米芾的好友。③与陼亭：陼是个冷僻字，音义不详。恐有误。④一片云石：许承祖《西湖渔唱》：

“一片云石，《名胜志》在风篁岭上……旧有一片云亭，司礼孙隆构……又与众亭，亦孙所构，并废。”与階亭，可能就是与众亭。⑤枯寂：形容状貌苍老，深沉持重，不苟言笑。

石屋[①]

石屋寺，寺卑下无可观。岩下石龛（kān）[②]，方广十笏（hù）[③]。遂以“屋”称。屋内，好事者置一石榻，可坐。四旁刻石像，如傀儡[④]，殊不雅驯。想以幽僻得名耳。出石屋，西，上下山坂夹道皆丛桂。秋时着花，香闻数十里，堪称金粟世界[⑤]。

①石屋：石洞名。在西湖南岸山中，附近以产桂花闻名。②龛：供养佛像或神主的小阁。③笏：古时向天子奏事时所执手板，长尺许。④傀儡：木偶。⑤金粟：桂花的别称。

冯可时

冯可时：生卒年不详。字元成，号文所，明南直隶华亭人。隆庆五年（1571）进士。著有《蓬窗杂录》。

柏树[①]

陆子渊《豫章录》言[②]，饶、信间柏树冬初叶落，结子放蜡[③]，每颗作十字裂，一丛有数颗，望之若梅花初绽，枝柯诘

(jí)曲，多在野水乱石间，远近成林，真可作画。此与柿树俱称美荫，园圃植之最宜。

①柏：木名。即乌柏。②陆子渊：陆深，明上海人，初名荣，字子渊，号俨山。弘治进士，嘉靖中为太常卿，兼侍读。工书，赏鉴博雅，为词臣冠。著作有《俨山纂录》《河汾燕闲录》《玉堂漫笔》等。③蜡：动物或植物分泌的脂质。

王思任

王思任（1574—1646），明文学家。字季重，号谑庵，浙江山阴（今浙江绍兴）人。万历间进士，累官江西按察司佥事。鲁王监国时，官至礼部右侍郎。清顺治三年（1646），绍兴城破，绝食而死。性通脱，好谑浪，以诗文名世，主张“不守父师成式，而独写性灵”，于公安、竟陵之外，别为一家。有《王季重十种》，又有《谑庵文饭小品》等。

游杭州诸胜记（节录）

一

吴山顶极胜，予尝居三茅宫，往眺之，有古松老桧（guì）数十章，前瞰海门，后临明圣，大可生事[①]。山主索高价，登水不力[②]，又大盗时至，姑已之。

①生事：原意为制造事端。这里可作住一通、玩一通讲。②登水不力：山顶缺水，须从山下往上运，所以很是不便。

二

凤山福院上，石笋如排衙[①]，望大江入海晃晃然，天峰秀拔。其月岩一石圈境，寺僧言中秋时，月嵌于此，不爽锱铢（zī zhū）[②]。

①排衙：旧时长官升座，陈设仪仗，僚属以次参见，分立两旁，叫排衙。②锱铢：喻轻微、细小。

三

西湖之妙，山光水影，明媚相涵，图画天开，镜花自照，四时皆宜也。然涌金门苦于官皂，钱塘门苦僧，苦客，清波门苦鬼。胜在岳坟，最胜在孤山与断桥。吾极不乐豪家徽贾（gǔ），重楼架舫，优喧粉笑，势利传杯，留门趋入[①]。所喜者野航两棹，坐恰两三，随处夷犹，侣同鸥鹭。或柳堤鱼酒，或僧屋饭蔬，可信可宿[②]，不过一二金而轻移曲探，可尽两湖之致。

①留门趋入：旧日城门启闭有一定时间，所以要与守门者打个招呼，以便赶入城内去。②信：再宿叫“信”。

四

昭庆一市闹耳，净寺幽云肥绿可爱，佛宫峻壮，入其中似我身小。东北僧舍皆竹建，寺前莲沼，香红万点，白鸥沙鸟，

往来飞啄。酒家鱼藕甚贱，颇适游人。黄贞父寓园在右肩[①]，有石可剔[②]，而无泉可淙[③]，终不若寺门境界之豁爽可坐也。

①黄贞父：名汝亨，字贞父，明仁和（今浙江杭州）人。万历进士。官至江西布政司参议。谢病不复出，结庐南屏小篷莱，题曰“寓林”。有《寓林文集》三十卷，诗六卷。②剔：或者就是下面一则中所说的“窦剔”，似可以解释为再下一则中所说的“岩洞嵌空”。③淙：水流声。

五

过惠因涧，取支径上风篁岭，而至辨才圣寿院[①]。有亭曰龙井，水出龙口，充充（chōng chōng）然[②]。寺僧饭我于潮音堂[③]。绿云翠雨，衣骨皆寒，试其茶与泉争白。自秦少游参寥访后，予与褚生元师、犹子缄（jiān）三共之[④]。

①圣寿院：一般作“寿圣院”。②充充：形容水流动的声音。③潮音堂：秦少游曾访问过辨才，写有《龙井题名记》一文，文曰：“日已夕，航湖至普宁，遇道人参寥……行二鼓，始至寿圣院，谒辨才于潮音堂。”④三共之：意指秦少游当时在潮音堂拜见辨才时也正好是三个人。

六

保叔塔有天然图画阁[①]，胜绝。左江右湖，烟岚万千。至于返照蒸霞，其锦明玉翠之奇，映发杯底。不知雪后更当何如？可以呼鹰落雁矣。

①保叔塔：一般作“保俶塔”。

七

赤山埠往南三四里，走林壑（hè）中，大率苍荡寒翳（yì）。上一岭而得定慧寺，坐大慈山如交椅然，门榜万象森罗[①]，杉桧皆数百年物。入看虎跑泉，言南岳分至。泉甘而冽，载到城，担可百钱，汲不停手。予以罗岕（jiè）试之[②]，僧以龙井和之[③]，一时逸气泠然，此子瞻题诗后一乐也[④]。

①万象森罗：也作“森罗万象”。纷然罗列的各种事物或现象。②罗岕：地名。在浙江长兴县境内，其地产茶，称岕茶或岕片。③和：应和。④子瞻诗：苏轼《虎跑泉》诗：“亭亭石榻东峰上，此老初来百神仰。虎移泉眼趁行脚，龙作浪花供抚掌。至今游人灌濯罢，卧听空阶环玦响。故知此老如此泉，莫作人间去来想。”

八

六桥花柳妍媚，忽尔松柏威森，则精忠武穆之庙墓也[①]。山环水潴（zhū），醉人狂子，岸帻（zé）者整巾，笑喧者习肃，嗟（jiē）呼！人心尚有血在。白杨碧槚（jiǎ）[②]，鸟亦悲啼。奸桧等铸错接反，头颈俱断。此死铁耳，何不于金牌十二时，效澹庵先生一按哉[③]？予令茂陵，过汤阴，晤其子孙，即茁（zhuó）发者皆凛凛（lǐnlǐn）有生气[4]。垂老分节九江，谒其祠已颓废，捐俸葺之。尝读其词吟笺表，雄伟理密，不但武穆[5]，亦文渊也[6]。丰碑大刻，何足揄扬其万一乎！

①武穆：岳飞，字鹏举。宋相州汤阴人。以“敢战士”应募，起于行伍。后从开封尹兼东京留守宗泽，与金人战有功，为留守使统制。绍兴五年（1135）授镇宁崇信军节度使，镇压洞庭湖地区杨么领导的农民起义军。绍兴十年（1140），授少保兼河南北诸路招讨使，复大败金兵，进军朱仙镇。时宋高宗赵构、秦桧力主投降，欲尽弃淮北之地以求和，恐诸将不服，乃设谋尽收诸将兵权。诸将中飞主战最力，屡上表请收复两河、燕云等地。桧知飞志锐不可回，乃一日降十二金字牌召飞还，后又诬飞反，下狱，绍兴十一年（1142）十二月被杀害，年三十九。孝宗时谥武穆，宁宗时追封为鄂王。②槚：木名。即榎。一名山楸。古人常以做棺榔，或植墓前。③澹庵先生：胡铨，字邦衡，号澹庵。宋庐陵人。举建炎二年（1128）进士，除枢密院编修官，以上疏乞斩王伦、秦桧、孙近等而被谪昭州。桧死，量移衡州。孝宗即位，得归。④茁发：刚长头发，即小孩。茁，草初出貌。凛凛：威严而可敬畏貌。⑤穆：壮美。⑥渊：深。

九

圣之清者[1]，在花木曰梅，在禽鸟曰鹤。孤山处士终身不娶，以鹤为妻，而梅且妾之。喜客，喜僧，喜茶，喜蔬酌，喜吟，喜游，喜放浪，喜独岭上探梅、亭中放鹤，人皆知之，不知其孤山之妙。

①圣：唐宋人诗中多用作精灵、乖觉或敏锐、迅速的意思。这里可解释为精灵。清：高洁。圣之清：即高洁到精灵似的。

十

湖心亭宜月，宜雪，宜烟雨，宜晚霞落照。然而醉少狂黩（dú），遗溲（sōu）撒屎，写句题名，不辱尽之不止。太监孙隆作文昌阁其上[①]，差有顾忌。

①孙隆：又名孙东瀛，明万历间司礼太监。张岱《西湖梦寻·十锦塘》：白堤上有孙太监生祠，“背山面湖，颇极壮丽，近为卢太监舍以供佛，改名卢舍庵，而以孙东瀛像置之佛龛之后。孙太监以数十万金钱装塑西湖，其功不在苏学士之下，乃使其遗像不得一见湖光山色，幽囚面壁，见之大为鲠闷”。文昌：亦称“文曲星”“文星”。中国古代神话以为主宰功名、禄位的神。后为道教所承袭。旧时多为读书人所崇祀，以为可保功名。

十一

两堤梅桃杨柳，花事斓斒（lán bān）殊有致[①]。而恶俗辈如伐薪然，似与之为仇为妒，必欲剥其肢体者，不可解。又有折断此枝花，即投树下而去者，更不可解。

①斓斒：色彩错杂鲜明。亦写作“斒斓”。

先后游吾越诸胜记（节录）

一

幸第后，得借差还乡，侨居钮给谏之园[①]，长公兰径约同叶虚舟往登府山[②]，谒城隍竣，酌于豁然堂上，读文长扁联[③]，真湖山图画也。天风清劲，云偷雪眼[④]，渔耕绣错，烟火万家。曾几何时而庙堂烬（jìn）易，沧桑之慨，于此惕（tì）然[⑤]。

①给谏：官名。②长公：古人多以“长公”为字，如汉夏侯胜韩延寿等，皆字长公，为行次居长之意，犹排行为二以下，字次公少公。故称长兄亦曰长公。③文长扁联：徐渭写的一副对联。扁即“匾”。联语：“八百里湖山知是何年图画，十万家灯火尽归此处楼台。”④雪眼：冬天阴沉，忽然云开日出，越语谓之“开雪眼”，也就是说是下雪的预兆。⑤惕：警惕，戒惧。

二

白马山庙后稍具岩壑（hè）。向为俞氏所有，姻友陈太乙（轩之）馆之[①]，翼楼复阁。至颠望远，一大观也。此山为蕺（jí）之附庸[②]，霞明雪霁时，望招提如李小将军一幅[③]。至于松涛梵响，到耳风清，虽登顿良苦，亦足偿之。

①姻友：由婚姻关系而结成的亲臧。馆：房舍的通称，这里指学塾。官署、学塾、书房、商坊、展览处所等都可命名为馆。②蕺山：山名。在绍兴城内。③招提：梵文拓斗提奢，义为四方。后省作拓提，误为招提。四方之僧称招提僧，四方僧之住处称招提僧房。后遂为寺院的别称。小李将军：画家名。指唐右武卫大将军李思子李昭道。

三

去云门三里，又有慈云寺，晋何胤（yìn）读书处也[①]。其学井尚存。泉甘而洌，隐蔽万竹深处。老僧六如有文行[②]，栖其间，予同鼎儿进访之，柴关松径[③]，叩之良久，清童延入，师方临古帖。绕屋梅花数十树，雪糅（róu）粉烂，为予汲井烹茶，相对静默。一时冷香袭裾，人在碧天界中。

①何胤（446—531）：字子季，晋庐江灊人。好学。起家齐秘书郎，出为建安太守。明帝时，入山隐居以终。②文行：文章德

行。③柴关松径：柴关，柴门。用柴作的门，言其简陋。松径，路边尽是松树。

四

樵风径，郑弘为仙人拾箭处[1]，幽深曲隐，黄叶秋清，丹枫紫柏，一扁舟载入，可以忘世。正近石帆山，有宜园，近为吾家大令所有[2]。然旧日款置无学识，当稍更之耳。

①郑弘：后汉山阴人。字巨君。少为乡啬夫。太守第五伦奇之，召署督邮，举孝廉。弘师同郡河东太守焦贶。弘微时尝采薪白鹤山，持箭还仙人。问所欲，告以若耶溪载薪为难，愿旦南风，暮北风。后果然。故若耶溪风呼为郑公风。②大令：古时县官多称令。后以大令为对县官的敬称。

五

道士庄在鉴湖之中，贺季真之一曲也[1]，可渔可田。近日莽蓁（zhēn）

苦虺（huī）蝮[②]，而冢亦累累，不可游居。北岸桥颔（hàn）[③]，有一庵处，会稽山阴之山水，大会于此。吾欲得数亩，结飞楼百尺，读书其间而无力。留示来者，不必吾子孙耳。

①一曲：河流弯曲的地方。②虺蝮：蝮一名虺，毒蛇。③颔：下巴。

六

柯山石荡，止有石佛过桥处微可观，然黥（qíng）凿不了[①]，其声不可听，此山川入无间地狱者[②]。昔一狂少歌呼醉舞，堕一扇，取之，入而不出，继之者亦然。此游当大署[③]：可畏，可免。

①黥：古代肉刑的一种，即墨刑。以刀刺人面额后用墨涅之。②无间地狱；梵语阿鼻。华言无间。所以又叫“阿鼻地狱”，意思是：无有间断。③署：题字。犹警示牌。

七

六陵在攒（cuán）宫[①]，离河湄约五七里，有郭太尉庙，祈嗣者夫妇双往，得子则三日内往报名，弥年酬戏愿。空山庙祝以此顿肥。陵存其二，老松十围者将百本，皆宋时物也。予曾同谢大将军踏月归，龙影蛟风[②]，撑肱（gōng）舞脚[③]，时闻老鹘（gǔ）叫秋，为之毛发飒（sà）析。梦寐者又三十年矣。

①攒宫：地名。②龙影蛟风：极言此地非同一般，故影与风都加上了龙与蛟。③撑肱舞脚：指风吹着手臂和脚。肱，小手臂。

李流芳

李流芳（1575—1629），字茂宰，一字长蘅，号泡庵，明南直隶嘉定（今上海市嘉定区）人。万历丙午（1606）举人。天启壬戌（1622）赴京师参加进士考试，甫抵近郊，闻魏珰气焰嚣张，赋诗而返，绝意仕途。能诗善画，雅好山水，对西湖尤为倾倒。诗文风格清新自然，与程嘉燧、娄坚、唐时升合称“嘉定四先生”。有《檀园集》《西湖卧游图题跋》等。

游虎山桥小记[①]

是夜，至虎山。月初出，携榼（kē）坐桥上小饮[②]。湖山寥廓，风露浩然，真异境也。居人亦有来游者，三五成队，或在山椒（jiāo）[③]，或依水湄（méi）。从月中相望，错落晻（àn）映[④]，歌呼笑语，都疑人外。予数过此，爱其闲旷，知与月夕为宜，今始得果此缘[⑤]。因忆闲孟、子薪、无际、彦逸皆贪游好奇[⑥]，此行竟不得共。闲孟以病，挟子薪、彦逸俱东；无际虽倦游[⑦]，意犹飞动[⑧]，以逐伴鞅鞅（yāng yāng）而去[⑨]，尤可念也。清缘难得，此会当与诸君共惜之。

①虎山桥：在邓尉山下。邓尉山在苏州东南吴县境内，又名光福。②榼：古代盛酒或贮水的器具。③山椒：山顶。④晻映：昏暗遮掩。晻同“暗”。⑤果：成为事实。事与预期相合称果，否则称不果。⑥闲孟、子薪、无际、彦逸：均为作者朋友。闲孟为程嘉燧字，休宁人，侨居嘉定。下文说“闲孟以病，挟子薪、彦逸俱东”，大概就是指回嘉定。⑦倦游：指仕宦不如意而思退休。⑧鞅鞅：即怏怏，意谓有所不满。

游石湖小记[1]

予往时三到石湖游，皆绝胜。乙亥[2]，与方孺冒雨著屐（jī）登山巅亭子，贳（shì）酒对饮，狂歌绝叫，见者争目摄之[3]。去年与孟阳、弱生、公虞寻梅到此，遍历治平僧舍[4]，已登郊台[5]，至上方绝顶，风日清美，人意颇适。九日复来登高，以雨不果登。放舟湖中，见烟樯雨楫，杂沓（tà）而来[6]，举酒对之，亦足乐也。是日秋爽，伯美、舍弟辈俱有胜情[7]，由薇村至上方，复从郊台、茶磨取径而下[8]。路旁时花幽香，童子采撷盈把。落日泊舟湖心，待月出方命酒[9]。孟阳、鲁生继至，方舟露坐剧饮[10]，至夜半而还，盖十年无此乐矣。

①石湖：在江苏吴县西南，相传范蠡从这里入五湖（太湖）。南宋诗人范成大曾结庐其间。②乙亥：时间恐有错误。据《中国历史人物生卒年表》载，作者生于明万历乙亥（1575），卒于明崇祯己巳（1629），享年五十五岁。一生中除了生的那一年，其他都不曾遇到过乙亥年。③目摄：以严厉的目光威摄。④治平：地名。⑤郊台：拜郊台。相传是吴王夫差祭天的地方。⑥杂沓：纷乱貌。⑦胜情：游兴很浓。⑧茶磨：山峰名。⑨命酒：饮酒。命，使、用。⑩方舟：两船并行。剧饮：痛饮。

横塘

去胥（xū）门九里[1]，有村曰横塘[2]。山夷水旷，溪桥映带村落间[3]，颇不乏致[4]。予每过此，觉城市渐远，湖山可亲，意思豁然，风日亦为清朗。即同游者未喻此乐也。横塘之上为横山，往时曾与潘方孺阻风于此，寻径至山下，有美松竹，小桃方花，恍若异境[5]。因相与攀跻（jī）至绝顶[6]；风怒甚，几欲吹堕（duò）。二十年事也。丁巳中秋后三日画于孟阳阊（chāng）门寓所[7]。九月，复同孟阳至武林，夜雨，泊舟朱家角补题[8]。

①胥门：现在苏州共有城门十座，胥门为西南三门之一。②横塘：太湖水从东北流这一段，叫做胥塘，自胥口桥东北行九里，是木渎镇。再往东经过跨塘桥和越来溪之水相会，这一段便是横塘，

有唐伯虎墓，也是陈圆圆的故里。③映带：景物相互关联衬托。④致：意态，情趣。⑤异境：不同一般的地方，多指“世外桃源”。⑥攀跻：援引而上。跻：登，升。⑦阊门：为苏州西南三门之一。⑧朱家角：地名。今属上海市青浦区。

云居寺[①]

武林城中招提之胜[②]，当以云居为最。绕山门前后皆长松[③]，参天蔽日，相传以为中峰手植[④]。岁久浸淫[⑤]，为寺僧剪伐，十不存一，见之辄有老成凋谢之感[⑥]，殆不欲多至其地。去年五月偕方回泛小舟，自小筑至清波[⑦]，访张懋（mào）良寺中，落日坐长廊，沽酒小饮[⑧]。已徘徊城上，望凤凰、南屏诸山，沿月踏歌而归。翌日遂为孟阳画此，殊可思也[⑨]。壬子十二月鹿中舟中题[⑩]。

①云居寺：旧址在杭州吴山的云居山上。②招提：梵语拓门提奢，义为四方。后省作拓提，误为招提。四方之僧称招提僧，四方僧之住处称招提僧房。后遂为寺院的别称。③山门：佛寺的大门。本作“三门”。④中峰：即僧明本，号中峰。⑤浸淫：侵害。⑥老成：年高有德。凋谢：本指树木衰败，也比喻人的死亡。⑦小筑：环境幽静的小建筑物。相当于后来的精舍、别墅之类。⑧小饮：小酌，与“大宴”相对。⑨可思：值得怀念。指前一天的事。⑩壬子：明神宗万历四十年（1612）。鹿中：地名。又称鹿城。在江苏常熟市西北有鹿苑镇，地处鹿苑口内，可通舟。

永兴兰若[①]

壬子正月晦（huì）日[②]，同仲锡、子与自云栖翻白沙岭，至西溪[3]。夹路修篁[4]，行两山间，凡十里至永兴寺。永兴山水夷旷，平畴远村，幽泉老树，点缀各各成致。自永兴至岳庙[5]，又十里。梅花绵亘村落，弥望如雪，一似余家西碛（qì）山中[6]。是日，饭永兴。登楼啸咏[7]。夜，还湖上小筑。

①永兴兰若：永兴寺。兰若，指寺院，若，rě。梵语“阿兰若”的省称，意为寂净、无苦恼烦乱之处。②晦日：农历每月的最后一日。③西溪：在杭州灵隐山西北，为杭州胜景之一。现在通称“西溪湿地”。④篁：竹的统称。⑤岳庙：东岳庙。杭州人叫老东岳。岳，岳祇，四岳之神。⑥西碛：地名。⑦啸咏：歌咏。

雷峰暝色图[1]

吾友子将尝言：“湖上两浮屠[2]，雷峰如老衲[3]，宝石如美人[4]”，予极赏之。辛亥，在小筑，与方回池上看荷花，辄作一诗，中有云：“雷峰倚天如醉翁”，印持见之跃然，曰：“子将‘老衲’，不如子‘醉翁’尤得其情态也。”盖予在湖上山楼，朝夕与雷峰相对，而暮山紫气，此翁颓然其间，尤为醉心[5]。然予诗落句云[6]：“此翁情淡如烟水”，则未尝不以子将“老衲”之言为宗耳[7]。

①雷峰：山名，亦塔名。塔在杭州西湖南岸雷峰山上。塔建于吴越国时，五级。后因遭火，只剩塔心，呈赤色，故有“醉翁”之喻。②浮屠：塔。梵语音译应为“窣堵波”。③老衲：老和尚。衲，僧衣，即百衲衣。衲本意为补，缝缀。④宝石：山名，亦塔名。塔在杭州西湖北岸宝石山上，亦名保俶塔，相传为吴越国王钱弘俶所造。⑤醉心：亦犹心醉，形容倾倒，佩服之至。⑥落句：格律诗的末两句。⑦宗：本源，主旨。

徐弘祖

徐弘祖（1586—1641），明南直隶江阴（今江苏江阴）人。字振之，号霞客。清乾隆以后，因避高宗弘历讳，改作“宏祖”。幼年博览图经地志，明末党争剧烈，不肯入仕，刻意远游。自二十二岁始，历时三十余年，足迹至十六省，对所至山川地貌做了认真的考察。著有《徐霞客游记》。

徐霞客游记（节录）

一

戊午九月初三日。出白岳榔梅庵，至桃源桥。从小桥右

下，陡甚，即旧向黄山路也[1]。七十里，宿江村。

初四日。十五里，至汤口。五里，至汤寺，浴于汤池。扶杖望硃砂庵而登。十里，上黄泥冈。向时云里诸峰，渐渐透出，亦渐渐落吾杖底。转入石门，越天都之胁而下[2]，则天都、莲花二顶俱秀出天半[3]。路旁一岐（qí）东上，乃昔所未至者，遂前趋直上，几达天都侧。复北上，行石罅（xià）中。石峰片片夹起，路宛转石间，塞者凿之，陡（dǒu）者级之，断者架木通之，悬者植梯接之。下瞰峭壑阴森，松枫相间，五色纷披，灿若图绣。因念黄山当生平奇览，而有奇若此，前未一探，兹游快且愧矣！

①旧：作者初游黄山在万历四十四年（1616），是二月初三冒雪攀登的。②天都：山峰名。在黄山东南部。西对莲花峰，东连钵盂峰，海拔1801米，为黄山三大主峰（莲花、天都、光明顶）中最险峻者，古称“群仙所都”，意为天上都会。③莲花：山峰名。在黄山中部。海拔1860米，为黄山三大主峰（莲花、天都、光明顶）

中最高峰。主峰突出，小峰簇拥，俨若一朵初开新莲，仰天怒放。

二

时，夫仆俱阻险行后，余亦停弗上。乃一路奇景，不觉引余独往。既登峰头，一庵翼然，为文殊院，亦余昔年欲登未登者。左天都，右莲花，背倚玉屏风，两峰秀色，俱可手揽。四顾奇峰错列，众壑纵横，真黄山绝胜处！非再至，焉知其奇若此？

遇游僧澄源至，兴甚勇。时已过午，奴辈适至。立庵前指点两峰。庵僧谓："天都虽近而无路，莲花可登而路遥，只宜近盼天都，明日登莲顶。"余不从，决意游天都。

挟澄源奴子仍下峡路[①]。至天都侧，从流石蛇行而上[②]，攀草牵棘，石块丛起则历块，石岩侧削则援岩。每至手足无可着处，澄源必先登垂接。每念上既如此，下何以堪？终亦不顾。历险数次，遂达峰顶。惟一石顶壁起犹数十丈，澄源寻视其侧，得级，挟予以登。万峰无不下伏，独莲花与抗耳。

时，浓雾半作半止，每一阵至，则对面不见。眺莲花诸峰，多在雾中。独上天都，予至其前，则雾徙于后；予越其右，则雾出于左。松犹有曲挺纵横者，柏虽大干如臂，无不平贴石上，如苔藓然。山高风钜，雾气去来无定，下盼诸峰，时出为碧峤，时没为银海；再眺山下，则日光晶晶，别一区宇也。日渐暮，遂前其足，手向后据地，坐而下脱；至险绝处，澄源并肩手相接。度险，下至山凹，暝色已合。复从峡度栈以上，止文殊院。

①挟：带领或夹持。②流石：活动的石头。蛇行：伏地爬行。

三

初五日。平明，从天都峰坳中北下二里，石壁岈（yá）然[①]。其下莲花洞正与前坑石笋对峙[②]，一坞幽然。别澄源，下山至前歧路侧，向莲花峰而趋。一路沿危壁西行，凡再降升，将下百步云梯，有路可直跻（jī）莲花峰。既陟（zhì）而磴绝，疑而复下。隔峰一僧高呼曰："此正莲花道也！"乃从石坡侧度石隙，径小而峻，峰顶皆巨石鼎峙，中空如室。从其中迭级直上，级穷洞转，屈曲奇诡，如下上楼阁中，忘其峻出天表也[③]！

一里，得茅庐，倚石罅（xià）中。方徘徊欲升，则前呼道之僧至矣。僧号凌虚，结茅于此者。遂与把臂陟顶[④]。顶上一石，悬隔二丈，僧取梯以度。其颠廓然，四望空碧，即天都亦俯首矣[⑤]。盖是峰居黄山之中，独出诸峰上，四面岩壁环耸；遇朝阳霁色，鲜映层发，令人狂叫欲舞。久之，返茅庵。凌虚出粥相饷[⑥]，啜一盂，乃下。

①岈然：山深邃貌。②石笋：挺直的大石。其状如笋，故名。③天表：天外。④把臂：握人手臂，多表示亲密。⑤俯首：表示驯服。⑥相饷：相馈赠。

张　岱

张岱（1597 —1679），字宗子，又字石公；号陶庵，又号蝶庵。明浙江山阴（今浙江绍兴）人。出身于仕宦家庭，自己没有做过官。在明亡以前，过着游山玩水、读书品兰的豪华生活；明亡后，隐居山村著书，文笔清新，汲取公安、竟陵两派之所长，被称为晚明小品之集大成者。著书极多，有《琅嬛文集》《石匮书》《陶庵梦忆》《西湖梦寻》等。

一　报恩塔[①]

中国之大古董，永乐之大窑器，则报恩塔是也。报恩塔成于永乐初年，非成祖开国之精神，开国之物力，开国之功令[②]，其胆智才略足以吞吐此塔者不能成焉。塔上下金刚佛像千百亿金身[③]。一金身，琉璃砖十数块凑成之。其衣褶（zhě）不爽分，其面目不爽毫，其须眉不爽忽[④]；斗笋合缝，信属鬼工。闻烧成时，具三塔相，成其一，埋其二，编号识之。今塔上损砖一块，以字号报工部，发一砖补之，如生成焉。夜必灯，岁费油若干斛，天日高霁，霏霏霭霭[⑤]，摇摇曳曳，有光怪出其上[⑥]，如香烟缭绕，半日方散。永乐时，海外夷蛮重译至者百有余国[⑦]，见报恩塔必顶礼赞叹而去[⑧]，谓四大部洲所无也[⑨]。

①报恩塔：即报恩寺塔。报恩寺是南京第一大刹。相传吴赤乌间吴大帝建，号建初寺，为江南建塔之始。明永乐十年（1412）敕工部重建；至宣德六年（1431）始成，赐报恩寺额，朱孔阳书。后毁于太平天国之役。考其遗址，大概在中华门外南山门宝塔山一带。②功令：国家考核和运用学官的法令。这里作选用人才讲。③金刚：佛教护法神名，以手执金刚杵以立名。金身：佛教谓佛身如紫金光聚，世人因以金饰佛像，称为金身。④忽：古代极小的度量单位名。据《孙子算经》上说："度之所起，起于忽，欲知其忽，蚕吐丝为忽。十忽为一丝，十丝为一毫，十毫为一厘，十厘为一分。"⑤霏霏：雨雪盛貌，纷乱貌。霭霭：云盛貌，昏暗貌。⑥光怪：光象怪异。⑦重译：辗转翻译。《汉书·平帝纪元始》元年："越裳氏重译献白雉一，黑雉二。"《注》："译为传言也。道路绝远，风俗殊隔，故累译而后乃通。"⑧顶礼：跪地以头承尊者的脚，为佛教徒的最敬礼。⑨四大部洲：即四大洲。佛经称有四大洲，即：一、南赡部洲；二、东胜神洲；三、西牛货州；四、北瞿卢州。据丁福保《佛学大辞典》。

二　日月湖

宁波府城内，近南门，有日月湖。日湖圆，略小，故日之；月湖长，方广，故月之。二湖连络如环，中亘一堤，小桥纽之。日湖有贺少监祠[①]，季真朝服拖绅[②]，绝无黄冠气象[③]。祠中勒唐元宗饯行诗以荣之。季真乞鉴湖归老，年八十余矣。其回乡诗曰："幼小离家老大回，乡音无改鬓毛衰。儿孙相见不相识，笑问客从何处来。"八十归老，不为早矣，乃时人称为急流勇退[④]，今古传之。季真曾谒一卖药王老，求冲举之术，持一珠贻之。王老见卖饼者过，取珠易饼。季真口不敢言，甚懊惜之。王老曰：“悭吝未除[5]，术何由得！”乃还其珠而去。则季真直一富贵利禄中人耳。《唐书》入之《隐逸传》，亦不伦甚矣。月湖一泓汪洋，明瑟可爱，直抵南城。城下密密植桃柳，四围湖岸，亦间植名花果木以萦带之。湖中栉比皆士大夫园亭，台榭倾圮而松石苍老。石上凌霄藤有斗大者[6]，率百年以上物也。四明缙绅，田宅及其子，园亭及其身。平泉木石[7]，多暮楚朝秦，故园亭亦聊且为之，如传舍衙署焉。屠赤

水娑罗馆[8]，亦仅存娑罗而已，所称“雪浪”等石[9]，在某氏园久矣。清明日，二湖游船甚盛，但桥小船不能大。城墙下址稍广，桃柳烂漫，游人席地坐，亦饮亦歌，声存西湖一曲（qū）[10]。

①贺少监：即贺知章。唐越州永兴（古县名，即属萧山县）人。字季真。少以文辞知名。证圣初，举进士，官正银青光禄大夫兼正授秘书监。性放旷，善谈笑，醉后属词，动成卷轴。又善

草隶书。晚年自号四明狂客。天宝初请为道士，敕赐镜湖，后终于其地。世贺监。②绅：束在腰间，一头垂下来的大带。古代有身分的人束绅，后因称有地位权势的人为绅。如乡绅，士绅。③黄冠：道士之冠。转为道士的别称。④急流勇退：本指船在急流中迅速退出，借喻官吏在得意时引退，明哲保身。⑤悭吝：吝啬。⑥凌霄：花名。又叫紫葳。⑦平泉：即平泉庄，唐李德裕别墅名。在今河南洛阳。⑧屠赤水：即屠隆，明浙江鄞县人。字长卿，又字纬真，号赤水鸿苞居士。万历间进士，任颍上和青浦知县，后迁吏部主事。罢官回乡后，卖文为生以终。娑罗：花名。即优昙花。宋宋祁《益部方物略记》："娑罗花，生峨眉山中，类枇杷，数葩合房，春开，叶在表，花在中。"⑨雪浪石：宋苏轼有室名雪浪斋。轼于中山后圃得黑石，白脉，如五代蜀孙位、孙知微所画石间奔流，尽水之变。后又得白石于曲阳，为大盆以盛之，激水其上，因名其室曰雪浪斋。⑩一曲：一隅，片面。

三　湖心亭看雪

崇祯五年十二月，余住西湖。大雪三日，湖中人鸟声俱绝。是日，更（gēng）定矣[①]。余拏（ná）一小舟[②]，拥毳（cuì）衣炉火[③]，独往湖心亭看雪。雾凇沆（hàng）砀（dàng）[④]，天与云与山与水上下一白。湖上影子惟长堤一痕，湖心亭一点，与余舟一芥[⑤]，舟中人两三粒而已。到亭上，有两人铺毡对坐，一童子烧酒，炉正沸。见余大喜，曰："湖中焉得更有此人！"拉余同饮，余强饮三大白而别[⑥]。问其姓氏，是金陵人，客此。及下船，舟子喃喃曰[⑦]："莫说相公痴[⑧]，更有痴似相公者！"

①更定：旧时把一夜分成五更，每更二小时，下午七时起更。更定指七时以后。②拏：牵引。③毳：鸟兽的细毛。此处指毛皮。④雾淞：冬夜寒气如雾，结水成珠，一片白色。沆砀：天上的白气。⑤芥：小草。芥即芥舟。《庄子·逍遥游》："覆杯水于坳堂之上，则芥为之舟，置杯焉则旷胶，水浅而舟也。"⑥大白：大酒杯。⑦喃喃：象声词。低语声。⑧相公：旧时对男子的尊称，多指富贵家子弟。痴：爱好之入迷。

四　湘湖[①]

西湖田也而湖之，成湖焉；湘湖亦田也而湖之，不成湖焉。湖西湖者坡公也，有意于湖而湖之者也；湖湘湖者任长者也，不愿湖而湖之者也。任长者有湘湖田数百顷，称巨富。有术者相其一夜而贫[②]，不信。县官请湖湘湖灌萧山田，诏湖之[③]，而长者之田一夜失，遂赤贫如术者言[④]。今虽湖，尚田也，不下插板，不筑堰，则水立涸；是以湖中水道，非熟于湖者不能行咫尺。游湖者坚欲去，必寻湖中小船与湖中识水道之人，遡十阏（è）三[⑤]，鲠咽不之畅焉。湖里外锁以桥，里湖愈佳。盖西湖止一湖心亭为眼中黑子，湘湖皆小阜、小墩、小山乱插水面，四周山趾，稜稜砺砺[⑥]，濡足入水，尤为奇峭。余谓西湖如名妓，人人得而媟亵（xiè xiè）之[⑦]；鉴湖如闺秀，可钦而不可狎；湘湖如处子，视娗（shì tǐng）羞涩[⑧]，犹及见其未嫁时也。此是定评，确不可易。

①湘湖：湖名。在浙江省杭州市萧山区西。本为民田，四面皆山，中间低洼，因山水冲激，变而为壑。宋时县令杨时于山麓缺处，筑堤障水，因以为湖。②术者：从事占卜、观星相之人。③诏：

诏书。古时上级给下级的命令文告。④赤贫：极贫，家空物尽。⑤阏：遮壅，阻塞。⑥稜稜：瘦削貌。砺砺：仇视貌。即俗语所谓一副凶相。⑦媟亵：狎慢，不恭敬。媟通“亵”。⑧视娗：腼腆。明田汝成《西湖游览志余》二五《委巷丛谈》：“杭人言蕴藉不躁暴者曰视娗。”

五　泰安州客店[①]

客店至泰安州，不敢复以客店目之。余进香泰山，未至店里许，见驴马槽房二三十间；再近，有戏子寓二十余处；再近，则密户曲房，皆妓女妖冶其中[②]；余谓是一州之事，不知其为一店之事也。投店者，先至一厅事，上簿挂号，人纳店例银三钱八分，又人纳税山银一钱八分。店房三等。下客夜素早亦素，午在山上用素酒果核劳之，谓之接顶。夜至店设席贺。（谓烧香后，求官得官、求子得子、求利得利，故曰贺也。）贺有三等：上者专席，糖饼、五果、十肴、果核、演戏[③]。次者二人一席，亦糖饼，亦肴核[④]，亦演戏。下者三四人一席，亦糖饼、肴核，不演戏。亦弹唱。计其店中，演戏者二十余处，弹唱者不胜计。庖厨炊爨（cuàn）亦二十余所，奔走服役者一二百人。下山后，荤酒狎妓惟所欲，此皆一日事也。若上山落山，客日日至，而新旧客房不相袭，荤素庖厨不相混，迎送厮役不相兼，是则不可测识之矣。泰安一州，与此店比者五六所，又更奇。

①泰安：州名。明属山东济南府，府治在今泰安市。②妖冶：艳丽。③五果：为桃、李、杏、栗、枣。④肴核：鱼、肉类食品与果核。

六　岣嵝山房小记[1]

岣嵝山房，逼山，逼溪，逼韬光路，故无径不梁[2]，无屋不阁。门外苍松傲睨（nì），蓊以杂木，冷绿万顷，人面俱失。石桥低磴，可坐十人。寺僧刳（kū）竹引泉[4]，桥下交交牙牙[5]，皆为竹节。天启甲子，余键户其中者七阅月[6]，耳饱溪声，目饱青樾。山上下多西粟、鞭笋，甘芳无比。邻人以山房为市，蓏（luǒ）果、羽族日致之[7]，而独无鱼。乃溪为壑，系巨鱼数十头。有客至，辄取鱼给鲜。日晡，必步冷泉亭、包园飞来峰。一日，缘溪走看佛像，口口骂杨髡（kūn）[8]。见一波斯胡坐龙象[9]，蛮女四五献花果，皆裸形，勒石志之，乃真伽像也。余椎落其首，并碎诸蛮女，置溺溲处以报之。寺僧以余为椎佛也，咄咄（duō duō）作怪事[10]，及知为杨髡，皆欢喜赞叹。

①岣嵝（gǒu lǒu）：山名。在今湖南衡阳市南岳区和衡山、衡阳县境。衡山七十二峰之一，一名芙蓉峰，为衡山主峰，故衡山也叫岣嵝山。古代神话传说，禹曾在此得金简玉书。李茇，号岣嵝，武林（即杭州）人。住灵隐韬光山下。②梁：桥。③傲

睨：倨傲傍视，目空一切。④刳：剖开，挖空。刳竹引泉，通称为“竹邮”“竹驿”“竹笕”。世界书局本《陶庵梦忆·岣嵝山房》竹节作“竹邮”。⑤交交牙牙：犹纵横交错。⑥键户：锁上门。阅：经历。⑦蓏：瓜类等蔓生植物的果实。⑧杨髡：即元僧杨琏真伽。髡，剃去头发。⑨波斯胡：古时统称深目高鼻、来自中亚的西方人。胡，我国古代对北方和西方各族的统称。龙象：佛家语。称诸阿罗汉中，修行勇猛有最大力者为龙象。水行龙力最大，陆行象力最大，故以龙象为喻。后因以名高僧。⑩咄咄：感叹声。

七　天镜园[①]

天镜园浴凫（fú）堂，高槐深竹，樾（yuè）暗千层，坐对兰荡，一泓漾之。水木明瑟，鱼鸟藻荇类若乘空。余读书其中，扑面临头，受用一绿。幽窗开卷，字俱碧鲜。每岁春老，破塘笋必道此轻舠（dāo）飞出[②]，牙人择顶大笋一株掷水面[③]，呼园人曰：“捞笋！”鼓枻（yì）飞去[④]。园丁划小舟拾之，形如象牙，白如雪，嫩如花藕[⑤]，甜如蔗霜[⑥]，煮食之，无可名状，但有惭愧[⑦]。

①天镜园：园名。在浙江山阴县境内。②破塘：山阴县地名。其地产毛笋，称为破塘笋，为山阴九大名物之一。舠：刀形小船。③牙人：代人销售货物的人。④枻：楫，短桨。⑤花藕：花下藕。言其嫩。⑥蔗霜：蔗糖。⑦惭愧：觉得幸运，但又不好意思。犹言抱歉。

八　扬州清明

扬州清明，城中男女毕出，家家展墓[①]；虽家有数墓，日必展之。故轻车骏马，箫鼓画船，转折再三，不辞往复。监门小户[②]，亦携肴核纸钱，走至墓所。祭毕，席地饮胙（zuò）[③]。自钞关、南门、古渡桥、天宁寺、平山堂一带，靓妆藻野[④]，袨服缛川。随有货郎，路旁摆设骨董、古玩并小儿器具。博徒持小杌（wù）坐空地[⑤]，左右铺衵（yì）衫、半臂、纱裙、汗帨、铜炉、锡注、瓶瓯、漆奁（lián）及肩彘（zhì）、鲜鱼、秋梨、福橘之属[⑥]，呼朋引类，以钱掷地，谓之跌成、或六、或八、或十[⑦]，谓之六成、八成、十成焉；百十其处，人环观之。

是日，四方流寓及徽商、西贾、曲中名妓，一切好事之徒，无不咸集。长塘丰草，走马放鹰；高阜平冈，斗鸡蹴踘（jū）[⑧]；茂林清樾，劈阮弹筝[⑨]。浪子相扑，童稚纸鸢，老僧因果，瞽者说书，立者林林[⑩]，蹲者蛰蛰。日暮霞生，车马纷沓。宦门淑秀，车幕尽开；婢媵（yìng）倦归，山花斜插，臻臻簇簇[⑪]，夺门而入。余所见者，惟西湖春、秦淮夏、虎丘秋，差足比拟。然彼皆团簇一块，如画家横披；此独鱼贯雁比，舒长且三十里焉，则画家之手卷矣。南宋张择端作《清明上河图》，追摹汴京景物，有西方美人之思[⑫]，而余目盱盱（xū xū）[⑬]，能无梦想！

①展墓：扫墓。省视坟墓。展，省视，察看。②监门小户：平民百姓。③饮胙：喝酒吃肉。胙，祭肉。④靓妆藻野：到处都是亮丽的容妆。藻，文采，修饰。下句“袨服缛川”，也是同样的意思。缛，繁密，华丽。⑤小杌：坐具。一种小凳子。⑥衵衫：内衣，近身衣。锡注：锡制的酒壶。漆奁：漆器。或古代妇女梳妆用的镜匣。肩彘：猪脚爪。⑦跌成：博戏的一种。清李斗《扬州画舫

录》十六《蜀冈录》："跌成，古戏也，时人谓之拾博。"旧时儿童掷钱为戏称"跌博"，犹其遗意。⑧蹴踘：古代军中习武之戏。类似今之足球赛。⑨劈阮：弹琴。劈，拨弄。阮，乐器名。相传为阮咸所造故曰劈阮。阮咸，字仲容，竹林七贤之一。任散骑侍郎，放达不拘，妙解音律，善弹琶。⑩林林：纷纭众多貌。后来称事物繁多为"林林总总"。⑪臻簇簇：殷勤周到。⑫西方美人：语出《诗经》："云谁之思，西方美人。"旧注说它借指西周的全盛时期。这里指的是北宋的全盛时期，同时也指灭亡了的明朝，含有作者对故国的怀念之情。⑬盱盱：张目直视貌。

祁彪佳

祁彪佳（1603—1646），字幼文，一字弘吉，号世培，明浙江山阴（今浙江绍兴市）人。著名藏书家祁承㸁第四子。天启壬戌（1622）进士，官至苏松巡抚。后告病回家，择城西"寓山"建筑别墅，名为"寓园"。南明弘光二年丙戌（1646），清兵攻破南京、杭州，他不受礼聘，自沉于寓园内池中，年四十四岁。著作以散文《寓山注》为最有名。

寓山注（节录）

一　踏香堤

园之外堤为柳陌，园之内堤为踏香。踏香堤者，呼虹幌所由以渡浮影台也。两池交映，横亘如线，夹道新槐，负日俯仰。春来士女，联袂踏歌[①]，履痕轻印青苔，香汗微醺花气。以方西子六桥[②]，则吾岂敢；惟是鉴湖一曲[③]，差与分胜耳[④]。

①联袂：携手偕行，同“连袂”。踏歌：歌时以足踏地为节奏。常为多人连手而歌。②西子六桥：杭州西湖，苏轼诗云：“若把西湖比西子，淡妆浓抹总相宜。”所以西湖称“西子湖”。苏堤横亘西湖南北，堤上有六座桥，为西湖的绝胜处。③鉴湖一曲：鉴湖原名镜湖，后因避宋太祖之父赵敬的讳，改“镜”为“鉴”。湖在绍兴西边，唐贺

知章受赐“镜湖一曲”。一曲就是一角。④分胜：平分优点。

二　小斜川

当凿池时，畚锸（chā）才兴[①]，石趾已棱然欲起。及深入丈许，岝崿（zuò è）怒出[②]，若渴骥奔泉、俊鹘决云者。水入罅（xià）齿间，微风激之，噌吰（chēng hóng）响答[③]，似坡老所记石钟山状[④]。渊明春日之游[⑤]，摩诘辋（wǎng）川所筑[⑥]，将无是耶？舟泛让鸥池，比及岸，有别径可达太古亭。川上多种老梅，素女淡妆[⑦]，临波自照。从读易居相望，不止听隔壁落钗声矣[⑧]。

①畚锸：挖运泥土的工具。②岝崿：山高貌。③噌吰：象声词。多指钟鼓声。④石钟山：山名。在鄱阳湖边上。苏轼曾作《石钟山记》。⑤渊明春日之游：陶潜《游斜川》诗序：“正月五日，天气澄和，风物闲美，与二、三邻曲，同游斜川。”⑥辋川：王维（字摩诘）辋川别业中有“小斜川”。⑦素女：传说中的神女名。这里不妨解释为少女。⑧隔壁落钗声：佛法以隔壁闻钗声为破戒，苏轼《书〈传灯录〉后》解释为：“隔壁闻钗钏声而欲心动，安得不为破戒？”

三　松径

园之中不少矫矫虬（qiú）枝[①]，然皆偃蹇（yǎn jiǎn）不受约束[②]，独此处俨焉成列，如冠剑丈夫鹄立通明殿上[③]。予因之疏开一径，友石榭所由以达选胜亭也。劲风谡谡（sù sù）[4]，入径者六月生寒。迎门一松，曲折如舞，共诧五大夫何妩媚乃尔[5]！径旁尽植松花，红紫杂古翠间，如韦文女嫁骑驴老叟[6]，转觉生韵。

①虬：蜷曲，弯曲。②偃蹇：从高耸引申为骄傲、傲慢。③通明殿：神殿名。亦指皇帝的大殿。④谡谡：峻挺貌。⑤五大夫：秦始皇上泰山，避雨松树下，后封为“五大夫”。⑥韦文女嫁骑驴老叟：事见《太平广记》引《续玄怪录·张老》。韦恕，梁杜陵人，天监中官扬州曹掾，秩满闲居。有女及笄，许嫁园叟张老。相传张老夫妇皆仙去。

四　烂柯山房

寓园外望，山房在咫（zhǐ）步耳。乃从友石榭几经曲折，始达于此，游人往往迷所入。自约室拾级而下，意以为穴山之趾[1]。及至，则三楹（yíng）仍坐树杪。主人读书其中，倦则倚槛四望。凡客至，辄于数里外见之，遣童子出探良久，一舟犹在中流也[2]。时或高卧[3]，就枕上看日出云生，吞吐万状。昔人所谓卧游[4]，犹借四壁图画，主人似较胜之。

①趾：脚，脚指头。或基础部分。②中流：半渡，渡程中间。③高卧：高枕

而卧，谓安闲无事。④卧游：《宋书·宗炳传》："有疾还江陵。叹曰：'老疾俱至，名山恐难遍睹，唯当澄怀观道，卧以游之。'凡所游履，皆图之于室。"

周亮工

周亮工（1612—1672），明末清初篆刻鉴藏家。字元亮，号栎园，又号陶庵、减斋、栎下先生等。河南祥符（今河南开封）人，移居南京。明崇祯进士，授监察御史。仕清后在福建曾镇压抗清军，任户部右侍郎等职。曾被劾下狱。收藏书画、铜器等古物颇富，尤爱藏印，所交皆一时篆刻名手，遍请镌刻印章达千余方。兴到亦能奏刀，古意盎然。著有《印人传》《因树屋书影》《闽小记》，辑藏印成《赖古堂印谱》三册等。

闽小记（节录）

一　桥梁

闽中桥梁最为巨丽。桥上架屋，翼翼楚楚[1]，无处不堪图画。吴文中落笔即仿而为之。第以闽地多雨，欲便于憩足者，两檐下类覆以木板[②]，深辄数尺，俯栏有致，游目无余，似畏人见好山色，故障之者。予每度一桥，辄为忾（kài）叹[③]。

①翼翼：整饬貌。楚楚：鲜明貌。②类：大都、大抵。③忾叹：感叹，忾，叹息。

二　榕树[①]

闽中多榕树，垂须入地辄复生根，常有一树作十数干，有即榕为门者。相传千年榕其上生奇南香[②]。余每见老榕树，爱其婆娑[③]，辄徘徊不能去。高云客时谑（xuè）余曰[④]：“公欲觅奇南香耶？”

①榕树：常绿大乔木，树干分枝多，有气根，树冠大，叶子椭圆形成卵形，花黄色或淡红色。生长在热带地方。②奇南香：即“伽南香”。又叫“檀香”。③婆娑：茂盛。④谑：戏言，开玩笑。

三　相思鸟

予过浦城[①]，得相思鸟，合雌雄一笼，初闭一纵一，一即远去，久之必觅道归，宛转自求速入。居者于其初归，亦鸣跃接喜，三数纵之，则归者居者意只寻常，若田间夫妇有出入皆可数迹而至[②]，不似闺人望远、荡子思归也。宿则以首互没翼中，各屈其中距立[③]。予常夜视之，惊失其一。久之，觉距故二，而羽则加纵。笑语人曰：“视此增伉俪之重[④]。”或有言，独闭雌能返雄耳，闭雄则否。予视之不然，视同媢鲎（hòu）[⑤]，诬此贞禽矣。

①浦城：县名，在福建省北部。②数迹而至：犹立即归来。迹，足迹。③距：鸡爪。④伉俪：配偶，妻子。⑤蛍：动物名。其形似蟹，十二足，古代传说其雌负雄而行。传说："蛍负雌以游，人呼曰蛍媚，得雌则雄不去，得雄则雌远徙矣。"

四　夜燕

闽中龙眼熟时[1]，专有飞盗缘枝接树，趫（qiāo）捷如风[2]，若巨寇然，瞬息不觉，则千万树皆被渔猎，名曰夜燕，毒过于荔之石背[3]。此果人未采时，虫鸟不敢侵，夜燕一过，群蠹（dù）竞起矣[4]。

①龙眼：常绿乔木，羽状复叶，花黄白色，果实球形，外皮黄褐色，果肉白色，味甜，可以吃，也可入药，生长在福建、广东等地。也叫桂圆。②趫捷：矫健迅速。③石背：荔枝的害虫，状如荔核，名曰石背。"言背坚如石也"。④蠹：蛀虫。

五　枫亭井水

兴化枫亭[1]，宋徐铎状元故居，手植荔枝，名延寿红，至今尚存。树下有井亦公所凿，井上横亘一石梁，左汲水重，右汲水轻，此理之莫测者。然闻武当南岩宫[2]，有日月池，相距数尺，日池色绿，月池色黑。罗浮白水山佛迹院[3]，涌二泉，相距步武[4]，东为汤泉，西为雪泉，东极热，指不可触，以西泉解之，然后调适可浴。造物之巧如此，不独枫亭井水重轻也。

①兴化：即福建莆田。明清为兴化府治。②武当：山名，在湖北丹江口南，为大巴山脉分支。③罗浮：山名，在广东省境内。④步武：古以六尺为步，半步为武。指相距不远。

归　庄

归庄（1613—1673），字玄恭，明南直隶昆山（今江苏昆山）人。与同乡顾亭林友善，同为明末复社成员，时有“归奇顾怪”之目，清军渡江南下时，参加昆山抗清活动，失败后僧装逃亡，隐居乡下，结庐先墓旁，佯狂玩世。晚年寄食僧舍，虽厚不纳，穷困而终。其擅诗、精书法，长于行草。著作有《归玄恭集》。《小石山房丛书》收其《寻花日记》《看花杂咏》各一卷。

洞庭山看梅花记[1]

吴中梅花，玄墓、光复二山为最胜；入春则游人杂沓，舆马相望。洞庭梅花不减二山，而僻远在太湖之中，游屐罕至。故余年来多舍玄墓、光复，而至洞庭。

庚子正月八日，自昆山发棹，明日渡湖，舍于山之阳路苏生家；时梅花尚未放，余亦有笔墨之役，至元夕后始及游事。

十七日，偕月鹭、翁于止各携酒邀余至郑薇令之园。园中梅百余株，一望如雪，芳气在襟袖。临池数株，绿萼（è）玉叠[②]，红白梅相间，古干繁花，交映清波。其一株横偃池中，余酒酣，卧其上，顾水中花影人影，狂叫浮白[③]，口占两绝句[④]，大醉而归寓。

其明日，乃为长圻（qí）之游，盖长圻梅花，一山之胜也。乘篮舆，一从者携襆被屐过平岭，取道周湾，一路看梅至杨湾，宿于周东藩家。

明日，东藩移樽并挈（xié）山中酒伴同至长圻[⑤]。先至梅花深处名李湾，又至湖滨名寿沚（zhǐ）者，怪石岃崱（lì zè）[⑥]，与西山之石公相值[⑦]。太湖之波，激荡其涯，远近诸峰，环拱湖外。既登高丘，则山坞湖村二十余里，琼林银海，皆在目中。还，过能仁寺，寺中梅数百株，树尤古，多苔藓斑剥，晴日微风，飞香满怀。遂置酒其下，天曛（xūn）酒阑，诸君各散去，余遂宿寺之翠岩房。

自是日，令老僧为导，策杖寻花，高下深僻，无所不到。其胜处，有所谓西方景、览胜石、西湾、骑龙庙者。每日任意所之，或一至，或再三，或携酒，或携茶及笔砚弈具，呼弈客登山椒对局[⑧]。仍以其间，闲行觅句，望见者以为仙人。足倦则归能仁寺。山中友人，知余在寺，多携酒至，待于花下。往往对客吟诗挥翰，无日不辞。余意须俟花残而去。

二十四日，路氏复以肩舆来迎，遂至山之阳。

明日，策杖至法海寺。归途闻曹坞梅花可观，雨甚不能往，遥望而已。

又明日，往翁巷看梅，复遇雨，手执盖而行。

二月朔，天初霁。薇令语余：“家园梅花尚未残，可往尽余兴。”欣然诺之。薇令尚在书馆，余已先步之其园，登高阜而望，如雪者未改也。徘徊池上，则白梅素质尚妍，玉叠红梅，朱颜未凋，绿萼光彩方盛，虢（guó）国淡扫[9]，飞燕新妆[10]，石家美人[11]，玉声珊珊，未坠楼下；佳丽满前，顾而乐之。就偃树而卧，方口占诗句未成，而薇令自外至。薇令读书学道[12]，吾之畏友，顾取余狂兴高怀，出酒共酌。时夕阳在树，花容光洁，落英缤纷，锦茵可坐。酒半，酌一卮环池行，遍酹（lèi）梅根，且酹且祝。已复大醉，每种折一枝以归。

探梅之兴，以郑园始，以郑园终。以梅花昔称五岭、罗浮，皆远在数千里之外，无缘得至；区区洞庭，近在咫尺，聊以自娱。在长圻遇九年前梅花主人，已不复相识，盖颜貌之衰可知矣。而世事如故，吾之行藏如故[13]，能无慨然？昨为薇令述之，薇令曰："人生逆旅，又当乱世，九年之后，尚得无恙，复来寻花，已为幸矣。"其言尤可悲也。已复自念，惟当乱世，故得偷闲山中耳，半月之乐，勿谓易得也。

①洞庭山：在今江苏省苏州市吴中区西南。有东西二山，原皆在湖中。东山原名莫厘山、胥母山，元明时与陆地相连，成半岛。西山即古包山。②绿萼：梅花品种之一，花色白，萼绿色。萼，环列花朵外部的叶状薄片。③浮白：罚酒。罚饮一满杯酒。④口占：不用起草而随口成诗文。⑤絜：持，通"挈"。⑥岁崱：山势高峻、高耸。⑦相值：相当。⑧山椒：山岭，山顶。⑨虢国：即"虢国夫人"。唐杨贵妃姐，行三，嫁裴氏。玄宗天宝七载，封为虢国夫人，其姐封韩国夫人，其妹封秦国夫人。岁给钱千贯，为脂粉之资。虢国常自炫美艳，不施脂粉以见玄宗。唐张祜有诗云："虢国夫人承主恩，平明骑马入宫门。却嫌脂粉污颜色，淡扫蛾眉见至尊。"即记其事。⑩飞燕：即赵飞燕。汉成帝后。初学歌舞，以身轻号曰飞燕。唐李白诗云："借问汉宫谁得似，可怜飞燕倚新妆。"⑪石家美人：即石妾绿珠。时司马伦（赵王）杀贾后，自称相国，专擅朝政，崇与潘岳等谋劝司马允（淮南王）、司马冏（齐王）图伦，谋未发。伦有嬖臣孙秀，家世寒微，与崇有宿憾，既贵又向崇求绿珠，崇不许，此时乃力劝伦杀崇，母兄妻子十五人皆死。甲士到门逮崇，绿珠跳楼自杀。唐杜牧《金谷园》诗云："繁华世事逐香尘，流水无情草自春。日暮东风怨啼鸟，落花犹似坠楼人。"即咏其事。金谷园，在今河南南阳西北，《晋石崇金谷诗序》："余有别庐，在河南界金谷涧中，清泉茂树众果竹柏药物备具。又有水碓鱼池。"《明统志》："园有清凉台，即崇妾绿珠坠

楼处。”⑫道：思想，学识。不同学者、学派赋于道的含义各不相同。这里可作读书明理解释。⑬行藏：《论语·述而》：“子谓颜渊曰：‘用之则行，舍之则藏，惟吾与尔有是夫！’”谓出仕即行其所学之道，否则退隐藏道以待时机。后因以行藏指出处与行止。

萧士玮

萧士玮：明江西泰和人，天启二年（1622）进士。

韬光庵小记[①]

初二，雨中上韬光庵。雾树相引，风烟披薄，木末飞流，江悬海挂。倦时踞石而坐，倚竹而息。大都山之姿态，得树而妍；山之骨格，得石而苍；山之营卫[②]，得水而活；惟韬光道中能全有之。初至灵隐，求所谓“楼观沧海日，门对浙江潮”，竟无所有，至韬光，了了在吾目中矣。白太傅碑可读[③]，雨中泉可听，恨僧少可语耳。枕上沸波，竟夜不息，视听幽独，喧极反寂，益信声无哀乐也。

①韬光庵：在灵隐寺后面半山腰，由唐代韬光禅师创建。②营卫：中医指血气的作用。《灵枢经·营卫生会》："人受气于谷，谷入于胃，以传于肺，五藏六府皆以受气。其清者为营，浊者为卫，营在脉中，卫在脉外，营周不休，五十而复大会。……营卫者，精气也。血者，神气也。故血之与气，异名同类焉。"③可：可以，有使人满意的意思。

上天竺小记[①]

上天竺，叠嶂四周，中忽平旷，巡览迎眺，惊无归路。余知身之入而不知其所由入也。从天竺抵龙井，曲涧茂林，处处有之。一片云、神运石[②]，风气遒（qiú）逸，神明刻露[③]，选石得此，亦娶妻得姜矣[④]。泉色绀（gàn）碧[⑤]，味淡远，与他泉迥（jiǒng）矣。

①上天竺：地名，亦寺院名。在杭州西湖西面山中。依次为下天竺、中天竺、上天竺。②一片云、神运石：均奇石名。③神明：犹神，神采。刻露：明显表露。④娶妻得姜：谓娶到了再好也没有的妻子。姜，庄姜，卫庄公夫人。《诗·卫风·硕人》极言庄姜出身高贵，仪容美丽，迎娶时车马齐备，场面极其隆重。⑤绀碧：都是指颜色。绀，黑里带点红色。碧，青绿色。

毛奇龄

毛奇龄（1623—1716），明末清初浙江萧山人。字大可。又名甡。明季诸生，明亡，窜身城南山，读书土室中。顺治初年，曾短期参加反清义军。康熙十八年（1679），举博学鸿词科，授翰林院检讨，充明史纂修官。素晓音律，博览群书，所自负者在经学，然好为驳辩，他人所已言者，必力反其词。著述甚多，后人编为经集、文集二部，凡二百三十四卷。在清代学术史上有开先路之功。学者称西河先生。

西河诗词话（节录）

一

康熙四十年三月，予同朱竹垞（chá）诸子过湖上[①]，作三日游，第一日舟中问宝叔塔故迹，嫌旧志不实，一谓僧宝所建塔，所叔形误。一谓钱王俶（chù）入觐（jìn）[②]，民建塔保之，呼保俶，俶叔误声。然皆无据之言。考是塔甚古。《郡国志》云[③]：宝石山上有七层宝塔，王僧孺称其巧绝人工[④]，则其来旧矣。且是塔以山得名，宝叔者宝石之误。盖山本多石，有巾石、甑（zèng）石、落星石、缆（lǎn）船石。旧名山足曰石塔头是也。今湖多增胜，而是塔久坏，谁其修之。

①朱竹垞：朱彝尊，字锡鬯，号竹垞，清代文学家。②钱王俶：吴越国王钱镠之孙钱宏俶，亦单称俶。觐：古代诸侯秋朝天子称觐。③《郡国志》：秦之郡县，到汉又分为郡与国。郡直辖于朝廷，国分封于诸王侯。《汉书》称《地理志》，《后汉书》称《郡国志》。④王僧孺：南朝梁文学家，官至御史中丞。

二

是日，有言《表忠观碑》在钱王祠者[①]，因过观之。考表忠观在龙山之麓[②]。观毁，迁其碑来祠，然碑皆露立，且有仆者。及观毕欲憩（qì），祠右一废寺不得入。按是地当涌金门外，为钱王故苑[③]，苑曾产灵芝[④]，因舍苑宅作灵芝寺。南渡后建祠寺傍。新进士放榜讫（qì）[⑤]，每题名于寺而开宴焉，真胜地也[⑥]。今祠止三楹，坐钱氏三世五王，而寺已颓然不可问矣。

①钱王祠：吴越王钱镠的祠堂。在杭州涌金门外西湖边。②龙山：在西湖南岸。③苑：古代养禽兽的园林。④灵芝：真菌。古以芝为瑞草，故名灵芝。⑤放榜：公布考试录取的名单及名次。⑥胜地：名胜之地。

三

次日，竹垞赴李都运席未至。因登岸，从溜水头迤北[①]，有西马塍在昭庆寺左[②]，与湖墅东马塍相对。相传五代时东西马氏种花之所。旧志谓钱王马坰（jiōng），非也[③]。吴越故城圈东马塍入北关内，焉得有坰，且塍者畦稜之名，第可艺植[④]，牧兽非其事矣。今人家屋傍尚有花，第无艺花者。

①溜水头：即"溜水桥"。在昭庆寺前。②昭庆寺：在钱塘门外，为杭州古代四大名刹之一。③坰：郊野。马坰，牧马场。④第：但，且。艺植：耕种，种植。

四 回峰塔

南屏山前回峰，以山势回抱得名。吴越王妃建塔其上，本名回峰塔，俗作雷峰，以回雷声近致误。而淳祐、咸淳旧志造一雷姓者当之[①]，可笑甚矣。宋有道士徐立之筑室塔傍，世称回峰先生。此明可验者。是日日将西，久坐望塔。及访小南屏观石壁所书家人卦《学记》《中庸》[②]，摩挲延伫（zhù）[③]，而日已啣岫（xiù）矣[④]。石壁锓（qǐn）司马温公书[⑤]，此是旧迹。宋史高宗谕大臣已明道及此书。而作《武林遗事》者反辨谓唐人所作八分[⑥]，非是。

①淳祐、咸淳：南宋理宗、度宗的年号。当：对等，应付。②家人卦：家人《易》卦名。学记：书名。中庸：书名，相传为孔子的孙子子思作所。③摩挲：抚摩。延伫：久立等待。④啣岫：太阳下山。岫，山谷。⑤锓：刻。⑥《武林遗事》：书名。八分：汉字书

体名，即八分书。也称分书。字体似隶而体势多波磔。相传为秦时上谷人王次中所造。

刘侗

刘侗（？—1636），字同人，号格庵，明湖广麻城（今湖北麻城）人。生年不详。崇祯甲戌（1634）进士，选派吴县知县，在赴任途中死于扬州，时为崇祯九年（1636），年四十四。曾与于奕正会著《帝京景物略》，为竟陵派的后起之秀。

帝京景物略（节录）

一　定国公园[①]

环北湖之园[②]，定国始，古朴莫先定国者，实则有思致文理者为之[③]。土垣不垩，土地不甃，堂不阁不亭，树不花不实，不配不行，是不亦文矣乎！园在德胜桥右，入门，古屋三楹，榜曰“太师圃”，自三字外，额无匾，柱无联，壁无诗片。西转而北，垂柳高槐，树不数枚，以岁久繁柯，阴遂满院。藕花一塘。隔岸数石，乱而卧，土墙生苔，如山脚到涧边，不记在人家圃。野塘北，又一堂临湖，芦苇侵庭除，为之短墙以拒之。左右各一室，室各两楹，荒荒如山斋。西过一台，湖于前，不可以不台也。老柳瞰湖而不让台，台遂不必尽望。盖他园，花树故故为容，亭台意特特在湖者，不免佻（tiāo）达矣[4]。园左右多新亭馆，对湖乃寺。万历中有筑于园侧者，掘得元寺额，曰“石湖寺”焉。

①定国公园：在北京城北面。明开国功臣徐达，封魏国公，长子辉祖袭封，子孙多居南京；次子增寿因燕王起兵攻南京时与之通谋，为建文帝所杀，燕王接位后，追封增寿为定国公，子孙袭爵，居北京。增寿五世孙光祚于嘉靖五年加官太师，故下文称园内题榜曰“太师圃”。②北湖：即积水潭，明代亦称海子，诗文中多称为北湖。土人称净业寺、德胜桥。③有思致文理者：意谓有高度文学艺术修养的人。园林布置与作画写诗相近。古之名匠，尽管识字不多，不会做诗画画，但有艺术实践经验、有思致，故能不落俗套，意参造化。反之，一般有名的文人，却未必能做到这一点。④佻达：轻佻不庄重。

二　三圣庵

德胜门东，水田数百亩，洫（xù）沟浍（kuài）川上[①]，堤柳行植，与畦中秧稻，分露同烟。春绿到夏，夏黄到秋，都人望有时。望绿浅深，为春事浅深；望黄浅深，又为秋事浅深。望际，闻歌有时：春插秧歌，声疾以欲；夏桔槔水歌[②]，声哀以啭；秋合酺赛社之乐歌[③]，声哗以嘻；然不有秋也[④]，岁不辄闻也。有台而亭之，以极望，以迟（zhì）所闻者[⑤]。

三圣庵，背水田庵焉。门前古木四，为近水也，柯如青铜亭亭。台庵之西，台下亩，方广如庵，豆有棚，瓜有架，绿且黄也。外与稻、杨同候。台上亭，曰"观稻"，观不直稻也；畦垄之方方，林木之行行，梵宇之厂厂（hǎn hǎn）[⑥]，雉堞之凸凸[⑦]，皆观也。

①沟洫：田间水道，沟渠。浍：田间排水沟，此处作"开掘"意。②桔槔：井上汲水的一种工具。③合酺：犹合醵，即合伙饮酒。赛社：一年农事既毕，陈酒食以报田神，聚饮作乐。④秋：谷物成熟。⑤迟：希望。⑥厂厂：高大宽广。⑦雉堞：城墙长三丈高一丈为雉；女墙叫堞。女墙，城墙上端凸凹叠起短墙。

三　惠安伯园[①]

都城牡丹时，无不往观惠安伯园者。园在嘉兴观西二里。其堂室一大宅；其后牡丹，数百亩一圃也。余时荡然藁畦耳[②]。花之候晖晖如[③]，目不可极，步不胜也。客多乘竹兜，周行塍间[④]，递而览观，日移晡乃竟。蜂蝶群亦乱相失，有迷归径，暮宿花中者。花名品杂族，有标识之，而色蕊数变[5]，间著芍药一分，以后先之。

①惠安伯：张升，明正德五年封惠安伯，六世孙庆臻万历三十七年袭封，崇祯十七年卒。②蒿畦：荒草地。③晖晖：晴明貌。④周行：绕行。⑤数变：多种变化。即不是一律的。

四　钓鱼台[1]

近都邑而一流泉，古今园亭之矣。一园亭主，易一园亭名，泉流不易也。园亭有名，里井人俗传之，传其初者。主人有名，荐绅先生雅传之[2]，传其著者。泉流则自传。偶一日园亭主，慎善主之，名听士人，游听游者。出阜成门南十里花园村，古花园。其后村，今平畴也。金王郁钓鱼台[3]，台其处。郁前玉渊潭，今池也。有泉涌地出，古今人因之。郁台焉，钓焉，钓鱼台以名。元丁氏亭焉，因玉渊以名其亭。马文友亭焉，酌焉，醉斯舞焉。饮山亭、婆娑亭，以自名，今不台，亦不亭矣。堤柳四垂，水四面，一堵中央，堵置一榭，水置一舟。沙汀鸟闲，曲房人邃（suì）[4]，藤花一架，水紫一方，自万历初为李皇亲墅。

①钓鱼台：在北京海淀区阜成门外。传说金章宗完颜璟曾在此钓鱼，后人称金章宗钓鱼台。②荐绅：即缙绅，插笏于绅。绅，束腰的大带。古之仕者，垂绅插笏，故亦称士大夫为缙绅。③王郁：金代文人，曾隐居于此“筑豹鱼台”。④邃：深。

屈大均

屈大均（1630—1696），明末清初广东番禺（今广东广州）人。初名绍隆，字翁山，又字介子。清兵入粤时，曾参加抗清队伍。明亡，削发为僧；中年还俗，改名大均。以诗文著名，与陈恭尹、梁佩兰合称为“岭南三大家”。著作有《翁山诗文集》、《皇明四朝成仁录》、《广东新语》等。

广东新语（节录）

一　四市

东粤有四市：一曰药市，在罗浮冲虚观左[①]，亦曰洞天药市。有捣药禽，其声玎珰如铁杵（chǔ）臼相击。一名红翠，山中人视其飞集之所，知有灵药，罗浮故多灵药，而以红翠为导，故亦称药师。一曰香市，在东莞（guǎn）之寥步[②]，凡莞香生熟诸品皆聚焉。一曰花市，在广州七门，所卖止素馨（xīn）[3]，无别花，亦犹洛阳但称牡丹曰花也。一曰珠市，在廉州城西卖鱼桥畔[4]，盛平时，蚌壳堆积，有如玉阜。土人多以珠肉饷客，杂姜齑（jī）食之，味甚甘美，其细珠若粱粟者，亦多实于腹中矣。语曰："生长海隅（yú），食珠衣珠。"

①罗浮：山名。在广东增城、博罗、河源等县之间，长达百余公里，峰峦四百余，风景秀丽，为粤中名山。相传罗山之间有浮山，为蓬莱之一阜，浮海而至，与罗山并体，故曰罗浮。冲虚观：在罗浮山东麓朱明洞南。初称都虚，建于东晋咸和年间，是葛洪所建四庵中的南庵，也是他修道炼丹行医采药之所。北宋元祐二年哲宗赐"冲虚观"额。②东莞：县名。在广东省珠江三角洲东部、东江下游。③素馨：植物名。佛书中称鬘华。花白色，香气芳冽，畏寒，养于温室中，供观赏。④廉州：府名。辖境相当今广西合浦、灵山等地。

二　水乡陈村

顺德有水乡曰陈村[1]，周围四十余里，涌水通潮，纵横曲折，无有一园林不到。夹岸多水松[2]，大者合抱，枝干低垂，时有绿烟郁勃而出。桥梁长短不一，处处相通，舟入者咫尺迷路，以为是也，而已隔花林数重矣。居人多以种龙眼为业，弥望无际，约有数十万株，荔支、柑、橙诸果，居其三四。比屋皆焙（bèi）取荔支、龙眼为货，以致末富[3]。又尝担负诸种花木分贩之，近者数十里，远者二三百里。他处欲种花木，及

荔支、龙眼、橄榄之属，率就陈村买秧，又必使其人手种搏（bó）接[④]，其树乃生且茂，其法甚秘，故广州场师[⑤]，以陈村人为最。又其水虽通海潮，而味淡有力，绍兴人以为似鉴湖之水也。移家就之，取作高头豆酒，岁售可数万瓮。他处酤家亦率来取水，以舟载之而归。予尝号其水曰酿溪。

①顺德：县名。清代属广东省广州府。②水松：树名，即杉。多生水旁。晋嵇含《南方草木状》中："水松，叶如桧而细长，出南海。"③末富：指经营工商业而致富。④搏：换取。⑤场师：管理场圃的人。

陆次云

陆次云（1636—?），清文学家。字云士，浙江钱塘（今浙江杭州）人。康熙间拔贡。历官郏县、江阴知县。有惠政。工诗词。有《八纮绎史》《荒史》。

湖墺杂记（节录）

一　昭庆寺

崇祯时，昭庆寺灾，故老谓余曰：前此六十年，昭庆尝灾，起火甚异。闻时有高僧趺（fū）坐殿中[①]，夜将半，有赤发金冠袍笏伟人侍于僧侧。僧问曰："尔何神？"曰："火神。"僧曰："来何事？"曰："来行火。"僧曰："火何地？"曰："此殿当灾。"僧曰："起何时？"曰："起此刻。"僧顾夜清月冷，万籁寂然，恶其不经，以磬杵击之，神隐入础[②]，础中飞火炽焰，龙象俱灰[③]。噫！劫火难逃[④]，世尊莫能度邪[⑤]！

①高僧：有高行之僧人。趺坐：双足交叠而坐。俗称盘脚坐。②础；柱下石礅。③龙象：佛家语。称诸阿罗汉中，修行勇猛有最大力者为龙象。水行龙力最大，陆行象力最大，故以龙象为喻。④劫火：佛家语。指世界毁灭时的大火。⑤世尊：佛家对释迦牟尼的尊称。度：过。通"渡"。

二　三茅观

三茅观踞吴山之最胜。按《茅山志》记，茅君示现[①]，以云气为衣服而不辨眉目，一道士曾于观前见一幻影，与此说符，是灵奇不独茅山矣。观中张三丰曾来寄迹，故于其左肖三丰像。建三仙阁，中坐仙平平耳。左立仙，首戴笠，玉质亭亭[②]，扶杖欲出。右睡仙，侧卧覆衾，曲肱（gōng）如枕[③]，如得五龙蛰法[④]，而呼吸有声也。其境不凡，故仙踪恒集。万历时，有凌姓医者，事仙最虔（qián），每以针术施人，而不孳孳于利[⑤]。偶过观中，见群乞儿席地轰饮[⑥]，候值隆冬，同云欲雪[⑦]，丐者且袒臂裸襟，握拳射覆[⑧]。凌异而视之，丐者授以一脔，凌曰："吾不茹。"酌以一盏，凌曰："吾不饮。"问何故，曰："以奉仙故。"一丐曰："勿强之，我辈醉，宜归矣。"飘然而散。所遗在地数荷叶，鲜翠如盘，似倾露珠而新出水者。凌思木叶尽脱时焉得有此，丐者殆真仙而以此贻我也，拜而收之，珍藏什袭[⑨]，每行针，先以针针叶上，疗疾即愈。人拟之徐秋夫[⑩]，至今其裔以针名世。

①示现：佛教指佛菩萨应机缘而现种种之身，如观音示现之三十三身。②玉质：谓泽如玉。③曲肱：犹"曲枕"。曲臂以为枕。《论语·述而》："曲肱而枕之。"④五龙蛰法：道家修炼丹法的一种方法。⑤孳孳：勤勉不懈。同"孜孜"。⑥轰饮：犹言闹酒，痛饮。⑦同云：云成一色，天将下雪的迹象。⑧射覆：酒令的一种。用相连的字句隐物为谜而使人猜度。⑨什袭：把物品重重叠叠地包裹起来。⑩徐秋夫：南朝宋人，字熙子。任为射阳令，传父医学。

徐世溥

徐世溥，明末清初文学家。字巨源，生卒年不详，约1637年前后在世。十六岁补诸生。才雄气盛，屡试不第，以著述自娱。明亡后，山居晦迹，绝意仕进。有《榆墩集》等。

鄢家山记[①]

出秦人洞，将往萧岭。曲道委蛇（yí）[②]，左右草花夹路。不知其名，采之不忍，目赏不给，遂乃坐石上揽玩久之。望前路烟树，相与浅深，若可披寻。乃取道往，行田径，循回溪，愈曲愈幽。从小径入，地方十亩，畦有芋，亩有禾，清池映沙，鱼不网罟（gǔ）[③]。四面高山环合，山皆修竹，岩多草花。岩下有蟏蛸（xiāo shāo）结网[④]，小竹间风吹花落，皆系网上，不则飞堕池中。鱼往就食之，不可得，则逍然而反，若有所惊者。

茅屋十余，居人皆闷闷无所识。从之沽，赠以粜栗、山蔬，因上山坐竹下饮之。竹叶满天，仰不见日，俯见日影，风来竹动，日影摇碎，方圆不定。欣慨良久，问其山，不知名，问其氏，鄢（yān）姓云云。

①鄢家山：在湖南茶陵县秦人洞和萧岭之间。②委蛇：通"逶迤"。曲折前进。③网罟：这里是用网捕鱼的意思。罟，网的总名。④蟏蛸：蟢子，一种长腿的小蜘蛛。

邵长蘅

邵长蘅（1637—1704），字子湘，别号青门山人，清江苏武进（今江苏常州）人。十岁补诸生，以诗文著名。清康熙间游京师，与诸名士交，名动京师。性格坦直平易，喜游山水。为文简练有法。著有《青门旅稿》。

游赤壁记[1]

自鸠兹溯江[2]，十日抵黄州，泊舟。日方晡，有山峀然。询之舟人，曰是赤壁也。则大喜，跃而登。从行者三人。寻岸可二百步[3]，抵山麓。山之高可百步，土尽赤，颠童然若髡（kūn），石负土出者，皆累累而顽。蹑其尻（kāo）则睥睨据之[4]，子瞻片石，剩落颓垣藓壁间，可摩挲读。

按志，魏武与周瑜战地曰赤壁，在今嘉鱼。在黄州者，曰赤鼻。《水经》曰：右得樊口，左径赤鼻，山南是也，盖名之从其色矣。自子瞻冒鼻为壁，而黄州之名特著。然余曩时读子瞻赋，所云“履巉岩，披蒙茸，踞虎豹，登虬龙”，意必幽邃峭险，迥（jiǒng）然耳目之表[⑤]。今身历之，皆不逮所闻，岂文人之言，少实而多虚，虽子瞻不免邪？抑陵谷变迁，而江山不可复识邪？噫！天下穹壑崭崖，争奇于兹山者，何啻（chì）什百！而或限之遐陬（zōu）荒徼（jiào）[⑥]，奥莽之所翳，豺狼狐狸之所嗥，数百年不一效灵于世。而兹山以子瞻故，樵夫牧竖，皆熟其名。山之遭固有幸有不幸邪！然则士卓荦负奇[⑦]，往往不能自著名当世；而当世重名者，又往往过其实，悲夫！

①赤壁：山名。赤壁有三，皆在湖北省境内：一在赤壁市西北，三国时周瑜、刘备大败曹操处；二在武汉市江夏区，又名赤矶、赤圻；三在黄冈市，名赤鼻矶。②鸠兹：古邑名。在安徽芜湖东四十里，今句兹港即鸠兹之讹。③寻岸：沿岸。④尻：臀部。这里是指山脚。睥睨：斜视。⑤迥然耳目之表：与所闻所见完全不同。迥，迥异，相差很远。⑥遐陬荒徼：荒芜偏僻的角落。⑦卓荦负奇：卓越特出，抱有大志。

刘献廷

刘献廷（1648—1695），清代学者。字继庄，一字君贤，别号广阳子，顺天大兴（今北京市）人。19岁南游，隐居苏州洞庭山。其学以经世为主，以为人苟不能利济天下，徒为身家之谋，则不能谓之人。曾受徐乾学聘，入馆修《明史》，并参与编纂《一统志》。性喜游历，治地理学，力倡恢复西北水利。尤精音韵，著《新韵谱》。著作多佚，今仅存《广阳杂记》。

广阳杂记（节录）

一　长沙小西门外[①]

长沙小西门外，望两岸居人，虽竹篱茅屋，皆清雅淡远，绝无烟火气[②]。远近舟楫[③]，上者下者，饱张帆者，泊者，理楫者，大者小者，无不入画。天下绝佳处也。

①长沙：地名，今湖南长沙市。②烟火气：道家语。烟火，指熟食。道家修炼，主张绝粒却谷，不食世间烟火物，因引申烟火为俗气。③舟楫：船只。楫，划船的桨。

二　玉泉寺

余在西湖，从未尝一识玉泉寺[①]。前在汉上，王鹿田先生极言玉泉观鱼之妙。乙亥春特往观之。寺在岳坟之西，池中鱼色异常，多蓝青色，有极大者飞鱼二，皆四翼。又有白鱼，遍身青花，俨如江西景德镇所烧窑器，瑰玮（guī wěi）可观[②]，可谓名下无虚矣[③]。

①玉泉寺：在杭州市西北边，为有名的风景区之一。寺初建于南齐建元年间。②瑰玮：同“瑰伟”，魁异。③名下无虚：即“名下无虚士”，意谓名实相副。

三　七里泷

七里泷山水幽折[①]，非寻常蹊径，称严先生之人[②]。但所谓钓台者，远在山半[③]，去江约二里余，非数千丈之竿不能钓也。二台东西峙，覆以茅亭，其西台即宋谢皋羽痛哭之处也[④]。下有严先生祠，今为营兵牧马地矣，悲哉。

①七里泷：又叫七里滩、七里濑、富春渚。在今浙江桐庐严陵山西，长七里。两山夹峙，水流湍急。民间有“有风七里，无风七十里”的谚语。②严先生：即严光。字子陵，汉会稽余姚人。少曾与光武帝（刘秀）同游学，有高名。秀称帝，光变姓名隐遁，秀派人见访，征召到京，授谏议大夫，不受，退隐于富春渚。③钓台：俗称钓鱼台。传说是严子陵垂钓处。有东西两台，各高数十丈。④谢皋羽：名翱，字皋羽，宋长溪人。曾为文天祥咨事参军，后别去。宋亡，天祥被俘不屈死。翱悲痛不已，行至浙水东，设天祥神主于子陵钓台以祭，并作楚歌《登西台恸哭记》以招之。

四　快轩

汉口三元庵后有亭，曰快轩，轩后高柳数百株，平野空阔，渺然无际。西望汉阳诸山，苍翠欲滴。江南风景秀丽，然输此平远矣[①]。

①输：失败，与“赢”相对。犹言比不上。

五　双飞燕

汉阳渡船最小[①]，俗名双飞燕，一人而荡两桨[②]，左右相交，力均势等，最捷而稳。且其值甚寡，一人不过小钱二文[③]，值银不及一厘[④]，即独买一舟，亦不过数文。故谚云：“行遍天下路，惟有武昌好过渡。”信哉。

①汉阳：地名，今湖北省武汉市汉阳区。②荡：往来摇动。③小钱：铜钱。④厘：小数名。单位之百分之一。

六　梅花洞

广东韶州府乳源县有地曰梅花，潦水峻险不与外通[①]，居人数百千家，有张、邓二老为之主，皆听其指挥。二老明季诸生，鼎革后不薙（tì）发[②]，据险自守，官不得入，而租赋输纳不缺，追呼者山下遥呼之，缒（zhuì）租而下，如数不少欠。平西之变[③]，胡国柱过乳源[④]，二老以野服见，事后二老已死矣。众以地归朝廷，朝廷以其地建置花县，属广州府。今人所谓梅花洞者，即其地矣，产良马。

①潦水：积水。②鼎革：《易·杂卦》："革，去故也；鼎，取新也。"后因以鼎革指改朝换代或重大的改革。薙：同"剃"。不剃发表示不愿服从清朝。③平西之变：吴三桂，明辽东人，字长白。崇祯时为总兵，镇守三海关。李自成攻破北京，崇祯自杀。三桂勾引清兵入关，封平西王，守云南。康熙十二年（1673）议撤藩，吴又起兵反清，自称周帝，后病死长沙。④胡国柱：明末清初人，为吴三桂女婿，也是其麾下主要战将之一。

黄之隽

黄之隽（1668—1748），字石牧，号痦堂，清江苏华亭（今上海市松江区）人。康熙六十年（1721）进士，改翰林院庶吉士。雍正元年（1723）授编修，后因事革职。一生好藏书，有二万余卷。综览浩博，才华富赡，撰述甚富。编《痦堂集》五十卷，又《补遗》二卷、《续集》八卷。诗成就最大，别开生面，却不失正轨；工于对偶，叠韵不已，排比联络，浑若天成。

泛潇湘记[①]

自湘潭之衡之永至全州，溯西南逆江水而行。永州以下为湘水，以上为潇水。其水曲折，与岸往复，舟中环顾，疑若四面俱断。既绕而出，直不咫尺，旋又曲去，回视后舟之帆，若从岸上来者。帆之风乍顺乍逆，窗之日乍左乍右，东西南北，步步易向，故行潇湘间日最久。江水澄澈，经冬缩潦（lǎo），清澈弥甚，石子磊落于江底，色色呈露，郦《注》、柳《记》不诬也。既浅而流益驶，岸脚石齿，错伏豁閜（xiǎ），水漱其腭（è）[②]，潺潺淙淙，厥响唯厉，以警新客。

水之概，衡、永间如一。而山则衡州之南岳七十二峰也，绵数百里，如云塞天半；至永州诸山，极皱秀瘦透之致。缘岸相逐，江皋水步，都无坦碕（qí）[③]，危岩壁削，怪石森竖，青黄黛绿，随色所现，如倚如坠如垣如堞[④]。渔舟泊雨于嵌空之下，茅舍炊烟于坳突之上，便疑方壶、员峤（jiào）[⑤]，去人非远。长林灌木，红叶翠柯，浓染密缀，不因寒损。其余平沙荒溪，浅芜衰草，皆具骚楚之象。时则积雪襞（bì）积于遥峰连阜之间，峭蒨邃冷，描绘转胜，游目四望，画屏随面而列。

昔子厚居永，记永山水最多。余过永，欲留所睹于篇什，而未悉其名。问诸舟人、土人，皆不知。由柳所述，证吾所经，其肖也酷。乌知冉溪、袁渴、西邱、石涧，非即在耳目

间耶？即不然，当亦不大过是矣。曾泊舟一所，人稠地胜，名曰石期者，又乌知非所谓石渠，讹而为石期者耶？

将至全，江中多用竹石以坝水，水声弥厉，舟愈难上。岸旁水轮，因波自转，舟师捩（liè）柁（duò）过之而歌欸（ǎi），皆天趣也。大抵潇湘之间，水纹石皴，岸容树态，真化工之为画工。余泛舟其中，悔未学画矣。

①潇湘："三湘"之一，指湘水中游与潇水会合后的一段。②腭：口腔的上壁。这里是指低垂的岩石。③坦碕：平坦曲折的堤岸。④堞：城墙上参差不齐的短墙。⑤方壶、员峤：传说中的仙境。

沈德潜

沈德潜（1673—1769），字确士，号归愚，清江苏长洲（今江苏苏州）人。乾隆四年

（1739）进士，年已六十七岁。召对，称为老名士，命值上书房，升礼部侍郎，辞归，以年老在原籍食俸。工诗，提创格调说。著有《竹啸轩诗钞》《归愚诗文钞》，并选辑唐明清三朝诗《别裁》及《古诗源》。

游渔洋山记[①]

渔洋山，王阮亭尚书取以为号者也[②]。山在太湖滨，从玄墓山还玄阁望之，如履舄（xì）在几案下，可俯而拾 。余爱山之名，欲往游焉。

取道米堆山，经钱家磡（kàn）上阳村，一路在梅花国中。花光湖影，弥漫相接，烟云往来其间，欲动欲定。沿湖滨行，湾环回折，始疑甚近，久而愈远。过十余里，入渔洋湾，董文敏玄宰[③]，归骨于此。居人如鹿豕状，见余至，以游人不到处，甚骇。绕湾而行，又三五里，渐入渐深，窅（yǎo）然无人[④]。登山之颠，全见太湖。湖中群峰罗列，近而最大者为西洞庭，相望者为东洞庭，远而大者为马迹；其余若沉若浮，倏见倏隐，不可名状。三州依约在目。从颠顶别径而下，树木丛杂，侧身低首，始免挂罥（juàn）[⑤]。

入昙花庵，庵有老僧，长眉卷发，若身（yuān）毒国人[⑥]，见客无酬接礼。问以王阮亭尚书曾至此间，曾留遗迹与否。僧言幼即挂瓢于此[⑦]，垂七十年，未见有官人至此山，亦不知王为何人也。因思阮亭为风雅总持，语妙天下，而手版匆忙[⑧]，未及亲赴林壑，而领略其胜者；又无诗笔通灵，足以发挥湖山之胜。古今来如此者可胜数耶！怅然久之。山相接为法华，为钵（bó）盂，以日晚不及更游，仍从渔洋湾觅故道归。

于时村落中炊烟浮动，白云欲还，遥望梅花岭，如残雪满山，而夕阳一抹，晃漾其际，倍觉冷艳可爱。久之，返还玄阁，将黄昏矣。灯下濡（rú）笔作记，恐如东坡所云，清景一失[9]，后难摹也。时戊子春清和月二日[10]。

①渔洋山：在江苏无锡太湖之滨。②王阮亭：王士祯，字阮亭，号渔洋山人。顺治进士，官至刑部尚书。文名极盛，门生众多，为当时文坛领袖。③董文敏：董其昌，字玄宰（清避康熙讳，改玄为元），号思白、香山居士，华亭（今上海松江）人。官南京礼部尚书，谥文敏。是明代著名的书画家。④窅然：深远的样子。⑤挂罥：缠挂。⑥身毒国：古印度的别译。⑦挂瓢：比喻隐居避世。⑧手版：即笏，古代大臣朝见时手中所作的狭长板子，这里代指做官。⑨清景：清朗美好的景色。苏轼《腊日游孤山，访惠勤、惠思二僧》诗的最后一句：“清景一失后难摹。”⑩清和月：阴历四月的别称，此时天气清明和暖，故称。

游虞山记[1]

虞山去吴城才百里，屡欲游，未果。辛丑秋，将之江阴[2]，舟行山下，望剑门入云际，未及登。丙午春，复如江阴[3]，泊舟山麓，入吾谷，榜人诡曰：“距剑门二十里。”仍未及登。

壬子正月八日，借张子少弋、叶生中理往游，宿陶氏。明晨，天欲雨，客无意往，余已治筇（qióng）屐[4]，不能阻。自城北沿缘六七里，入破山寺，唐常建咏诗处[5]，今潭名空心，取诗中意也。遂从破龙涧而上，山脉怒坼（chè）[6]，赭石纵横，神物爪角痕[7]，时隐时露。相传龙与神斗，龙不胜，破其山而去。说近荒惑，然有迹象，似可信。行四五里，层折而度，越峦岭，跻蹬道，遂陟椒极[8]。有土垤（dié）魄礧[9]，疑古时冢，然无碑碣志谁某。升望海墩，东向凝睇。是时云光黯黮（dàn）[10]，迷漫一色，莫辨瀛海。顷之，雨至，山有古寺可驻足，得少休憩。雨歇，取径而南，益露奇境；龈腭摩天[11]，崭绝中断，两崖相嵚[12]，如关斯辟，如刃斯立。是为剑门。以剑州、大剑、小剑拟之，肖其形也。侧足延伫[13]，不忍舍去。遇山僧，更问名胜处。僧指南为太公石室；南而西为招真宫，为读书台；西北为佛水岩，水下奔如虹，颓风逆施，倒跃而上，上拂数十丈。又西有三沓石、石城、石门，山后有石洞通海，时潜海物，人莫能名。余识其言，欲问道往游，而云之飞浮浮，风之来洌洌，时雨飘洒，沾衣湿裘，而余与客难暂留矣。少霁，自山之面下，困惫而归。

噫嘻[14]！虞山近在百里，两经其下，未践游屐。今之其地矣，又稍识面目，而幽邃窈窕，俱未探历，心甚怏怏。然天下之境，涉而即得，得而辄尽者，始焉欣欣，继焉索索[15]，欲求余味，而了不可得；而得之甚艰，且得半而止者，转使人有无穷之思也。呜呼！岂独寻山也哉！

①虞山：在江苏常熟西北。②之：到。江阴：县名，今江苏江阴，在长江南岸。③如：往。④筇屐：竹杖与木鞋。⑤常建：唐诗人，有《破山寺后禅院》诗："清晨入古寺，初日照高林。竹径通幽处，禅房花木深。山光悦鸟性，潭影空人心。万籁此俱寂，惟闻钟磬声。"⑥坼：裂开。⑦神物：指龙。⑧椒极：山顶。⑨土垤：小土山。魄礧：高低不平貌。⑩黯黮：不鲜明，模糊。⑪龈腭：牙龈与口腔上下肉。⑫嵚：山高貌。⑬侧足：因畏而不敢正立。延伫：久立。⑭噫嘻：感叹词。⑮索索：没有兴味。

孙嘉淦

孙嘉淦（gàn）（1683—1753），清山西兴县人，字锡公，号懿斋。康熙进士。雍正年间历任国子监祭酒、吏部侍郎等官。乾隆初升任都察院左都御史兼吏部侍郎，上《三习一弊疏》，对高宗提出谏正。后任直隶总督，抑制豪强，兴修水利，累官至礼部尚书、协办大学士。有直谏名。治理学，著有《诗经补注》《南游记》。

南游记（节录）

一　卢沟桥

过卢沟桥[①]，至琉璃河。卢沟者，桑乾也[②]；琉璃河者，圣水也[③]。南有昭烈故居，又有郦道元宅，注《水经》之所也。南至白沟。昔宋、辽分界之处。

①卢沟桥：在北京市西南，跨永定河上。初建于金世宗二十九年（1189），成于明昌三年（1192）。长二百余步，由十一孔石拱组成，桥旁石栏上有精刻石狮四百八十五头，姿态各殊，生动雄

伟。金元以来，为京师交通要道。“卢沟晓月”为燕京八景之一。②桑乾：水名。源出山西马邑县桑乾山。东入河北及北京市郊外，下流入大清河（即今永定河）。③圣水：水名。今河北市房山县之琉璃河。《水经注》十二《圣水》：“圣水出上谷……水出郡之西南圣水谷。”

二　齐河

东南至齐河[①]。自涿（zhuō）州背西山而南[②]，七日走九百里，极目平畴，至齐河始见山。齐河水清，抱县城如碧玉环，石桥跨之，两岸桃柳，新绿嫣红，临水映发。为徘徊桥上者移时[③]。

①齐河：县名，属山东省。②涿州：地名，属河北省。③移时：少顷，一段时间。

三　望泰山

南四十里曰开山。遂入山。途中矫首欲望东岳[①]，而适微雨，云山历乱[②]，时于云外见高峰，以为是矣。曾不数里，又有高者。午后，见一峰，甚高，怪石突起，烟峦拥护，谓必是矣。已而川势东开，山形北转，远而望之，更有高者。盖余从泰山之北来，午前见背，午后见臂；至泰安州[③]，始当其面，而又值云封，故终日望而未之见也。

次早，欲上。土人云[④]：“不可。山顶有娘娘庙；领官票而后得入。票银人二钱，曰香税。”夫东岳自有神，所谓娘娘者，始于何代，功德何等[⑤]，愚民引夫妇奔走求福，为民上者，既不能禁，又因以为利。不得已，亦领票。得票，欲上；土人又云："不可。山之高四十里，穷日乃至其巅；兹向午，已迟，且天阴，下晴，上犹阴；下阴，上必雨。雨湿，风冷，请以异日[⑥]。"

①东岳：泰山。又名岱宗、岱岳。或省称为岱。《诗·大雅·崧岳》："崧高维岳"，汉毛亨《传》："岳，四岳也。东岳岱，南岳，西岳华，北岳恒。"②历乱：混杂。③泰安：州、府名，属山东省。④土人：当地人。⑤功德：功业与德行。⑥请：犹愿。含有恳求的意思。

四　圯桥

滕（téng）县在邹南，地平旷，可以行"井田"[①]。滕南有峄山，始皇刻石其上[②]。峄东有陶河，过陶河，至邳州，下邳（pī），乃子房击秦后潜匿之所[③]。又，项籍者，下相人也，下相，在邳州。昔曹操决水灌吕布于下邳，今其城在山，不可灌。予尝徘徊其地，求下邳、下相之故城，及圯（yí）桥进履之所[④]，而土人皆无知者。

①井田：相传古代社会的一种土地制度。以方九百亩的地为一里，划为九区，其中为公田，八家均私田百亩，同养公田。因形如井字，故名。②始皇刻石：秦始皇二十八年巡行时登峄山所刻，歌颂秦的功德。③子房击秦：张良，汉韩人，字子房。曾结纳刺客，椎击秦始皇于博浪沙，未遂，逃匿下邳。④圯桥进履：圯桥，即沂

水桥。在今江苏邳州南。张良曾在此桥上遇到黄石公；黄石公故意将鞋子掉在桥下，叫张良拾起来给他穿上。

五　高邮

淮安南曰宝应，宝应南曰高邮。地多湖，四望皆水。高邮以南，始见田畴。江北暮春，似河北之盛夏[①]，草长成茵[②]，麦秀成浪，花剩余红，树凝浓绿，风景固殊焉。

①河：黄河。②茵：坐褥。

六　扬州

南至于扬州。扬州自古繁华，地当南北水陆之冲，舟车辐辏（fú còu）[①]，士女游冶[②]，兼以盐商聚处，僭（jiàn）拟无度[③]，流俗相效，竞以奢靡，此其弊也。城内无可观。隋宫、迷楼、二十四桥之胜迹[④]，今皆不存。琼花观内[⑤]，止余故址。城北有天宁寺[⑥]，谢东山之别业也。其西偏曰杏园。余尝寓杏园之僧舍，竹树蓊郁，池台清幽，想见王、谢风流。杏园东曰虹桥，园亭罗列水次，游人棹酒船于其中。虹桥之北，则蜀岗也。欧阳文忠公建平山堂于其上[⑦]。堂右，有大明寺井，昔张又新作《煎茶水记》[⑧]，谓：扬子江中，冷泉第一，惠山石泉第二，虎丘石井第三，丹阳寺井第四，扬州大明寺井第五，即此是也。

①辐辏：车辐集中于轴心。喻人或物聚集一处。②游冶：又作

“冶游”。野游。③僭：过分。④隋宫、迷楼、二十四桥：均为扬州的名胜古迹。⑤琼花：花木名。叶柔而莹泽，花色微黄而有香。旧扬州后土祠有琼花一株，相传为唐人所植，宋淳熙以后，多聚八仙（八仙花）接木移植，为稀有珍异植物。⑥天宁寺：在江苏扬州市城北。本为晋太傅谢安别墅，后舍建谢司空寺。⑦欧阳文忠公：即欧阳修。⑧张又新：唐深州人。字孔昭。为性倾邪，谄事丞相李逢吉，为之鹰犬，名在八关十六子之目。官至左司郎中。善诗，恃才多所凌侮，其淫荡之行卒见于篇。性嗜茶，恨在陆羽后，自著《煎茶水记》一卷。

七　无锡

自丹阳西见山绵亘百余里，至无锡，曰九龙山，其南峰曰惠山。惠山之东，曰锡山，峰峦皆秀丽。登惠山，饮石泉，清洌而甘且厚。下视无锡，群山拱峙，众水环流。名酒、嘉鱼，菱、藕之薮（sǒu）[①]，乐土也。昔泰伯择居于此[②]。惠山之南曰夫椒，夫差（chāi）败越之所也[③]。夫椒之南曰阳山，越败夫差之地也。

①薮：比喻人或物聚集的地方。②泰伯：即吴太伯。周族古

公亶父长子。古公欲传位给幼子季历，再传季历之子姬昌（周文王）。泰伯与弟虞仲得知，遂避让，逃于荆蛮。后定居吴地，文身断发，融入吴人生活，受吴人拥戴，建立国家，称句吴（金文作攻部）。为吴国之始祖。③夫差：春秋末吴国君。吴王阖闾子。阖闾为越王勾践所伤而死，夫差嗣立，誓报父仇，大败越于夫椒。夫椒，山名。一名苞山。即今洞庭西山，在太湖中。

八　富阳

自杭州溯浙江，至于富阳。富阳之山，雄壮似燕、秦诸塞（sāi）[①]，而青翠过之[②]。富阳以南，川势渐窄，两山对峙，一水中流，群峰倒影，上下皆青。出橦梓关，势渐开，远近布列，山皆妍媚。桐君山陡立江岸，其南，内拓（tà），开一平原，石壁环峙，如天生城阙（què），则桐庐也。阻山，临水，居民在山水之间，瓦青，墙白，纤尘不染。其清华朗润，令人神恬[③]。

①塞：边界，险要之处。亦多指山。②翠：青绿色。③恬：安静。

九　鸬鹚原

南至鸬鹚原。山势怪特，峰峦岔（chà）涌[1]，密峙，骈（pián）植[2]，束江流如一线。入原口，转而西，则富春也。南北皆山，其中皆水，不余寸土。两钓台在北山下，石峰直起而顶方，旁有子陵祠。凡钓台左右之山，其巅皆有流泉；锦峰缥缈，上入高青；怪石峥嵘，下临沉碧；瀑流喷薄，堕玉，飞珠；涧水，层波，调笙，鼓瑟。高山流水之观止矣。尝忆陶隐居语云[3]："高峰入云，清流见底。两峰石壁，五色交辉。青林翠竹，四时俱备。晓雾将歇，猿鸟乱啼。夕日欲颓，沉鳞兢跃。"实欲界之仙都[4]，惟此地足以当之。西至严州，高山四塞，大水环周。可称天险。

①岔涌：山脉分岐的地方。所谓"山岐曰岔"。②骈：并列，

对偶。③陶隐居：陶宏景。④欲界：佛教所称三界中的第一界。为地狱、饿鬼、畜生、修罗、人间及六欲天（四天王天、忉利天、夜摩天、兜率陀天、化乐天、他化自在天）的总称。以此界众生都贪恋食、色、眠等诸欲，故名。

十　兰溪

南入横溪，至于兰溪。自杭州至兰溪，四百余里，冈峦绵亘，雄于富阳，清于桐庐，奇于富春，秀于兰溪。人在舟中，高视，远眺，不能坐卧[①]；偶值偃仰，两岸之山，次第从船窗中过，如画图徐展。舟行之乐，无踰于此。

①不能坐卧：谓舍不得不看。犹言忙得无暇坐卧。

十一　滕王阁

出湖（鄱阳湖），入章江[①]，至南昌。登滕王阁。章江南来，渺弥极目；彭蠡（lǐ）北汇[②]，烟波万顷；东望平畴，天垂野阔；连峰千里，西列屏障，所谓“西山暮雨，南浦朝云，霞鹜（wù）齐飞，水天一色[③]。”盖实录也。南昌阻风，泊舟于生米渡。次早，渡江，几至不测。语曰：“安不忘危。”又曰：“千金之子，坐不垂堂[④]。”余自维扬登舟，过扬子，泛吴淞，涉钱塘，溯桐溪，经鄱阳；在舟数月，侥倖无恙，习而安焉；设非遭此，遂安其危而忘垂堂之戒也，岂可哉！

①章江：江西赣江的西源。源出崇义县聂都山。东北流经大庾、南康，入赣县，与贡水合流为赣江。古称豫章水，亦名南江。②彭蠡：湖名，在江西省，即今鄱阳湖。隋时因湖接鄱阳山，故又名鄱阳湖。③这是对唐王勃《滕王阁序》中句的改写。④垂堂：堂屋檐下。因檐瓦落下可能伤人，比喻危险的境地。《史记·袁盎传》："臣闻千金之子，坐不垂堂。"千金之子：指富贵人家的子弟。

十二　湖南

至芦溪[①]，乃陆走，过萍乡，复登舟，经醴陵，出渌（lù）口[②]，至湘江，入湖南境。右江风俗[③]，胜于三吴[④]、两浙，男事耕耘，兼以商贾，女皆纺织，所出麻枲（xǐ）绵葛松杉鱼虾米麦[⑤]，不为奇技淫巧，其勤俭习事，有唐魏之风[⑥]，独好诈而健讼，则楚俗也。湘江之水深而文，两岸之山秀而雅。草多茅菅（jiān）[⑦]，扶疏猗（yī）靡[⑧]，皆有蕙薄丛兰之致[⑨]。每当"五岭"朝霞，"三湘"夜雨，或光风转蕙[⑩]，皓月临枫，吟《离骚》《九歌》《招魂》之句；如睹泽畔之憔悴也，如逢芰衣荷裳之芳泽也[⑪]，如闻湘灵、山鬼之吟啸悲啼也。

①芦溪：水名，亦县名。在江西省西部、袁水上游。今属萍乡市。②渌口：在湖南醴陵县西境，为渌水入湘江之口，故名。③右江：即江右。指长江下游以西地区。后来称江西为江右。④三吴：具体地点说法不同，大致是指苏南浙北一带。⑤枲：不结子的大麻，也作麻的总称。葛：做成布，称为夏布。⑥唐魏：指山西省。唐，诸侯国名，周成王封弟叔虞于唐，今山西兴城县西有古唐城。

魏，诸侯国名，姬姓，在今山西芮城县。⑦茅菅：又叫“菅茅”。茅草。一物二名。⑧扶疏：茂密貌。猗靡：随风飘动。⑨蕙薄：蕙草与薄荷。香气如蘼芜，古人认为佩之可以避疫。以产于湖南零陵者为最著名，故又名“零陵香”。屈原《离骚》：“余既滋兰之九畹兮又树蕙之百亩。”丛兰：丛生的兰花。比喻美好的人、物。⑩光风：雨止日出、日丽风和的景象。⑪芰衣荷裳：用芰叶与荷叶制成的衣裳。屈原《离骚》：“制芰荷以为衣兮，集芙蓉以为裳。”后用以指隐者的服装喻生活高洁。

十三　长沙

北至于长沙。城东有云母山。《列仙传》云：“星沙、云母，服之长生”者也。城北曰罗洋山。城南曰妙高峰。湘江在城西。水西有岳麓山。《志》曰“衡山七十二峰，回雁为首，岳麓为足”是也。其颠有道乡台。昔邹志完谪长沙[①]，守臣温益逐之，雨夜渡湘，宿于此，后张敬夫为之筑台，朱子题曰“道乡”，道乡者，志完之别号也。闻志完初谪时涕泣，其友怒曰：“使志完居京师，得寒疾，不汗，五日死矣，独岭南能死人哉？”由今观之，向与志完同时在京师者，皆已湮没，而志完以谪，特传。亦可以知所处矣。道乡台下，有岳麓寺碑，李北海所书也。凡地之美恶，视乎其人，不择地而安之，皆可安也。予过“五岭”，泛“三湘”，望九疑，历百越[②]，皆古迁客骚人痛哭流涕之所入而游焉，瘴花善红[③]，蛮鸟能语，水清，石怪，皆有会心。比及长沙，山林雅旷，水土平良，已如更始余民[④]，复睹司隶雍容[⑤]。贾太傅乃不自克而抑郁以死[⑥]。语云：“少不更（gēng）事。[⑦]”太傅有焉。

①邹志完：邹浩，宋晋陵人。字志完。元丰进士。哲宗朝为右正言。累上疏言事。章惇独相用事。浩露章数其不忠。因削官，羁管新州。徽宗立，复为右正言。累迁兵部侍郎。两谪岭表。复直龙图阁。卒谥忠。有道乡集。学者称道乡先生。②百越：亦作“百粤”。我国古代民族名，又地名。古南方之国，以越为大，自勾践六世孙无疆为楚所败，诸子散处海上，其著者，东越无诸，都东冶，至漳泉为闽越。东海王瑶，都于永嘉，为瓯越。自湘、漓而南，为西越。牂牁西上邕、雍、绥、建，为骆越。江、浙、闽、粤之地，皆为越族所居，故称百越。③瘴花：两广有瘴气；瘴花是指那里的花。④更始：重新开始。余民：指罪犯。⑤司隶：官名。《周礼》秋官之属。负责管理奴隶、俘虏以给劳役，捕盗贼。雍容：谓容仪温文。⑥贾太傅：贾谊，汉洛阳人。以年少通诸家书，文帝召为博士，迁太中大夫。谊改正朔，易服色，制法度，兴礼乐。又数上疏陈政事，言时弊，为大臣所忌，出为长沙王太傅，迁梁怀王太傅而卒，年三十三。世称贾太傅。自克：犹言“克己”。约束克制自身的言行和私欲等，使之合乎某种规范。⑦少不更事：年轻阅历世事不多。更，经历。

十四　岳阳楼

北至巴陵[①]。岳阳楼在巴城上，而今不存矣。予登其址而望焉：见君山秀出。其东曰扁山，又东曰九黾山，皆在湖中。城南曰白鹤山。其侧有天岳岭，上有吕仙亭，亭前有岳武穆庙。昔武穆克期八日平杨么于洞庭，居人德而祀之。庙貌魏然[②]，据湖山之胜。夫岳阳为纯阳三过之所，宋滕子京重修之[③]，范文正公作记，苏子美书[④]，邵竦（sǒng）篆额[⑤]：当其盛时，仙灵之所往来，贤士大夫所歌咏，今皆为荒榛，蔓草，颓垣，文墨之士无论矣。纯阳有仙术，亦不能留其所爱；武穆蹇蹇[⑥]，雉（zhì）罹（lí）于罗，徒以忠义之性，结于人心，而遗迹独存。然则人之不死，固自有道矣。在巴陵阻风，五日，所谓“阴风怒号，浊浪排空，薄暮冥冥，虎啸猿啼”者，吾又见之矣。

①巴陵：郡名。郡治在今湖南岳阳。②庙貌：宗庙中所供的祖先形像。③滕子京：滕宗谅，宋河南人。字子京。与范仲淹同举进士。累官殿中丞。庆历中以仲淹荐天章阁待制。坐事谪守岳州。迁知苏州卒。宗谅尚气，倜傥自任。好施与。及卒，家无余财。④苏子美：苏舜钦，宋梓州铜山人。字子美。景祐元年进士。召为集贤校理监进奏院，以祠神奏用故纸钱会客而除名。工于散文。诗歌奔放豪健，风格清新，与梅圣俞齐名。亦善草书。为权势忌恨而被贬逐。后退居苏州，营造沧亭，自号沧浪翁。⑤邵竦：宋丹阳人。素有节行。精于篆书。范仲淹尝称许之。王琪守润，荐于朝。赐号冲素处士。篆额：于碑头处篆书碑名。⑥蹇蹇：忠直貌。通“謇謇”。

史震林

史震林（1692—1778），清代文学家。

字公度，号梧冈，或作岵冈、悟冈、瓠冈，江苏金坛人。乾隆初进士，官淮安府学教授。工诗文，善书画。有《华阳诗稿》《华阳散稿》《西青散记》等。

西青散记（节录）

一　过樊川[①]

玉函自横村唤渡[②]，过樊川，闻姑恶声[③]，入破庵，无僧。累砖坐佛龛（kān）前，俯首枕双膝听之，天且晚，题诗龛壁而去。姑恶者，野鸟也，色纯黑，似鸦而小，长颈短尾，足高，巢水旁密篠（xiǎo）间，三月末始鸣，鸣自呼[④]，凄急。俗言此鸟不孝妇所化，天使乏食，哀鸣见血，乃得曲蟺水虫食之。鸣常彻夜，烟雨中声尤惨也。诗云："樊川塘外一溪烟，姑恶新声最可怜。客里任他春自去，阴晴休问落花天。"

①樊川：水名。在今陕西西安南。其地本杜县樊乡，汉樊哙食邑于此。川因以得名。②玉函：即段玉函，号怀芳子，自刻小印曰情痴。③姑恶：鸟名。④鸣自呼：即自呼其名。

二　栖霞港[①]

是时六月十三日也。夜宿江口[②]，天无纤云，明月满舟，倚樯（qiáng）缓酌，长笛数声，与江风俱至。命绣君赋诗，应声而成。

明日渡江，循栖霞港而西，港之南，皆乱山，港甚狭，仅通小舟，两岸竹树数十里蔽舟，江风穿竹树，入篷底，时闻杂香，盖山花也。于是乃入栖霞山[3]。

①栖霞港：水名，在南京市北面长江边。②江：长江。③栖霞山：又名摄山，在江苏省南京市东北。山上特多枫树，是我国三大看红叶的胜地。

三　下乡

家郇（huán）雨弟，读书山中。立夏后访之，不知其途，逢人辄问之。稍任意，旋误他径。棘花丛开坂岸旁[1]，如雪，采一二朵，行且嗅之，香味甘异。至小桥，山人呼之曰略彴（zhuó），过此少人，见歧路，惑焉，乌犍（jiān）卧柳荫[2]，童子倚其腹而睡，柴门在深树间[3]，犬见客甚驯，老妇方绩，余问此何里。耳聩（kuì）不闻，去之。

至一村，屋数椽，茅瓦相半，篱之角，蔷薇覆地，老翁呼余坐，开已久，不禁风，风稍吹，即纷纷飞就人也。跛者刈麦负而归，呼其妇，妇出，姣好，徐布麦，布已，鞭其穗，纤手玉色，娇怯可怜，见客从容，未尝流盼。跛者脱衣坐树下，癣疥鳞次[4]，爬搔不已，呼妇取饮，妇唯，持饮奉跛者，容色甚和，余敬叹之。

①棘：泛指有刺的草木。也指丛生的小枣树。坂：山坡。②犍：阉过的牛。③柴门：用柴做的门。言其简陋。也用以指贫寒之家。

④癣疥：皮肤病。即癣疮与疥疮。

四　采棉花

前岁自西山归湖上，携稚儿采棉于村北。秋末阴凉，黍稷（jì）黄茂[①]，早禾既获，晚菜始生，循田四望，远峰一青，碎云千白。蜻蜓交飞，野虫振响，平畴长阜，独树破巢，农者锄镰异业，进退俯仰，望之皆从容自得。

稚儿渴，寻得余瓜于虫叶断蔓之中，大如拳，食之生涩。土蝶（zhé）飞掷[②]，翅有声激激然，儿捕其一，旋令放去。

晚归，稚儿在前，自负棉徐步随之，任意问答，遥见桑枣下夕阳满扉，老母倚门而望矣。

①黍稷：谷物名。黍黏，稷不黏。②土磔：虫名，又名土蠡、土蛨蚝。即灰蚱蜢。

五　儿时回忆

忆三四岁时，最喜猬（wèi）。猬刺如栗房，见人则首尾相就如球。啼时见猬即喜笑，以足蹴（cù）之辘辘行[①]。获乳兔二，抱而眠，饲以豆叶，不食而死，哭之数日。

八九岁，独负筐采棉，怀煨饼[②]，邻有儿，名中哥，长一岁。呼中哥为伴，坐棉下分煨饼共食之。棉内种芝麻，生绿虫，似蚕而大，撚（niǎn）之相恐吓[③]，中哥作骇态，蹙（cù）额缩颈以为笑。

后虽长，常采棉也。采棉日宜阴，日炙败叶，屑然而脆，粘于花。天晴，每承露采之，日中乃已。或兼采杂菽（shū）[④]，棉与菽相和筐中，既归，乃别之也。幼时未得其趣。

①辘辘：象声词。原指车声。②煨饼：米饼。置饼火中，煨之令熟。③撚：执，以手指持物。④菽：泛指豆类。

吴敬梓

吴敬梓（1701—1754），清代小说家。字敏轩，号粒民，晚号文木老人、秦淮寓客，安徽全椒人。雍正诸生。早年生活豪纵，后家业衰落，移居江宁（今江苏南京）。乾隆初荐博学鸿词，托病不赴，穷困以终。工诗词散文，尤以长篇小说《儒林外史》成就最高。又有《文木山房集》《文木山房诗说》等。

文木山房诗说（节录）

一　杏花村

贵池有杏花村[①]，以杜牧‘牧童遥指’之句得名也。金陵亦有杏花村，在城中西南隅凤凰台下，无所谓村也。然居民丛集，烟火万家，机杼之声相闻，染练之砧（zhēn）不断[2]，锦绣成坊，足胜杏花春色。又余地傍城闉（yīn）者，或为园囿，或种松竹，亦微有城市山林之意。昔亦曾种杏百余株，以擬佳名，但开谢不常，盛衰迭（dié）见，惟因其名以髣髴之云耳。

红雪笼花坞，青烟扑酒帘。

茅屋四五家，新蒭（chú）悬步檐。

清旷屏氛杂，稔知非闾阎（yán）[3]。

但见春骀（dài）荡，不见雨廉纤[4]。

①贵池：县名，今安徽省池州市。《中国名胜词典》："杏花村在安徽贵池县西郊。古有酒肆，产名酒。唐诗人杜牧任池州刺史时，有'清明时节雨纷纷，路上行人欲断魂。借问酒家何处有，牧童遥指杏花村'一诗，即指此。"②砧：捣衣石。亦作炼丝炼绸之用。南京以产"宁绸"闻名。③闾阎：泛指民间。④廉纤：细微，纤细。

二　燕子矶[1]

观音山东北，一石吐江濆（fén），三面悬壁崿（è）绝[2]，势欲飞去，则燕子矶也。观音岩怪石礧（léi）垂[3]，苍黛参差，上接云霄，而大江自龙江关西来，直过其下。观音阁亦傍岩就江，朱阑凭之，瞰江若在楼船顶上立。

行客至此，入观音港，舍舟登岸，即壮缪庙。先至水云亭，入祠，左则大观亭，坐石磴，临江已觉苍茫无际。又扪松萝拾级以上[④]，矶颠有小亭名俯江，从石罅（xià）下窥，犹见江转矶底。盖至此金陵地脉已尽，其上则采石矶之险，下则金、焦、北固之胜，北趋邗（hán）沟[⑤]，则平衍无山。故北行者多勾留，而南归者至多喜色也。

石戴土山砠，凌空飞燕子。
孤根荡地轴，不信深五里。
归客一开颜，太息江山美。
亭亭阁上松，淼淼（miǎo miǎo）岩下水。

①燕子矶：地名，在南京市北面靠近长江边。②峭绝：山崖陡削。③礌垂：石块倒挂。④松萝：地衣类植物。常寄生松树上，丝状，蔓延下垂。⑤邗沟：水名。即邗江，为江苏境内自扬州市西北至淮安县北入淮河的运河。

三　莫愁湖[①]

出三山门外半里许，有莫愁湖，相传妓名莫愁者居此，因以为名。然梁武帝诗云："雒（luò）阳女儿名莫愁"，则不应在此。其所以传闻者，以石城二字[②]。按楚有石城，莫愁居之，亦非此石城也。

今其地广数顷，水色潆洄，石城横亘于前，江外诸峰，遥相映带。中有梁氏园亭，盛夏轩窗四启，清风徐来，令人忘暑，殊不羡渊明北窗下也[③]。又按湖在前明为徐中山王园[④]，盖与贺鉴后先可媲（pì）美云。

美人不可见，搔首望天末，
蔓草潆裙带，繁华点妆颏（è）。
遥望风潭清，渐见溪堂豁。
野水飞鸳鸯，乔木鸣鸧鸹（cāng guā），
当风抚层楹（yíng），湖外山一抹。

①莫愁湖：湖泊名，在南京市西面。②石城：《旧唐书·音乐志》："《莫愁乐》出于《石城乐》。石城有女子名莫愁，善歌谣。……故歌云：'莫愁在何处？莫愁石城西。艇子打两桨，催送莫愁来。'"③北窗下：《晋书·隐逸传》："尝言夏月虚闲，高卧北窗之下，清风飒至，自谓羲皇上人。"④徐中山：即徐达。明濠人。字无德，世业农。初为郭子兴部将。后助朱元璋起兵，与常遇春屡建战功。累官中书右丞相，封魏国公。死后追封中山王。莫愁湖有胜棋楼，相传明太祖与徐中山在此下棋，明太祖输了，就将此楼送给徐中山，据说至今湖租，犹为徐氏世业。

袁　枚

袁枚（1716—1798），字子才，号简斋、随园老人。浙江钱塘（今浙江杭州）人。清乾隆进士，曾任溧水、江寨等地知县。辞官后侨居江宁小仓山，号随园。为人不拘礼法，论诗主张抒写性灵，创"性灵说"，对儒家诗教表示不满。晚年喜游山水，为文清新畅达。著有

《小仓山房集》《随园诗话》等。

游桂林诸山记

凡山离城辄远，惟桂林诸山，离城独近。余寓太守署中，晡（bū）食后即于于焉而游[①]。先登独秀峰，历三百六级诣其巅，一城烟火如绘。北下至风洞，望七星岩[②]，如七穹龟团伏地上[③]。

此日过普陀，到栖霞寺。山万仞壁立，旁有洞，道人秉火导入。初尚明，已而沉黑窅（yǎo）渺，以石为天，以沙为地，以深壑为池，以悬崖为幔，以石脚插地为柱，以横石牵挂为栋梁。未入时，土人先以八十余色目列单见示[④]，如狮、驼、龙、象、鱼网、僧磬之属[⑤]，虽附会亦颇有因。至东方亮，则洞尽可出矣。计行二里余，俾（bǐ）昼作夜。倘持火者不继，或堵洞口，如三良殉（xùn）穆公之葬[⑥]，永陷坎窞中，非再辟不见白日。吁，其危哉！所云亮处者，望东首正白。开门趋往扪之，竟是绝壁，方知日光从西罅（xià）穿入，反映壁上作亮，非门也。世有自谓明于理、行乎义，而终身面壁者[⑦]，率类是矣。

次日往南熏亭。堤柳阴翳，山淡远萦绕，改险为平，别为一格。又次日游木龙洞。洞甚狭，无火不能入。垂石乳如莲房半烂，又似郁肉漏脯[⑧]，离离可摘。疑人有心腹肾肠，山亦如之。再至刘仙岩，登阁望斗鸡山，两翅展奋，但欠啼耳。腰有洞，空透如一轮明月。大抵桂林之山，多穴、多窍、多耸、多拔、多剑穿虫齿。前无来就，后无走踪，突然而起，戛（jiá）

然而止，西南无朋，东北丧偶，较他处山尤奇。

余从东粤来，过阳朔[⑨]，所见山业已应接不暇，单者复者、丰者杀（shài）者[⑩]、揖让者角斗者、绵延者斩绝者，虽奇鸧（cāng）九首、貜疏一角，不足喻其多且怪也。得毋西粤所产人物，亦皆孤峭自喜，独成一家者乎？记丙辰余在金中丞署中，偶一出游，其时年少，不省山水之乐。今隔五十年而重来，一邱一壑，动生感慨，矧（shěn）诸山之可喜可愕（è）者哉！虑其忘，故咏以诗；虑未详，故又足以记。

①晡食：晚餐。晡，黄昏时。于于：行动舒缓自得的样子。②七星岩：又名栖霞洞、碧虚岩，在普陀山西侧山腰。七峰列如北斗，故名。③七穹龟：七只隆背的乌龟。穹，中间隆起而四面下垂的形状。④色目：名称项目。⑤僧磬：佛寺中铜制的钵状乐器。⑥三良殉穆公：穆公，即秦穆公。秦穆死时，以子车氏的三个儿子奄息、仲行、鍼虎为殉。秦人作《黄鸟》之诗以哀之，称为“三良”。⑦面壁：也说“面墙”。喻不学，如面向墙而一无所见。⑧郁肉：腐臭变质的肉。漏脯：隔夜的肉。⑨阳朔：县名，属广西。以县北阳朔山而得名。风景秀丽，有“阳朔山水甲桂林”之称。⑩杀：凋落，削减。

游武夷山记[①]

凡人陆行则劳，水行则逸。然山游者，往往多陆而少水。惟武夷两山夹溪，一小舟横曳（yì）而上，溪河湍（tuān）激，助作声响。客或坐或卧，或偃（yǎn）仰，惟意所适，而奇景尽获，洵（xún）游山者之最也。

余宿武夷宫下幔亭峰，登舟，语引路者曰：“此山有九曲名[2]，倘过一曲，汝必告。”于是一曲而至玉女峰。三峰并肩，睪（gāo）如也[3]。二曲而至铁城障[4]，长屏遮迣（zhì），翰音难登。三曲而至虹桥岩[5]，穴中庋（guǐ）柱拱百千，横斜差参，不腐朽，亦不倾落。四五曲而至文公书院[6]。六曲而至晒布崖。崖状斩绝，如用倚天剑截石为城，壁立戍削[7]，势逸不可止。窃笑人逞势[8]，天必夭阏之，惟山则纵其横行直刺，凌逼莽苍[9]，而天不怒，何耶？七曲而至天游[10]。山愈高，径愈仄，竹树愈密。一楼凭空起，众山在下，如张周官王会图，八荒蹲伏；又如禹铸九鼎，罔象夔（kuí）魈（xiāo）[11]，轩豁成形。是夕月大明，三更风起，万怪腾逴（chuō），如欲上楼。揭炼师能诗，与谈，烛跋，旋即就眠。一夜魂营营然，犹如烟云往来。次早至小桃源、伏虎岩，是武夷之八曲也。闻九曲无奇，遂即自崖而返。

嘻！余学古文者也，以文论山，武夷无直笔，故曲；无平笔，故峭；无复笔，故新；无散笔，故遒（qiú）紧。不必引灵仙荒渺之事[12]，为山称说，而即其超隽之概，自在两戒外[13]，别竖一帜。余自念长（zhǎng）且衰，势不能他有所往。得到此山，请叹观止。而目论者，犹道余康强，劝作崆峒、峨眉想，则不知王公贵人，不过垒拳石，浚盈亩池，尚不得朝夕玩游。而余以一匹夫，发种种矣，游遍东南山川，尚何不足于怀者？援笔记之，自幸其游，亦以自止其游也。

①武夷山：在福建省武夷山市南，面积近1000平方千米，四面溪谷环绕群峰壁立，有九曲溪、三十六峰等名胜。②九曲：九曲溪，发源于三保山，经星村入武夷山，折为九曲，到武夷宫前汇于崇溪，盘绕山中。武夷山中的名胜古迹多集中在这一带。③罼如：高貌。如，助词。④铁城障：即铁板障。在玉女峰与大王峰之间横亘的一堵黛色岩石。翰音：飞向高空的声音。⑤虹桥岩：在三曲，在悬崖隙洞中架设桥板，历千年之久，蔚为壮观。⑥文公书院：又称晦庵精舍、隐屏精舍，在五曲，为朱熹学处，朱熹死谥文公，故名。⑦戌削：原意是清瘦，这里作尖削用。⑧窃笑：私下讥笑、暗笑。逞势：炫耀权势。⑨莽苍：空旷无际貌。借指苍天。形容山高直指苍天。诚如王思任在《历小洋记》中所谓“天为山欺”。⑩天游：天游峰在五曲隐峰后，巍然高耸，独出群峰常有云弥，登山顶观云海，如在天上游，故名。⑪王会图：古代天子朝会诸侯图。这里形容从天游峰居高临下所见之景，看众山形状犹如打开一张周官拜见周天子的图卷一样。禹铸九鼎：传说夏禹用九州贡金作九鼎，作为传国之宝。这里形容众山如九鼎。罔象夔魈：水怪与木石之怪，指鼎上刻着的图案。⑫灵仙荒渺之事：指道家称说天下有三十六洞天，武夷为十六洞天事。⑬两戒：指我国古代疆域的南北界限.为唐释一行提出的我国地理现象特点。北戒相当于今青海、山西、河北、辽宁一线，南戒相当于四川、河南、湖北、湖南、江西、福建一线。

姚　鼐

姚鼐（1732—1815），字姬传，一字梦谷，室名惜抱轩，故亦称惜抱先生。清安徽桐城人。乾隆进士，官刑部郎中。为“桐城派”主要作家，赞成刘大魁提出的拟古主张。以散文著名，文章简洁凝炼。曾编选《古文辞类纂》。著有《惜抱轩全集》。

岘（xiàn）山亭记

金陵四方皆有山，而其最高而近郭者，钟山也[①]。诸官舍悉在钟山西南隅，而率蔽于墙室，虽如布政司署瞻园最有盛名[②]，而亦不能见钟山焉。

巡道署东北隅有废地[③]，昔弃土者，聚之成小阜，杂树生焉。观察历城方公[④]，一日始登阜，则钟山翼然当其前。乃大喜，稍易治巅作小亭，暇则坐其上。寒暑阴霁（jì），山林云物，其状万变，皆为兹亭所有。钟山之胜于兹郭，若独为是亭设也。公乃取见山字合之，名曰岘亭。

昔晋羊叔子督荆州时[⑤]，于襄阳岘山登眺[⑥]，感思今古。史既载其言，而后人为立亭曰岘山亭，以识（zhì）慕思叔子之意[⑦]。夫后人之思叔子，非叔子所能知也。今方公在金陵数年，勤治有声，为吏民敬爱，异日或以兹亭，遂比于羊公岘山亭欤？此亦非公今日所能知也。今所知者，力不劳，用不费，而可以寄燕赏之情，据地极小而冠一郭官舍之胜，兹足以贻后人矣，不可不识其所由作也。嘉庆三年四月，桐城姚鼐记。

①钟山：山名，在南京城东北边。②布政司署：省的最高行政长官的官衙。③巡道署：省的副行政长官的官衙。④观察：清代对副行政长官、道员的尊称。历城：今山东济南。⑤羊叔子：西晋大羊祜，字叔子，泰西南城（今山东费县西南）人。他以尚书左仆射都督荆州诸事，出镇襄阳，为灭吴作准备，多有德政。⑥岘山：又名岘首山，在湖北襄阳南，东临汉水，为襄阳南面的要塞。《晋书·羊祜传》："每风景，必造岘山，言咏终日。尝慨然顾谓从事中郎邹湛曰：'自有宇宙，便有此山。由来贤达胜士，登此远望如我与卿者多矣，皆湮灭无闻，使人悲伤。如百岁有知，吾魂魄犹应登此也。'"⑦识：记。慕思：敬仰。《晋书·羊祜传》："襄阳百姓于岘山祜平生游憩之所，建碑立庙。岁时飨祭焉，望其碑者，莫不流涕，杜预因名为堕泪碑。"

沈　复

沈复（1763—1822），清散文家。字三白，号梅逸，江苏长洲（今江苏苏州）人。为人落拓不羁，以游幕、经商为生，嘉庆中曾随齐鲲出使琉球。能文善画，曾以其家居生活和浪游见闻写成自传性纪实散文《浮生六记》六卷，今存前四卷。

浮生六记（节录）

一　吼山

余年十五时，吾父稼夫公馆于山阴赵明府幕中[①]，有赵省斋先生名传者，杭之宿儒也，赵明府延教其子，吾父命余亦拜投门下。遐日出游，得至吼（hǒu）山，离城约十余里，不通陆路。近山见一石洞，上有片石横裂欲堕，即从其下荡舟入，豁然空其中，四面皆峭壁，俗名之曰水园。临流建石阁五椽，对面石壁有“观鱼跃”三字。水深不测，相传有巨鳞潜伏。余投饵试之，仅见不盈尺者出而唼（shà）食焉[②]。阁后有道通旱园，拳石乱矗[③]，有横阔如掌者，有柱石平其顶而上加大石者，凿痕犹在，一无可取。游览既毕，宴于水阁，命从者放爆竹，轰然一响，万山齐应，如闻霹雳声。此幼时快游之始。惜乎兰亭、禹陵未能一到，至今以为憾。

①馆：在官署里任职。②唼：形容成群的鱼、水鸟等吃东西的声音。③矗：耸上貌。

二　苏小小墓

至山阴之明年，先生以亲老不远游，设帐于家[①]。余遂从至杭，西湖之胜因得畅游。结构之妙，予以龙井为最，小有天园次之。石取天竺之飞来峰，城隍山之瑞石古洞。水取玉泉，以水清多鱼，有活泼趣也。大约至不堪者，葛岭之玛瑙寺。其余湖心亭，六一泉诸景，各有妙处，不能尽述；然皆不脱脂粉气[②]，反不如小静室之幽僻，雅近天然。苏小小墓在西泠桥侧，土人指示，初仅半坵黄土而已。乾隆庚子，圣驾南巡曾一询（xún）及。甲辰春，复举南巡盛典，则苏小小墓已石筑其坟，作八角形，上立一碑，大书曰“钱塘苏小小之墓”。从此吊古骚人，不须徘徊探访矣！余思古来烈魄贞魂堙（yīn）没不传者[③]，固不可胜数，即传而不久者亦不为少；小小一名妓耳，自南齐至今，尽人而知之，此殆（dài）灵气所钟[④]，为湖山点缀耶？

①设帐：陈设帷幕。这里是指开课教学。②脂粉气：旧时妇女用脂粉美容，故称柔之风为脂粉气。③烈魄贞魂：刚强、贞洁的女子的灵魂。④灵气：指仙灵之气。

三　断桥

桥北数武有崇文书院，余曾与同学赵缉之投考其中。时值长夏，起极早，出钱塘门，过昭庆寺，上断桥，坐石阑上。旭日将升，朝霞映于柳外，尽态极妍[①]。白莲香里，清风徐来，令人心骨皆清。步至书院，题犹未出也。午后缴卷。偕（xié）缉之纳凉于紫云洞，大可容数十人，石窍（qiào）透日光。有人设短几矮凳，卖酒于此。解衣小酌，尝鹿脯（fǔ）甚妙[②]，佐以鲜菱雪藕。微酗（xù），出洞。缉之曰：“上有朝阳台颇高旷，盍（hé）往一游？[③]”余亦兴发，奋勇登其颠，觉西湖如镜，杭城如丸，钱塘江如带，极目可数百里，此生平第一大观也。坐良久，阳乌将落，相携下山，南屏晚钟动矣。

①尽态极妍：使仪态极尽其美艳。②脯：干肉谓之脯。③盍：副词。何不。

四　绩溪

余年二十有五，应徽州绩溪克明府之招。由武林下“江山船”，过富春山，登子陵钓台。台在山腰，一峰突起，离水十余丈。岂汉时之水竟与峰齐耶？月夜泊界口，有巡检署[①]。山高月小，水落石出，此景宛然。黄山仅见其脚，惜未一瞻面目。绩溪城处于万山之中，弹丸小邑，民情纯朴。近城有石镜山。由山湾中曲折一里许，悬崖急湍湿翠欲滴，渐高，至山腰有一方石亭，四面皆陡壁。亭左石削如屏，青色，光润可鉴人形。俗传能照前生；黄巢至此，照为猿猴形，纵火焚之，故不复现。离城十里有火云洞天，石纹盘结，凹凸巉（chán）岩，如黄鹤山樵笔意[②]，而杂乱无章。洞石皆深绛（jiàng）色。傍有一庵甚幽静。盐商程虚谷曾招游，设宴于此。席中有肉馒头，小沙弥眈眈（dān dān）旁视，授以四枚。临行以番银二元为酬。山僧不识，推不受。告以一枚可易青钱七百余文。僧以近无易处，仍不受。乃攒（cuán）凑青蚨（fú）六百文付之，始欣然作谢。他日余邀同人携榼（kē）再往。老僧嘱：，“曩（nǎng）者小徒不知食何物而腹泻，今勿再与。”可知藜藿（huò）之腹不受肉味[③]，良可叹也。余谓同人曰：“作和尚者必居此等僻地，终身不见不闻，或可修真养静。若吾乡之虎邱山，终日目所见者妖童艳妓耳，所听者弦索笙歌，鼻所闻者佳肴美酒，安得身如枯木，心如死灰哉！”

①巡检：官名。②黄鹤山樵：即元代画家王蒙，浙江吴兴人。字叔明。善画山水，与同时的黄子久、倪云林、吴仲圭被后人称为元代四大画家。③藜藿：两种贫者所食的野菜。

五　黄鹤楼

武昌黄鹤楼在黄鹄矶上，后拖黄鹄山。俗呼为蛇山。楼有三层，画栋飞檐，倚城屹峙，面临汉江，与汉阳晴川阁相对。余与琢堂冒雪登焉[①]。仰视长空，琼花风舞，遥指银山玉树，恍如身在瑶台[②]。江中往来小艇，纵横掀播，如浪卷残叶，名利之心至此一冷。壁间题咏甚多，不能记忆。但记楹对有云：“何时黄鹤重来，且共倒金樽，浇洲渚千年芳草；但见白云飞去，更谁吹玉笛，落江城五月梅花。”

①琢堂：即石韫玉。清江苏吴县人。字执如，一字琢如，号琢堂，又号竹堂，晚号学老人。乾隆五十年（1785）状元，官山东按察使。工诗、善画，尤工隶书，兼擅古文。②瑶台：美玉砌成之台。亦指神话中神仙所居之地。

六　潼关

由河南阌（wén）乡县西出函谷关，有“紫气东来”四字，即老子乘青牛所过之地。两山夹道仅容两马并行。约十里即潼关，左背峭壁，右临黄河。关在山河之间扼喉而起，重楼叠垛极其雄峻，而车马寂然人烟亦稀。昌黎诗曰：“日照潼关四扇开”，殆（dài）亦言其冷落耶？城中观察之下，仅一别驾，道署紧靠北城，后有园圃，横长约三亩。东西凿两池，水从西南墙外而入，东流至两池间，分支三道：一向南，至大厨房，以供日用；一向东，入东池；一向北折西，由石螭（chī）口中喷入西池，绕至西北设闸泄泻，由城脚转北，穿窦而出。直下黄河。日夜环流，殊清入耳。竹树阴浓，仰不见天。西池中有亭，藕花绕左右。东有面南书室三间，庭有葡萄架，下设方石，可弈可饮。以外皆菊畦。西有面东轩屋三间[①]，坐其中可听流水声。轩南有小门可通内室。轩北窗下另凿小池。池之北有小庙祀花神。园正中筑三层楼一座，紧靠北城，高与城齐，俯视城外即黄河也。河之北，山如屏列，已属山西界，真洋洋大观也。

①轩屋：似书房样的高平屋，宽敞明亮。《辞海》解释为“有窗槛的长廊或小室”。

七　华封里

余居园南，屋如舟式，庭有土山，上有小亭，登之可览园中之概。绿阴四合，夏无暑气。琢堂为余颜其斋曰“不系之舟”。此余幕游以来，第一好居室也。土山之间，艺菊数十种，惜未及含葩，而琢堂调山左廉访矣。眷属移寓潼川书院，余亦随往院中居焉。琢堂先赴任。余与子琴、芝堂等无事，辄出游。乘骑至华阴庙。过华封里，即尧时三祝处[①]。庙内多秦槐汉柏，大皆三四抱，有槐中抱柏而生者，柏中抱槐而生者。殿廷古碑甚多。内有陈希夷书福寿字[②]。华山之脚，有玉泉院，即希夷先生化形骨蜕（tuì）处。有石洞如斗室，塑先生卧像于石床。其地水净沙明，草多绛色，泉流甚急，修竹绕之。洞外一方亭，额曰“无忧亭”。旁有古树三株，纹如裂炭，叶似槐而色深，不知其名。土人即呼曰“无忧树”。太华之高不知几千仞，惜未能裹粮往登焉。归途见林柿正黄，就马上摘食之。土人呼止，弗听，嚼之，涩甚，急吐去。下骑觅泉嗽口，始能言。土人大笑。盖柿须摘下，煮一沸始去其涩，余不知也。十月初，琢堂自山东专人来接眷属，遂出潼关，由河南入鲁。

①三祝：即“三多”。《庄子·天地》：“尧观乎华，华封人曰：‘嘻，圣人，请祝圣人，使圣人寿。’尧曰：‘辞。’‘使圣人富。’尧曰：‘辞。’‘使圣人多男子。’尧曰：‘辞。’”旧因以“三多”（多福、多寿、多男子）为祝颂之词。②陈希夷：宋真源人，名抟，字图南。五代后唐长兴中曾举进士不第。先后隐居武当山、华山，自号扶摇子，宋太宗赐号希夷先生。抟有先天图，数传而为周敦颐之太极图，宋人象数之学始于抟。著有《指玄篇》，言导养与还丹之事。

李懿曾

李懿曾（？—1807），字渔衫，清江苏通州（今江苏南通）人，诸生，有《天海楼集》。

游鸡鸣寺[①]

甲寅之秋，七月既望，家立庵学，博招游鸡鸣寺。日未中，两蜻蜓衔尾而进[②]，茶铛（chēng）酒童毕载船头[③]。余手金叵（pǒ）罗[④]，且饮且谐笑。青溪凡几折，约八里许，而抵岸焉。

遂各舍舟蹑屐（jī），三三五五。人影与牧马相杂，平沙渺漫，弥望无际。蒋山龙蟠[⑤]，忽青忽紫，喷云泄雾，半隐半现于茂林丛樾间。亡何，而鸡鸣寺施食台至矣。拾（shè）级聚足，连步以上。一雏僧导我行登南楼，解衣磅礴[⑥]，启轩窗，环眺烟峦，拱揖竹鸡，松鼠出没其间，鵁鶄（jiāo jīng）鸂鶒（xī chì）[⑦]，自青溪飞来，亦螾（yín）缘平野[⑧]，时有钩辀（zhōu）格磔（zhé）之声[⑨]。清风四吹，烦襟顿涤。余戏约诸客作诗，不成者罚以金谷数[⑩]。立庵曰："今兹游颇畅，宜纵目眦（zì）[⑪]，东睋（é）西睇（dì）[⑫]，饱看烟云，胡乃搦（nuò）三寸管作草间虫吟邪？"客曰："唯唯。"遂罢。

已而转回廊，历殿宇，褰（qiān）衣上观音阁。北临玄武湖，则荷叶脱尽，但见叠翠交加，夕阳明灭，秋漪（yī）万顷，山影倒垂。余咏王新城"寒禽将子，蔓草萦烟"之句[⑬]，凄怆悲怀矣。台城一角，半堕榛（zhēn）芜，故址嶷（nì）然[⑭]，依稀可辨。临风怅然，悄然念萧老公雄姿盖世[⑮]，控有江南，晚乃啖鸡子，口苦索蜜不得，千载下犹令人思啮（niè）侯景肉也！方肮脏时，立庵促余曰："行矣，日之久矣。"遂相与下翠微，诣府儒学。至则蓬蒿没人，石赑屃（xì bì）卧草中[⑯]。余辈流连徙（xǐ）倚[⑰]，想见古大司成论说处[⑱]。俄而溪云四起，山雨欲来。舟子促上船，诸客亦兴阑思返。完初范子曰：

“仆少闻十功臣庙在鸡鸣山麓，今幸至此，而不一瞻庙貌、礼法象[19]，可乎？”佥（qiān）曰：“诺。”乃复循石径，过北极阁而西。求所谓十庙者，则已摧颓倾圮，蛛丝鼠迹，纵横于袍笏之间。各唏吁罢去。

既登舟，暝色苍然，月如车轮，推出林外，烟霏遂歛，水光莹莹鉴须发。主人洗盏劝酌，肴核胪（lú）列，剧谈痛饮[20]，欢声彻两岸。忽见春星万点，红碎波心，则四支柔橹已闯入秦淮灯火中矣。

是日也，同游者曹竹人、植庵、宋六雨、丁巢丹、范完初、马晏海及余与立庵，共八人云。

①鸡鸣寺：在江苏南京城北鸡鸣山东麓，是南京著名的古寺之一。②蜻蜓：指小船。③茶铛：温酒器。④叵罗：敞口的酒杯。⑤蒋山：钟山的别称。龙蟠：三国时诸葛亮说：“钟山龙蟠。”称赞其山势险峻，蜿蜒如龙。⑥磅礴：即槃礴，箕坐，两脚张开而坐，表示随意。⑦鸡鹊鸂鶒：均水鸟名。⑧夤缘：攀附的意思。⑨钩辀格磔：鸟鸣声。⑩金谷数：指不能写诗者，罚酒三大杯。晋石崇《金谷诗序》：“遂各赋诗，以叙中怀，或不能者，罚酒三斗。”⑪眦：眼眶。⑫睋：审视。睇：流盼。⑬王新城：即王士祯，他是新城（今山东桓台）人，故称。其《台城怀古》诗云：“蔓草萦烟野萧瑟，寒将子水纵横。”寒禽：秋天的禽鸟。将子：口哺幼子。萦烟：水气萦绕。⑭故址：台城。故城在今南京鸡鸣山南乾河沿北，东晋、南朝中央政府和宫殿所在地。侯景叛乱时，梁武帝饿死在此。嶷然：高貌。⑮萧老公：即梁武帝萧衍。他原为齐雍州刺史，乘齐内乱，起兵夺取帝位，建立梁朝。他于中大同二年（547）接受东魏侯景的归降。梁太清二年（548）侯景发动叛乱，梁太清三

年（549）攻下梁朝都城建康，到处烧杀掠夺，建康几成废墟。⑯赑屃：原为鳖类，这里指用石头刻成鳖形放在石碑下，用来背石碑。⑰徙倚：低徊。⑱大司成：学官名，唐称国子监的祭酒。⑲庙貌：庙宇。法象：指十功臣的像。⑳剧谈：畅谈。

阮　元

阮元（1764—1849），字伯元，号芸台，清江苏仪征人。登进士第，由编修升詹事，历官礼部、兵部、户部、工部的侍郎以及浙江、福建、江西、广东诸省巡抚，还做过湖广、两广、云贵的总督，后官至体仁阁大学士，加太傅。著作有《揅经室集》《两浙金石志》《畴人传》《广陵诗事》，并辑有《经集纂诂》，是研究经学的重要参考资料。

清远峡记①

踰庾（yǔ）岭而南②，至清远县，凡南雄、韶州、连州之水，皆汇流；过清远峡，始至三水县，南趋入海。此峡，两山相对，水出其间。峡北有飞来寺③，立寺门，与隔岸人可呼而相与语，甚狭也。然而三郡千里之水，舍此无由入海④。观其曲折夹束贯行之势⑤，亦奇矣。若水舍此而别有所由，则此间计惟数十亩平田耳，指寺前叱（chì）犊（dú）之地⑥，谓为古扬帆之地，谁其韪（wěi）之⑦？

凡水，分流有二者，最易留其一、塞其一。此峡之上，古无分流，故千古不塞也。又安知古亦有二流，已塞其一而留此一也？三江者，《禹贡》所著也[8]，南江在今芜湖以上；《汉书·地理志》《水经注》，皆有分江水[9]；岂诳（kuáng）后人耶？今塞耳。或人疑池州、宁国之间皆山，无古江之故道；此未多历地形也。余历地所见如清远峡，最狭者有二焉：一则浙江桐庐县之七里泷，一则广东高要县之羚羊峡。此二山，行水之地形[10]，皆与清远等，而羚羊峡过广西一省之水为尤巨。岂可足未茧于众山之中，而遽（jù）断其为无是哉！

①清远峡：在广东清远。②庾岭：大庾岭，山岭名，在江西省大庾县南、广东省南雄县北。③飞来寺：飞来寺亦称峡山古寺，在飞来峡后，为南朝梁武帝时僧人贞俊、瑞霭创建。④无由：无从。⑤夹束：形容两岸夹峙，江流受到约束。贯行：穿流。⑥叱犊：指有人耕种的地方。叱犊，吆喝耕牛。⑦韪：同意。⑧《禹贡》：《尚书》的篇名，记载古代国君夏禹平治水土的事迹，也记录了我国古代九州的地形、位置、物产等，是世界上最早的地理书。《禹贡》有"三江既入，震泽底定"的记载。但三江究竟是指哪三条江，现在也已经弄不清楚。⑨分江水：《汉书·地理志》上记载："丹阳郡石城分江水，首受江，东至余姚入海，过郡二，行千二百里。"《水经注》上记载："江水自白石城分为南江，注于具区。"隋、唐以后的地理书上再也没有分江水的记载，现在连故道也找不到了。⑩行水：让江河通过。

舒白香

舒白香，生卒年不详，大约清嘉庆年间在世。江西靖安人，靖安舒氏，世为江右巨族，白香父守中，由进士出守。其兄叆亭亦仕至监司，白香则布衣未仕，尝为怡恭亲王客，与词学名人乐莲裳（钧）相友善，结有莲根诗社。著作除《游山日记》外，以《白香词谱》最知名于世。

游山日记（节录）

一　着凉

夏已入伏，僧衲皆棉，入寺即屏扇，夜着毡半臂，拥絮而眠，风声瑟瑟，酷似人间对菊花饮酒时也。昏暮，亦微有数蚊，可不帷而卧。得此二善，而嚏（tì）嗽复发①，增唾涕之扰；始悟人间无十全快事，趋避正徒劳②，不若耐烦任运，反得便宜，为之一噱（jué）。

①嚏嗽：喷嚏和咳嗽。②趋避：即进与退。这里着重在避。

二　避夏

山僧颇疑我状貌，似曾为大官也者。时时作周旋问讯①，窃厌其扰，遂指天誓水②，自明非官，且谓："彼官者，上应天星，即使微服来游③，夜必放光。予实欲依法座下④，听讲修心，种来世放光之福，师第以行脚沙弥畜之可耳。"于是乎僧有傲色，我得以自在嬉游，久居避夏，不亦乐乎？

①周旋：应酬，打交道。问讯：僧尼行礼，先打一恭，将手举至眉心，再放下。②指天：犹对天发誓。成语有"指天誓日"。誓水：佛家语。亦曰金刚水。行者受三昧耶戒时为表誓约所饮之水。③微服：为隐蔽身分而更换平民服装，使人不识。④法座：本谓佛说法之座，后泛指法师说法之处。

三　云海

朝寒，觉棉被尚薄，盥漱始毕，老僧复邀予看云，往坐凌虚台偃（yǎn）盖松下①，见诸培塿（luó）上冒絮纷起②，绵绵蔼蔼（ǎi）③，联属作片，则缘崖漫谷，弥望四塞④，浮游荡漾，浩如瀛（yíng）海，莫窥其际。俄顷即四散消灭，山河大地，仍到目前。此造化之奇文，山川之壮观⑤，人顾以习见忽之，暴殄（tiǎn）天物，莫此为甚，是犹作试官浪掷佳篇，不免受才人白眼，不可不戒。

①偃盖松：即"偃松"。亦称"矮松"。松科。常绿灌木。枝干偃伏。②培塿：小土丘。③绵绵蔼蔼：绵延不断和茂盛。蔼蔼，犹"济济"。④四塞：布满充塞。⑤壮观：大观。形容奇伟可观的

事物或风景。

四　南瓜叶

朝晴，凉适，可着小棉。瓶中米尚支数日[①]，而菜已竭，所谓馑（jǐn）也[②]。西辅戏采南瓜叶及野苋，煮食甚甘，予仍饭两碗，且笑谓："与南瓜相识半生矣，不知其叶中乃有至味[③]，孰（shú）谓贫无可乐哉！"

①瓶：泛指小口大腹以盛液体的容器。自然也可盛米。②馑：菜蔬无收。《尔雅·释天》："谷不熟为饥，蔬不熟为馑。"③至味：极其可口。

五　惜汤匙

冷雨竟日。晨餐时，菜羹亦竭[①]，惟食炒乌豆下饭[②]，宗慧仍以汤匙（chí）进[③]。问："安用此？"曰："勺（sháo）豆入口逸于筯（zhù）。"予不禁喷饭而笑[④]，谓此匙自赋形受役以来，但知其才以不漏汁水为长耳，孰谓其遭际之穷，至于如此，何异苏老泉本将才也[⑤]，世主既以廷臣荐，召而用之，乃竟官之为邑簿，老泉亦拜受不辞，主臣皆失，一失于知人不明，一失于自信不确，聊以惜汤匙及之。

①羹：用肉类或菜蔬等制成的带浓汁的食物。②乌豆：或即乌豇豆。③宗慧：人名。寺里的和尚。④喷饭：吃饭时，笑不可忍，将饭喷出。⑤苏老泉：即苏洵（1009—1066），宋眉州眉山人。字明允，号老泉。年二十七始发奋读书。嘉祐间，与二子苏轼、苏辙至京师，翰林学士欧阳修得其文二十二篇，荐于宰相韩琦，授秘书

省校书郎。洵文奇峭雄拔，一时学者竞效苏氏为文章。著有《文集》二十卷等。后世称洵为老苏，轼为大苏，辙为小苏，合称“三苏”。

六　化缘

知客师忽请赴斋[①]，意在化缘[②]。予笑谓古昔一僧携经及二钹（bó）入山[③]，忽遇虎，以钹投之，为所食。复投以经，虎大惧而逃，僧以为得佛力也。雌虎见其雄仓皇来归，急问故。雄曰：“遇僧。”曰：“何不当一斋啖（dàn）之？”雄吐舌曰：“才吃他两张薄脆[④]，便取出缘簿来矣，敢赴斋耶？”知客亦为之绝倒[⑤]，盖予实金尽，无可施也。

①知客：佛寺中主管接待宾客的僧人。斋：素食。②化缘：佛教语。诸佛、菩萨教化众生，因缘而来人世，缘尽而去，叫化缘。又佛教称能布施人为与佛有缘，所以称募化为化缘。③钹：乐器。二圆铜片，中部隆起为半球形，穿孔以革贯之，两片合击发声。其大者谓之铙，亦统称为铙钹。④薄脆：薄脆饼。⑤绝倒：俯仰大笑。

七　菜色

晴，暖。宗慧本不称其名，久饮天池，渐欲通慧，忧予乏蔬，乃埋豆池旁，既雨而芽。朝食，乃烹之以进。饥肠得此，不翅江瑶（yáo）柱[①]，入齿香脆，颂不容口，欲旌（jīng）以钱[②]，钱又竭，但赋诗志喜而已。予往作观音士诗，有“昔贤忧民有菜色[③]，欲求菜色安可得”之句，今而后，予庶几有菜色矣。

①不翅：翅通啻，无异于。江瑶柱：海产品，又叫“江瑶”，干的叫“干贝”。②旌：表彰。③菜色：谓饥馑而营养不良之色。《礼·王制》：“以三十年之通，虽有凶旱水溢，民无菜色。”《汉书·元帝纪》初元二年：“岁比灾害，民有菜色。”《注》：“五谷不收，人但食菜，故其颜色变恶。”

八　蟋蟀声

晴，凉，天籁（lài）又作[1]。此山不闻风声日盖少，泉声则雨霁（jì）便止，不易得。昼间蝉声松声，远林际画眉鸟声，朝暮则老僧梵（fàn）呗（bài）声和吾书声[2]，比来静夜风止，则惟闻蟋蟀声耳。

①天籁：自然界的音响。②梵呗：佛教作法事时的赞叹歌咏之声。

九　云醉

朝晴，暖。暮云满室，作焦面气，以巨爆击之不散，爆烟与云异，不相溷（hùn）也。云过密则反无雨，令人坐混沌之中[1]，一物不见。合扉（fēi）则云之入者不复出，不合扉则云之出者旋复入，口鼻之内，无非云者；窥（kuī）书不见，因昏昏欲睡，吾今日可谓云醉。

①混沌：天地未开辟以前的元气状态。

十　酒瓮

又一人终岁沉湎（miǎn）[1]，其父屡戒不悛（quán）[2]，因怒浸之酒瓮（wèng）中[3]，压以磨，加封识焉（yān），誓之曰："必醉杀，乃启。"其人之妻则未免自忧寡也，背其翁抱瓮而泣，忽闻瓮中吟哦声[4]，听其词云："贤妻何必哭哀哉，家父的封条谁敢开？与其死后猪羊祭，不如磨眼里送些小菜来。"

①湎：沉迷于酒。②悛：悔改。③瓮：陶制盛器，似甏而大。④吟哦：朗诵。

十一　郡掾

晴。掾（yuàn）至[1]，予得以窥帘看官，闻其说官话，唾（tuò）官痰，着官衣，雍容缓步，诣（yì）后山主祭。仆役廿余人，斋于客堂，则闻戛戛（jiá jiá）然唇声[2]，齿声，相骂声，呼笑之声，鼾齁（hān hōu）声。良久，官自后山还前殿，终不拜佛，盖亦崇正学，辟异端[3]，有道之士也。亦不屑赏鉴天池，但仰面望铁瓦问曰："生铁乎？熟铁乎？"僧对曰："生铁。"复问："落雨时池水溢（yì）乎？"对曰："不溢。"官曰："亦溢耶？"盖缘僧畏官而喉不响，官傲僧而听不卑[4]，故两误耳！斋罢即还，竟不暇照例游山，而主僧之瓶有余粟，釜（fǔ）有余羹，并以其余羹乞我[5]，枯肠得润，皆郡掾之惠也。谨记其高风遗爱如此。

①掾：本为佐助之义，后通称副官佐贰吏为掾。②戛戛：象声词。③异端：古代儒家称其他持不同见解的学派为异端。④不卑：不够虚心。⑤乞：给与。

十二　随喜

又有数游客，自言以征租入山，特来随喜[①]，而僧庖（páo）之磨声复作[②]。沙弥言：“客，文人也，顷立四仙祠读《天池赋》良久，赞曰：‘好长！’”

①随喜：佛家以行善布施可生欢喜心，赞人为善称为随喜。②庖：厨房。

俞　樾

俞樾（1821—1906），清浙江德清人。字荫甫，号曲园。道光三十年（1850）进士，官编修。后任河南学政，以出题不谨罢。研究经学，旁及诸书，以高邮王念孙父子为宗。曾主讲苏州紫阳、上海求志各书院，主讲杭州诂经精舍至三十余年。著有《春在堂全集》，其《群经平议》《诸子平议》《古书疑义举例》三书尤著。

一　玄武湖

金陵之游，以玄武湖观荷花为最。是日，余将行矣，湘乡公饯之于妙相庵[①]，先与幕府诸君登太平门楼[②]，观沅浦中丞由地道攻克金陵故迹。遂出城，至玄武湖，湖方十余里，遍种荷花。各乘小舟，穿花中而过，红衣翠盖，亭亭可爱。公所坐舟与余辈大小无异，而有司供张者，以使相之尊[③]，不可露坐，施小帷帐蔽之，然止能绕花而行，不能直入万花深处矣。余笑曰："山人之乐[④]，过于宰相，即此可见也。"

①湘乡公：即曾国藩。②太平门：南京城北面东头第一门。在龙广山麓，北向。沅浦：即彭玉麟。字雪岑，号雪琴，清湖南衡阳人。咸丰时，曾奉命镇压太平天国起义，官至兵部尚书，两江总督，巡阅长江水师。衰行归芹骞待查。③使相：唐代中叶以后，凡节度使加上同平章事官衔的称使相。此为将加相名。清代也用以称呼兼大学士的总督。④山人：山居者。多指隐士。

二　九溪十八涧[①]

凡至杭州者，无不知游西湖。然城中来游者，出涌金门，日加午矣。至三潭印月、湖心亭小坐，再至岳王坟、林处士祠，略一瞻眺，暮色苍然，榜人促归棹矣。入城，语人曰："今日游湖甚乐。"其实，谓之湖舫雅集则可，谓之游湖则未。……八涧乃西湖最胜处，尤在冷泉之上也。

余自己巳岁闻理安寺僧言其胜，心向往之，而卒未克一游。癸酉暮春，陈竹川、沈兰航两广文招作虎跑、龙井之游。先至龙井，余即问九溪十八涧[①]。舆（yú）丁不知。溪涧曲折，厉涉为难，非所便也。余强之而后可。

逾杨梅岭而至其地。清浅一线，曲折下注，虢虢（guó guó）作琴、筑（zhù）声[②]。四山环抱，苍翠万状。愈转愈深，亦愈幽秀。余诗所谓“重重叠叠山，曲曲环环路，丁丁东东泉，高高下下树”，数语尽之矣。余与陈、沈两君皆下舆步行，履（lǚ）石渡水者数次。诗人所谓“深则厉”也[③]。余足力最弱，城市中虽半里之地不能舍车而徒。乃此日则亦行三里而遥矣。山水之移情如是[④]。

①九溪十八涧：地名。在杭州西湖西南面，以山深水清著名。②虢虢：水流声。③深则厉：《诗·邶风·匏有苦叶》：“深则厉，浅则揭。”连衣涉水叫厉，提起衣裳涉水叫揭。④移情：变易人的情操。

三　灵隐寺

九月初，携老妻至湖上。小楼倚槛，坐对全湖，晴好雨奇，随时领略。至夜，则月色波光，上下照耀，两三渔火[①]，明灭其间，光景尤清绝。

前日，乘篮舆至天竺、灵隐礼佛[②]。天竺大殿新建，无可观览。一路山色颇佳。然旧时修篁（huáng）夹道[③]，今则若彼濯濯（zhuó）[④]，美哉犹有憾矣。

灵隐则胜境天成，不以盛衰有异。山洞幽邃（suì）。山上老树，亦未尽摧残。泉流虢虢（guó guó）[⑤]，清逾丝竹。是日为月尽日，香客稀少，游屐（jī）亦罕。与内子坐冷泉亭上，仰观山色，俯听泉声，一乐也。

亭中悬平斋所书“泉自几时冷起”一联[6]。内子谓问语甚隽（juàn）[7]，请作对语。仆因云：“泉自有时冷起，峰从无处飞来。”内子云：“不如竟道‘泉自冷时冷起，峰从飞处飞来’。”相与大笑。随笔及之，博故人抚掌也[8]。

①渔火：渔船上的灯光。②篮舆：竹轿。轿形如篮，可坐可卧，俗称“眠轿”。③修篁：长竹。篁，竹的统称。④濯濯：光秃貌。⑤虢虢：浒水声。⑥平斋：吴平斋。⑦内子：妻子。隽：语意深刻，耐人寻味。⑧故人：老朋友。本篇从俞樾《与杜小芳方伯书》中选来，所以故人就是指杜小芳。抚掌：拍手。

四　送婆岭

吾邑西门外[1]，有瞒公桥，云昔有妇人出私资建桥，不欲使其翁知之，故有瞒公之名矣。余每岁上先大夫冢，必乘小舟过此桥下。今年镇海县修志书，属余审定。其山川中有名送婆岭者，旧志云：“明嘉靖间，有严乐氏，早寡，为其姑改嫁于城中，有女十岁随之往。而乐氏至孝，凡遇时物[2]，必遣女逾岭馈其姑。夏日，女度岭，中暑死，即葬山侧，岭由是名。”送婆岭与瞒公桥可云绝对矣。

①吾邑：作者的故乡，即浙江德清。②时物：即时新、应时的新鲜食品。

五　南镇

南镇，即会稽山。余登其颠，至所谓香炉峰者，极高峻，双峰左右立，天然如门，才容一人，曲折而进，亦奇境也。中建佛阁，奉观音，题曰“南天竺”。凭栏俯视，眼界颇宽，视越郡城，仅如衣带之环绕矣。舁夫以两竹竿悬坐具于下，并悬尺许之竹以承双足，游人踞坐其上。余笑曰：“大禹山行乘檋（jú）[①]，岂即此欤？”后闻勒少仲同年云[②]，江西多有之，名曰“掇子”。掇音读如笃，余疑兜子之转音。又想“竹马”二字，合书之为笃，竟名“笃子”，亦于义有取。

①檋：有锥之屐。山行用具。又名檋车。②勒少仲：即勒方锜，清江西新建人。字悟九，号少仲。道光举人，官至河东河道总督。有《太素斋集》。

六　削发一山农

余将从天竺至龙井，僧言逾棋盘岭[①]，取道较近，遂从其言。舆轿逾岭，上、下各三里，舁夫颇以登陟为艰；然山径曲折，苍翠四合，若无路者，亦山行之胜致也。登其巅，则钱塘江在前，西湖在东，湖中游船，了了可数，距余所居诂经精舍[②]，若在咫尺矣。山岬有僧寺，不知何名。壁县一镫，书“安隐堂”，殆即其名也。有老僧以采樵为业，时方拣择新茶，因取极细者烹以供客，即龙井茶矣。僧自言不知佛法，亦无布施，终岁自食其力，乃削发一山农耳。然其人颇不觉可厌，视从林大和上[3]，或转胜之也。

①棋盘岭：即棋盘山，在灵石山南，原名“仙人棋台”。②诂经精舍：书院名。故址在今浙江杭州西湖孤山麓。清嘉庆八年（1803）浙江巡抚阮元创建。延王昶、孙星衍为主讲。学生学习十三经、三史疑义、小学、天部、地理、算法等。刻有《诂经精舍文集》。其后俞樾继为主讲，以通经致用教众，在职前后三十余年。③和上：僧徒。梵语邬波地耶，义为近诵。于阗、疏勒等地音讹为鹘社，又转为和上、和尚。

七　九龙头[1]

过徐村，循钱塘江，傍崖而行，巉岩峭壁，时起时伏，即所谓九龙头也。幸江干无水，可免山行。遥望过江山色，浓青浅黛，风帆一二，出没烟霭中，风景殊胜。将至云栖，夹路修篁，亦颇可爱，既至则香客如云，转觉少味……又至虎跑泉，四山环抱，万树参差，红踯躅花遍满崖谷，望之如绣，其胜似更在云栖竹径之上矣。

①选自《俞曲园先生日记残稿》三月二十七日记事。九龙头：地名，在杭州六和塔以西一带。山头起起伏伏，状如九龙抬头。

李慈铭

李慈铭（1830—1894），清末文学家。初名模，字式侯，改名慈铭，字爱伯，一作炁伯，号莼客，浙江会稽今浙江绍兴人。光绪进士，官至山西道监察御史。工诗词及骈文，而以《越缦堂日记》负盛名。另有《白华绛柎阁诗集》《越缦堂词录》等。

游庞公池①

十三日，丁卯。傍晚，偕彦侨、瘦生近步至庞公池，寻仓帝祠及诗巢故址②，劫火余烬（jìn），垣础近存③，池外菜花满弓④，春水泛溢，蛙声阁阁，气候忽殊，不胜过驹（jū）之感⑤。月出树梢而归。

①庞公池：地名。在府城绍兴的西南方，其东便是府山。②仓帝祠：清徐承烈《听雨轩余纪》云："绍兴府城中卧龙山（俗称府山），后有仓颉祠，中祠仓颉，而越中名士，如贺知章、陆放翁辈，咸肖像从祀。"③近存：犹仅存。④满弓：犹满地。⑤过驹：即"白驹过隙"。比喻光阴迅速。《庄子·知北游》："人生天地之间，若白驹之过隙，忽然而已。"

秋山红叶

十一月十五日，坐舟至瓦窑岭，偕（xié）雪瓯（ōu）、平子二子登岸，行十余里，溯（sù）昌安门[①]，一路看会稽山[②]，恨若有速其步者。过一村庵，坐水槛上看枫，尤有意致；立危桥上四望，陶山在夕阳中，一髻（jì）嫣（yān）然，紫翠缕起，更远更红，非画工所能仿佛也。入城，闻戒珠寺钟矣[③]。

①昌安门：在府城绍兴的东北边，有水旱两座城门。其西有王家山。②会稽山：在浙江绍兴东南。相传禹会诸侯江南计功，故名。③戒珠寺：在今浙江绍兴东北蕺山，相传为晋王羲之的故宅。羲之舍为寺。

庄　俞

庄俞（生卒年不详），字百俞，别号我一，江苏武进（今江苏常州）人。著有《我一游记》，由商务印书馆于民国二十四年（1935）出版。

秋墓遗址[①]

己酉年四月初三日，阴。往观苏小小墓[②]。青冢一坏（pēi）[③]，瓦砾（lì）丛集，孤亭危立，大有风雨飘摇之感。亭柱题联殆（dài）遍。

西距百余步，为郑贞女墓[④]。墓右平地一区，独无尺寸青草。或曰："此即绍兴秋瑾女士墓之遗址。"往岁海内传诵之吴女士碑铭[⑤]，徐女士题诗[⑥]，今固安在哉！有欲植"秋瑾遗墓"四字碑于此者，其悲秋之思[⑦]，亦徒尔已[⑧]。

①秋墓遗址：在苏小小墓迤西草坪上，旁边还有武松墓。秋瑾（1875—1907），辛亥革命的先驱烈士。为了推翻帝制，遭到清政府的杀害。杭州的墓，不久被强迫迁移到她夫家原籍湖南省去。②苏小小墓：在西湖北岸西泠桥堍。今已修缮一新。③青冢：泛指坟墓。坏：同"坯"。土丘，指坟墓。④贞女：指未嫁而能自守之女为贞女。⑤吴女士：安徽桐城人吴芝瑛。⑥徐女士：浙江桐乡人徐寄尘。⑦悲秋：徒尔：对秋景而伤感。⑧徒尔：犹徒然。

十　山

十山，民国某位文人之化名。

兰州通讯[1]

一

住屋背山临河，课余辄持一卷卧岸滩读之，结果往往终卷未能记片语[2]，盖由黄涛起伏[3]，车声（两岸多大水车，自动汲水，大者径达七八丈，为左宗棠之遗制云[4]）清脆，为之神驰。

①兰州通讯：抄自1950年11月8日《上海亦报》，作者署名为十山，自然也是化名。文章开头说："有青年友人往甘肃兰州教书，来信说那里的情形，有几节可以作为材料，便抄在下面。"②片语：成语有"片言只语"，意思是半句话一句话，形容极少。片：半，偏。③黄涛：黄河水色黄，故曰黄涛。涛，波浪。④左宗棠（1812—1885）：清末洋务派和湘军首领。曾以钦差大臣办新疆军务，率军讨伐阿古柏，收复迪化、和阗等地。后在西北创办兰州机器织呢局等新式企业。所说水车遗制，当在此任职期间。

二

屋后有山沟，夜间常持杖独循沟行，有时步入荒山，近闻此沟乃名狼沟，为群狼聚居之处，日没即恒出现。山中尤不可去云，闻之悚（sǒng）然[1]，不复有夜出之雅兴矣。

①悚然：恐惧貌。

三

此间气候之佳，远胜江南，花卉盛放，阡陌如茵[①]，黄河沿岸多果园，累累满枝，鸡鸣犬吠，大有桃花源之趣。

①阡陌：田间小路。茵：垫褥。

四

西北地面殊为广大，闻甘肃有县曰明水[①]，学生以事致函西安教育部，对于学校及文教局有所诉说，部分电令兰州“就近”直接了解电复，复云如须派专人，往复至少要一个月，可以见其大概矣。

①明水：县名。北魏置，西魏改为落丛。隋改为厨北，又改为鸣水。唐废。故治在今陕西略阳县西。

（附录）域外文人笔下的中国风景

马可波罗

马可波罗（约1254—1324），意大利旅行家。1275年至上都（今内蒙古自治区多伦县西北）。得元世祖忽必烈信任，出使各地，仕元十七年。著有《马可波罗行纪》，由冯承钧先生译为中文。

马可波罗行纪（节录）

一　行在

书中首称此行在城甚大[①]，周围广有百哩。内有一万二千石桥，桥甚高，一大舟可行其下。其桥之多，不足为异，盖此城完全建筑于水上，四周有水环之，因此遂建多桥以通往来。

①行在：指南宋京城临安（杭州）。行在，本作“行在所”。封建帝王所在的地方。

二　大湖

城中有一大湖[①]，周围广有三十哩，沿湖有极美之宫殿，同壮丽之邸舍，并为城中贵人所有。亦有偶像教徒之庙宇甚多[②]。湖之中央有二岛，各岛上有一壮丽宫室，形类帝宫。城中居民遇有大庆之事，则在此宫举行。中有银制器皿、乐器，举凡必要之物皆备，国王贮此以供人民之用。凡欲在此宫举行大庆者，皆任其为之。

①大湖：指西湖。②偶像教：指佛教。偶像，以土木或金石所制的人像。

三　和睦

行在城之居民举止安静，盖其教育及其国王榜样使之如此。不知执武器，家中亦不贮藏有之。诸家之间，从无争论失和之事发生，纵在贸易制造之中，亦皆公平正直。男与男间，女与女间，亲切之极，致使同街居民俨与一家之人无异。

契诃夫

契诃夫（1860—1904），俄国文学家。1890年6月下旬，契诃夫到萨哈林岛旅游，路过中国的黑龙江，在写给他妹妹的信中有这样一封信。由周作人先生译为中文。另有一篇小说《艺术家的故事》，里面也写到一个中国姑娘。小说由汝龙先生译为中文。

契丹人[①]

一八九〇年六月二十九日，在木拉伏夫轮船上。

我的舱里流星纷飞，——这是有光的甲虫，好像是电气的火光。白昼里野羊游泳过黑龙江。这里的苍蝇很大。我和一个契丹人同舱，名叫宋路里，他屡次告诉我，在契丹为了一点小事就要“头落地”。昨夜他吸鸦片烟醉了，睡梦中只是讲话，使我不能睡觉。二十七日我在契丹爱珲城近地一走[②]。我似乎渐渐的走进一个怪异的世界里去了。轮船播动，不好写字。

明天我将到伯力了。那契丹人现在起首吟他扇上所写的诗了。

①此文为契诃夫写给妹妹的信。契丹人：即中国人。②爱珲：在今黑龙江黑河市爱辉区。在爱珲博物馆内，陈列着契诃夫半身像。据说那个与契诃夫同舱的“宋路里”，可能就是清代漠河金矿总办李金镛。

布里雅特族的女郎[①]

我记得当年我在贝加尔湖的西岸游览，看见一个布里雅特族的女郎，骑着马，穿着中国蓝粗布的衬衫和裤子；我求她把她的笛子卖给我，在我们谈话的时候，那女郎轻蔑地看着我的欧洲人的脸和帽子，不大功夫就懒得跟我讲下去，她吆喝着马，急急地跑了。

①此文选自《艺术家的故事》。布里雅特族：布里雅特族本是贝加尔湖附近半同化于俄国的蒙古族。在先前，贝加尔湖一带属于中国的版图，布里雅特族也就是中国大家庭中的一员。

青木正儿

青木正儿（1887—1964），日本中国文学研究家。著作有《中国近代戏曲史》《江南春》等。《江南春》由王青先生译为中文。

江南春（节录）

一　杭州花信

西湖的柳树很有名，绕堤翠柳，如烟似雾。其娇弱有如纯洁少女，使人顿生爱怜，真是不观西湖勿谈柳，火车沿线到处可见柳树，每株柳树都足以胜过日本柳树。如果说有所谓春天的气息，恐怕就是从柳树和桃树枝条升起的。柳如烟，桃似火，西湖的基调可以说就是柳。从整体上看，西湖景物轻盈柔和，那多半是来源于柳的梦幻情调和水的温柔媚态。

二　中国戏剧

中国戏剧的锣鼓铙钹对日本人来说是难以忍受的，但是在这热闹的夜晚的中国街头，那种强烈更像画水墨山水时施的焦墨①，没有声音反而无味。沉醉于春夜的阳气、春酒的和气和周围的人气之中的我，受到强烈的金属声音的刺激，更加心神朦胧。我想起在京都的静夜，壬生狂言的钟声②。使春夜更加朦胧，这种似曾相识的感觉把我引到戏台的前面。唱的什么曲子，是西皮还是二黄③，我都听不太懂，但是我仍然觉得高兴、亲切。我就像在幼年家乡的节日时，天真地到处去听戏时一样，此时我也夹杂在散发着韭菜气味的人群中，伸长了脖子听得入了迷。

①焦墨：干枯的黑色。绘画墨法之一。②狂言：一种日本传统戏剧形式。③西皮：戏剧曲调名，谓黄陂调；与黄冈调并重，称为皮黄。皮，即指黄陂；黄，即指黄冈。

三　两宋瓦子

在人烟稀少的小巷，三弦的曲调使我流连忘返。那是亡国之音，三弦是否始于南宋，我没有兴趣进行学究的考证，我只断定那是南宋临安的梦华。靠在水泥的四条大桥的栏杆上[①]，我总是喜欢想像文化、文政年间四条河原的喧闹[②]；走在灯光灿烂的西湖畔的街头，便想像南宋临安瓦子的繁华[③]，《都城纪胜》《梦粱录》足以满足我的嗜好。瓦子是宋代两都的游戏场，好比我国过去的四条河原，“河原”与“瓦”发音相通，也是一个有趣的现象[④]。

①四条：日本京都的街名。②文化、文政：日本江户时代中期。文化时期相当于1804—1817年，文政时期相当于1818—1829年。此时期日本朝政松弛，风俗颓废，同时平民艺术达到成熟的高潮。河原：即河边，日本古代艺人被视为贱民，被迫居住在河原地带，所以河原往往指娱乐场所。③瓦子：即瓦舍。即妓院、茶楼、酒肆、娱乐、出售杂货等场所。瓦，据胡小石师说，乃是指黎民百姓“如瓦之聚，如瓦之散”。④在日语中“河原”与“瓦”是同一发音。

四　三弦

三弦柔弱流畅，比日本的三味线胴（dòng）体短小[①]，蛇皮，声音不好，而且是用指甲弹。但在二胡尖细的声音占主导的现代中国音乐中，那幽静古典的音色有着南曲幽雅的遗风，表达了追逐名利却又恬静淡泊的中国国民性的一面，三弦正是现代音乐中市井的隐遁者。

①三味线：日本的一种弹拨乐器。胴体：躯干。

五　南京情调

马车一驶进南京城门，气氛立刻沉静下来。我曾先入为主地认为城内都是密密麻麻的民家，但是眼前的景物马上修正了我的偏见。穿过田园的马路两旁柳丝垂垂，那种宽敞的景象使我仿佛走在嵯峨一带[1]。丘陵上星星点点的建筑，周围茂密的绿树，好像是哪里的别墅。然后是红色墙壁的鼓楼——决不是耀眼的色调，而是非常雅致和谐调的红墙——出现在眼前。古色古香的南京似乎在抚着我的头亲切地说道："欢迎你远道而来，穿过这个楼门，在你憧憬已久的南京的怀抱里安睡吧。它一定会使你感到舒适的。"

①嵯峨：日本京都的名胜。

六　货郎

货郎走过去了，往时货郎边走边说"大姑娘小媳妇！花一样的金步摇[1]，可爱的玉搔头[2]，还有梳子、耳环，梳妆的杂物——"，但是现在货郎什么也不说，默默地摇着粗糙的拨浪鼓走着[3]。扁担上的小货柜，描着雅致的兰竹，虽然为了赶时髦，有时会镶上玻璃，但卖妇人梳妆用品的摇拨浪鼓仍延续着宋元以来的习俗。轻轻摇动一下鼓柄，便会发出懒洋洋的鼓声，那悠闲的鼓声是否已经把古南京的春意传达给你了呢？

①步摇：妇人首饰的一种，亦即发簪。②玉搔头：即玉簪，妇女的一种首饰。③拨浪鼓：货郎叫卖时用手摇的鼓。

七　扬州梦华

康熙、乾隆时代的扬州以盐业而致富，吸引了文艺之士，形成了一个郁然繁荣的艺术王国。扬州诗文聚会场所以马氏小玲珑山馆、程氏筿园、以及程氏休园最为频繁[①]。马氏有琯、璐兄弟二人，都爱好文艺和宾客，幸而家拥巨万之富，将别墅小珑珑山馆提供为文士和艺术家的俱乐部。山馆正在他的本邸对门，坐落着看山楼、红叶堦、浇药井、透风轩、透月轩、七峰草堂、清响阁、藤花书屋、丛书楼、觅句廊、梅寮等建筑，非常宏大。丛书楼是前后两栋的图书室，百橱藏书尽是珍稀，乾隆帝钦定《四库全书》时，从这里进献并被采纳的图书多达776种，足以想像其内容之充实。

这里的主人好客，门下食客不断[②]，而且终身养之。有名的食客像诗人厉樊榭树的晚年[③]，他能够完成需要搜集许多资料的《宋诗纪事》《南宋画院录》《辽史拾遗》等著述，也大半是由于利用了这里的图书馆。马氏对他的照顾非常郑重，不仅赠他住宅，还有佣人供他使唤，死后甚至供奉在马氏的家庙里。学者中有全谢山也是这里的常客，某时他得了恶疾，马氏出千金为他请来医师；朱竹垞那大部头的《经义考》据说也是仰仗马氏出资得以出版的。文界关于他的美谈颇多，当今慨叹食客凋落景况的又岂只是懒惰的我一人！

①马氏：即马琯，清江都人，字秋玉，号嶰谷。候选知州乾隆初举鸿博不就。嗜学好结客。与弟曰璐同以诗名。家有丛书楼，藏书甲东南。其园亭曰小玲珑山馆。曰街南老屋。四方名士多主其中。结邗江吟社，觞咏无虚日。有《沙河逸老集》。②食客：寄食于富贵之家的并为之所用的门客。③厉樊榭：即厉鹗，号樊榭，浙西词派重要作家。有《辽史拾遗》、《樊榭山房集》等。

芥川龙之介

芥川龙之介（1892—1927），日本小说家。1921年春天来中国游，写有《中国游记》。由陈保生、张青平两位先生译为中文。

中国游记（节录）

一　过嘉兴

这期间，火车已过嘉兴。偶尔向车窗外望去，只见临水的一家家民居之间，尚有两三只南派中国画中时而可见的船只系在水边。当我透过新芽初露的柳枝看到上述景色的时候，我才觉得看到了典型的中国风景。

二　玉带桥

就在我攻击西湖之时，画舫穿过了跨虹桥，进入也是西湖十景之一景的曲院风荷。这一带看不见红灰二色的砖瓦建筑，且在围有白墙的柳树之中，还点缀着几枝晚开的桃花。出现于左边的赵堤①，树阴之下是长满了青苔的、青青的玉带桥。它在水中映出朦胧的倒影。这景致，很可能与南田的画境相近②。游船来到这里时，为了避免招致村田君的误解，我对我方才发表的西湖论，做了一点补充。我说："我刚才说了西湖不足道，可并非全部如此啊。"

①赵堤：一名赵公堤、小新堤。为南宋安抚赵德渊筑。②南田：清代画家浑寿平的号，擅长山水画。

三　姑苏城外

除了天平山，还要去爬灵岩山，所以今天我们也是骑着驴子来的。尽管如此，姑苏城外，初夏时节，那沿运河的乡间小路，倒的确是很美。在浮着白鹅的运河上，仍有一面面大鼓般的石拱桥横跨；路边那给人凉意的槐树和柳树，在运河的水面上落下清晰的倒影；在青青的麦田与麦田之间，间杂着一个个开满了红玫瑰花的花棚。——在上述风景中，点缀着好几间白墙黑瓦的农舍。特别觉得优美的是，每当经过这些农家的时候，探头往窗里望去，可以看见家庭主妇和她们的女儿，正在用针刺绣的情景。其中不少是年青的女子。可惜当天天阴，要是晴天，说不定那远处图画般的灵岩和天平的青山，都会透过窗户映入她们的眼帘。